二見文庫

恋は宵闇にまぎれて

リンゼイ・サンズ／上條ひろみ＝訳

Falling for the Highlander
by
Lynsay Sands

恋は宵闇にまぎれて

登場人物紹介

ミュアライン・カーマイケル	スコットランド領主の娘
ドゥーガル・ブキャナン	ブキャナン兄弟の次男
オーレイ・ブキャナン	ブキャナン兄弟の長男
ニルス・ブキャナン	ブキャナン兄弟の三男
コンラン・ブキャナン	ブキャナン兄弟の四男
ジョーディー・ブキャナン	ブキャナン兄弟の五男
ローリー・ブキャナン	ブキャナン兄弟の六男。治療者
アリック・ブキャナン	ブキャナン兄弟の七男
サイ・マクダネル	ドゥーガルたちの妹
アキール・ブキャナン	ブキャナン兄弟の叔父
グリア・マクダネル	サイの夫
モントローズ・ダンヴリース	ミュアラインの父親ちがいの兄
コナー・バークレイ	ミュアラインのいとこ
アルピン	グリアの従者
フェネラ・マクダネル	サイのいとこ
ボウイ	グリアの側近
ベス	ミュアラインの侍女
バハン・カーマイケル	ミュアラインの父親
コリン・カーマイケル	ミュアラインの兄。故人
ピーター・カーマイケル	ミュアラインの兄。故人

1

「ここにいらしたんですね！」

侍女のベスが寝室にはいってきて、ミュアラインはしたためていた文からすばやく顔を上げた。ベスが扉を閉めるのを待って尋ねる。「どこの人たちかわかった？」

「いいえ」ブルネットの侍女はいらいらしているようだ。「侍女も厨房の女中たちもだれも知らないようです。でなければ、知っているのに教えてくれないのか」

「そう」ミュアラインはがっかりして言うと、首を振って、したためていた文に目を戻した。口もとを引き締めて、文の最後に署名した。「わからなくてもいいわ。スコットランド人にはちがいないもの。帰り道できっとブキャナンかドラモンドを通るはずだから、この手紙を届けてくれるでしょう」唇をかんで、インクを乾かすために羊皮紙を振りながら付け加える。

「手間を取らせる謝礼としてお金をいくらかわたすわ」

「お金を懐に入れて、届けると言いながら、ダンヴリースを出たら捨ててしまうのが落ちですよ」ベスが陰気に言った。「どうして兄君の部下に手紙を託さないのか、あたしにはわかりかねます」

「そうやって三通出したのに、返事が来ないんだもの」ミュアラインは悲しそうに指摘した。不機嫌そうに唇を引き結んでからつづける。「モントローズは手紙を届けてなんかいないような気がしてきたの」

「どうしてモントローズさまがそんなことを？」

「あの人のことはよくわからないのよ」ミュアラインは悲しげにつぶやいた。「むずかしい人だから」

ベスは鼻を鳴らした。「自分勝手で、欲深くて、いやな方ですよ。ご自分とお嬢さまの人生を賭け事ですっておしまいになるのに夢中なんですから。でも、お嬢さまのご友人宛てのお手紙を届けない理由はないと思いますけど」

「わたしもそう思う」ミュアラインは不承不承認めた。「でも、もし届けてくれていたなら、今ごろ……」いちばん恐れていることを口にしたくなくて、唇をかんだ。モントローズが手紙を届けたのに、サイとジョーンとエディスが返事をくれなかったのだとしたら。

そう考えはじめると、前回いっしょにすごしたとき、自分はみんなを困らせるようなことを言ったりやったりしたのだろうかと心配になった。だが、必死で考えても、何も思い当たることはない。それで、兄が届けると請け合った手紙を届けていないのではないかと考えるようになったのだ。理由はわからないが、そうであってほしいと思いかけていた。なんらかの理由で三人の親友に背を向けられたと考えるより、そのほうがずっとよかった。

「もう乾いたわね」とつぶやいて羊皮紙を手早く巻き、封印をした。

「兄君に見られずに、どうやってスコットランド人のところにそれを持っていくおつもりですか？」ベスが立ちあがって心配そうにきいた。

「スコットランド人たちが到着したとき、食べ物と飲み物があるかたしかめろと、モントローズがコックに命じているのを聞いたの」ミュアラインは説明しながら、羊皮紙を袖のなかに入れ、手紙がつぶれずに隠れることをたしかめた。「モントローズが食べることに気を取られている隙に、客人のひとりにそっとわたすわ」

「兄君が他人に食べ物や飲み物を勧めているですって？」ベスは冷ややかに問いかけた。

「そんな姿を見ることになるとは思いませんでしたよ。気前のいいことばなんか吐こうとしたらのどを詰まらせるんじゃないかっていう、あのドケチが」

「エールかウイスキーをたっぷり飲ませれば、ほしがっている馬の代金をもう少しまけてもらえるんじゃないかと期待してるのよ」羊皮紙が袖のなかに隠れたことに満足して、ミュアラインは言った。

「ええ、まともに馬が買えるだけのお金がないことは、神さまもご存じですからね。ご自分のお金ばかりかお嬢さまの持参金まで、全部賭けですってしまったんですから」ベスが苦々しく言う。

「そうね」ミュアラインはうんざりしながら同意した。深く考えたい話題ではなかった。その知らせを聞いたときはぞっとした。持参金があるのに許婚がいないというのも悲惨だと思っていたが、持参金も失ってしまっては、よろこんで結婚してくれる相手を見つけるのはいよいよ不可能だ。ここダンヴリースで自分勝手な兄の世話になりながら、老嬢として生きていかなければならないだろう。それも、兄に存在をうとまれず、修道院に送られて尼僧にされなければの話だ。

気の滅入る考えを頭から追いやって、ドレスのしわを伸ばし、背筋を伸ばして扉に向かった。「行くわよ。男性たちがはいってくるまで、大広間の暖炉のそばに座っていましょう。食べ物が届いたら、それを口実にテーブルに加わって、客人のひとりに手紙を託すわ」

「きみたちの育てる動物たちはすばらしいと聞いていたが、そのとおりだな」

モントローズ・ダンヴリースが牝馬の腹に手をすべらせて、まわりを歩きながら隅々まで調べるのを、ドゥーガルは辛抱強く待った。

ロード・ダンヴリースはつぎに牡馬に近づき、同様の慎重さで鬐甲（馬などの肩甲骨のあいだの隆起）や脚、腹や頭を徹底的に調べた。馬の頭にさしかかると、驚きと称賛がないまぜになった表情を浮かべた。そして、牡馬の鼻づらをなでながらつぶやいた。「まさにわたしが望んでいたものだ」

「希望にかなうようなら、代金について相談したい」ドゥーガルが提案した。

ダンヴリースは身をこわばらせ、表情をくるくる変えた。うそくさい満面の笑みに落ちつくと、城のほうに顔を向けた。「さあ。なかで飲み物でも」

「言っただろう」コンランがドゥーガルのそばに寄ってぼそぼそと言った。「やつには金がない。このまえのイングランド王との賭けですべて失ったんだ」

ドゥーガルはそれを聞いてため息をついた。弟の口調はいらだってはいたが、満足げな様子もうかがえた。コンランは自分の言ったとおりになったと認めさせるのが好きなのだ。

「行こう、紳士諸君」ダンヴリースは振り返らずに言った。「話し合うことはたくさんある」

ドゥーガルは口を引き結んで、城に引き返す男の背中をにらみつけた。本来なら金のはいった袋を投げてよこし、ここで解散となるべきなのに。買い手が〝話し合い〟を求めるのは、金を持っていないか、値切ろうとしているときだけだ。ドゥーガルは説得されるつもりはなかった。大いなる時間の無駄だとはわかっていたが、弟のさらなる文句を退け、イングランド人のあとから厩(うまや)を出て、城に向かった。ここまでの長旅でのどが渇いていた。馬たちを連れてスコットランドに帰るまえに、自分たちの腹を満たし、のどを潤すぐらいのことは、ダンヴリースにさせてやろう。

「あいつは兄貴をだまそうとしているんだ」ドゥーガルのあとにつづきながら、コンランが警告した。「いまいましいイングランド人だからな。母親さえも売るやつらだぞ」

「いいや」ふたりの下の弟のジョーディーが言った。「やつらが売るのは娘だよ。年増じゃ金にならないからな。イングランド野郎たちと長年暮らしてきたから、ひねくれすぎてて売り物にならないのさ。でも娘たちならたいていやさしくてきれいで、まだひねくれていない。若いうちにイングランドを離れれば、ほとんどスコットランド娘と同じくらいいい娘になる。ほとんどな」彼は強調したい部分を繰り返した。

「ロード・ダンヴリースには母親も娘もいないから、心配いらないだろう」ドゥーガルはいらいらとつぶやいた。

「でも妹がひとりいる」コンランが指摘した。驚いたドゥーガルの視線を受けてうなずく。「ロード・ダンヴリースの賭けに持参金を使われたせいで、結婚できなかったオールドミスの妹がね」

「持参金を賭けた?」ドゥーガルが何も言わずにいると、ジョーディーが驚いてきいた。「そんなことが許されるのか?」

「聞いた話では、父親が遺言書のなかで彼を娘の後見人に指名していたから、自由にできたらしい」コンランは肩をすくめて言った。

ドゥーガルは首を振り、一同は無言のままダンヴリースのあとについて大広間にはいると、うろついている人びとに気づいた。

テーブルには昼食を楽しむ兵士たちがおり、忙しく掃除をする召使たちがおり、暖炉のそばにはひとりのレディが座っていた。ドゥーガルの視線はその女性を素通りしかけたが、ほとんどすぐに引き戻された。若い。一見したところ十代ではないが、おそらく二十歳そこそこで、まだいくらか初々しさが残っている。ダンヴリースの妻にちがいない。もしそうなら、やつはとんでもなく幸運な男だ。女性は薄暗い大広間を照らす炎と同じくらい輝いて見えた。均整のとれた体に、白い縁取りのある淡いバラ色のドレスをまとい、金色の後光のようなふさふさとした髪が肩にかかって、背中までたれている。彼女はうつむいて針仕事をしていたが、ダンヴリースがエールを所望すると、ちらりとこちらを向いた。ドゥーガルはその顔に注意を向けた。ハート型の唇、牝鹿のような大きな目、まっすぐで小さな鼻が、卵形の顔のなかに絶妙に配置された、見たこともないほど美しい女性だった。ダンヴリースはほんとうに幸運な男だ。

「こちらに来て座ってくれ」

暖炉のそばの人物から目を離したドゥーガルは、自分が足を止めており、大広間にはいってすぐのところに弟たちを従えて立ったままなのに、イングランド人はテーブルについていることに不意に気づいた。ダンヴリースはいささか愉快そうに彼を見ていた。妻をじろじろ見る男には慣れっこだとでもいうように。

ドゥーガルはなんとか歩みを進めて、弟たちとともにテーブルに向かい、ダンヴリースが示したベンチに座った。そこは暖炉のそばの女性がよく見える席だった。女性たちだ、と彼は訂正した。黒っぽい髪の侍女がブロンド女性といっしょにいて、自分の縫い物に精を出していたからだ。だが、レディの美しさのせいで、侍女は影のなかにいるかのようだった。彼はそれまで侍女の存在に気づかなかった。

「妹だ」ダンヴリースが静かに言った。

妹？　そのことばがドゥーガルの心のなかにこだまして、なぜだかわからないが安堵を覚えた。コンランが言ったような行き遅れのオールドミスでないのはたしかだが、彼女がダンヴリースの妻なのか妹なのかということに、こだわる理由があるだろうか？　いや、ありはしない、と自分に言い聞かせ、決然と主人役のほうを見た。女性を見つめるダンヴリースの目に、何かの思惑を認めて動きを止める。その姿に眉をひそめて言った。「それで、馬の代金についてだが……」

「ああ、そうだな」ダンヴリースはいくぶん硬い笑みを見せて言った。「もちろん、きみたちの馬は、予想していたとおりひじょうに質が高い。牝馬と牡馬を育てるきみたちの能力について、ロード・ヘインズワースから聞いたことはうそではなかった」

ドゥーガルはうなずき、〝しかし〟とつづくのを待った。

「しかしながら(ハウベイト)」とダンヴリースがつづけ、ドゥーガルはぐるりと目をまわしたいのをこらえた。しかし(バット)、しかしながら(ハウベイト)……どんなことばを選ぼうと、〝しかし〟に変わりはない。

「しかしながら？」ドゥーガルはためらうダンヴリースに先を促した。

「その、きみたちのために金を用意しておいたのだが、いささか不運に見舞われてね」

王に巻きあげられたか、とドゥーガルは冷ややかに思った。それは不運ではなく、愚かさだ。イングランド王はいつだって賭けに勝つ。そして王の馬上槍試合での贔屓（ひいき）は〝野獣（ラ・ベット）〟、これに賭ければ確実だ。だがダンヴリースは一度も負けたことのないラ・ベットではなく、その対戦相手に賭けた……愚かとしか言いようがない。だが、それはドゥーガルの問題ではない。この旅が無駄になることをのぞけば。

ため息をつき、うなずいて立ちあがった。「つまり、もう馬はいらないということだな」

「いや、そうじゃない、馬はほしいさ」残りの男たちも立ちあがると、ダンヴリースはドゥーガルの腕をつかんであわてて言った。ドゥーガルが腕に置かれた手に目を向けると、ダンヴリースはすぐに手を離した。「すまん。座ってくれ、たのむ。馬はほしい。もちろんほしいよ」

「でも代金は払えないと」ドゥーガルは立ったまま冷ややかに言った。

「ああ。いや、払える」ダンヴリースは急いで言い直した。「払えるとも」

ドゥーガルが立ったままで待っていると、ダンヴリースはいらいらとつぶやいた。「いいから座って、このことについて話し合おう。きみを見あげていたら首が痛くなってきた」

話し合うことがあるとは思えなかった。馬の代金を払えるか、払えないかなのだから。だが、若い侍女がエールをもってきたので、ふたたびベンチに腰をおろした。弟たちもそそく

さと席に戻った。ほこりだらけになりながらの長旅だったのだ。エールを飲み終わるまでは

いてやるが、こいつが金を出さないようなら帰ろう……馬たちを連れて。

若い侍女にうなずいて感謝を伝え、エールを飲みながら、暖炉のそばのブロンド娘のほうに目をさまよわせた。娘は侍女とふたりで静かにしゃべりながら、テーブルをうかがっていた。

「二週間くれれば代金はかならず用意する」ダンヴリースが宣言して、ふたたび彼の注意を引いた。

男のことばは唐突でやたらと声が大きかった。不安の表れだ。ドゥーガルはもっともだと思い、ゆっくりとうなずいた。「馬たちを二週間取り置きしよう。金ができたら取りに来るといい。だが、月末になっても来なければ、約束はできない――」

「いや、いや、そうじゃないんだ」ダンヴリースが口をはさんだ。「きみは理解していない。馬はいま必要なんだ。馬なしでいるわけにはいかない。わたしは――」

「自分の馬はどうした？」ドゥーガルが口をはさんだ。

ダンヴリースは視線を落として顔をそむけ、眉間にしわを寄せて唇をゆがめた。ドゥーガルに身を寄せてささやいたのはコンランだった。「掛け金の一部だ」

ドゥーガルはため息をついた。この男は賭け事で身を持ちくずしている。首を振って言った。「馬がいないわけではないだろう。厩に三十頭はいるのを見たし――」

「あれは部下たちの馬で、わたしのではない」ダンヴリースはかたくなに言った。そして付け加えた。「馬が必要なのだ。馬を持たない領主など、国のない国王のようなものだ」

「代金をもらわない商売など、商売ではない」ドゥーガルは同情することなく言い返した。

自分の意思で愚かにも馬と財産を賭けですった人間を、気の毒に思うのはむずかしかった。

この男の祖父の代には、ダンヴリースはイングランドでも有数の裕福な領主だったが、祖父が死んでこの男があとを継いだ。浪費と賭け事で相続したものを使い尽くしても、気にも留めていないといううわさだった。彼の兄はもう少し気にしていたらしいが。

「支払うよ。ただ、金を集めるのに少し時間がかかる」ダンヴリースは懇願するように言った。「支払いを少し待ってはもらえないだろうか？」

ドゥーガルは男を見てから、その妹を見やった。縫い物を見おろしているが、動きは止まっていた。話を聞いていたのだろう。彼女のために支払い期日を延ばしてやろうかと一瞬考えた。自分に牡馬を買うだけではないだろう。牝馬は妹のためのもののはずだ。おそらく彼女の馬も賭けで失ったのだろうし、兄の悪癖のせいで妹が苦しむのは気の毒な気がした。

だが、結局ドゥーガルは首を振った。支払いを待ってやるわけにはいかない。代金を受け取ってから馬を引きわたす、そのやり方を変えるつもりはなかった。とくに、賭け事にどっぷりはまっていて、足を洗うことは不可能だと思われる男が相手の場合は。

「支払い延期はできない」ドゥーガルは静かにそう言って立ちあがった。

「待ってくれ」ダンヴリースはやけになってまた彼の腕をつかんだ。そして、馬と交換するか、相手を信用させるために使えるものはないかと、必死にあたりを見まわした。彼の目が妹に止まり、そのままとどまると、ドゥーガルの胃がひっくり返った。こいつまさか――

「妹だ」

ドゥーガルは目を細めた。

「馬を置いていってくれれば、妹をやる」ダンヴリースは言った。

「今は妻を迎える気はない」ドゥーガルは冷ややかに言った。

「結婚しろとは言っていない」ダンヴリースはあわてて言い返した。

ドゥーガルは男をにらみつけ、相手が思い直して撤回するのを期待して、わざと誤解したふりをした。「借用書の代わりに彼女を連れていけと言うのか？　馬の代金を支払うまでの人質として？」

ダンヴリースはためらい、妹のほうを見てから、背を向けた。顔に決意が表れている。

「代金の代わりに妹を連れていってもいい。馬の代金ぶんだけ楽しんでくれ。もちろんそのあとは返してもらう」

暖炉のそばの女性たちのほうを見ると、ブロンドの娘がえっと声をあげた。ぞっとしたように肩越しにこちらを見ていたが、急いで顔をそむけた。もしドゥーガルがダンヴリースの申し出に心惹かれていたとしても、実のところ、この女性をベッドに迎えるという考えにはそそられたが、彼女の反応はそれを忘れさせるものだった。ドゥーガルは女性にベッドをともにしろと強要したことはないし、これからそうしようとも思わなかった。

嫌悪感もあらわにダンヴリースに視線を戻した。この男は馬と引き換えに性の奴隷として売ろうとするほど、あの娘をなんとも思っていないのだ。そうなると、馬の一頭を彼女のために買おうとしているとは考えにくかった。別の女のためのものなのだろう。もしいるとすれば、許婚の。何もかもどうでもいいことだと思い、ドゥーガルは冷たく言い放った。「妹さんときみ自身とおれにとって恥ずべき申し出だ」そして、弟たちのほうを向いて付け加えた。「商談は終わりだ」

わざわざ言うまでもなかった。コンランとジョーディーとアリックは、すでに立ちあがろうとしていた。

スコットランド人たちが全員帰ろうと立ちあがったので、ミュアラインはほっとして小さく身震いし、深く息を吸いこんだ。兄が馬と引き換えにスコットランド人に彼女を差し出そうとして以来、ずっと息を詰めていたことに気づいた。その申し出のせいでまだ頭がくらくらしていた。兄がそんなことをするなんて信じられなかった。兄のモントローズとはいっしょに育ったわけではなく、父が亡くなって彼の世話になることが決まるまで、ともにすごした時間はほとんどなかったので、実のところ、兄妹間に愛情はほとんどなかった。それでなんて……。

も、彼は兄で、彼女は世話をするべき妹なのだ。その妹を尻軽女のように差し出そうとする

ミュアラインはつばをのみこみ、ぎこちなく立ちあがった。ひどい提案をした兄に何か言われないうちに、早く大広間から姿を消したかった。ベスに目をやると、すでに立ちあがってあとにつづこうとしていたので、ほっとして階段へと急いだ。何段かのぼりかけたとき、モントローズの叫ぶ声が聞こえた。「いや、待ってくれ！　それがいやだと言うなら――金を工面しよう」

ミュアラインが足を止めずに頭をめぐらせて見ると、スコットランド人の頭領はうんざりしたように首を振って、大広間の扉に手を伸ばした。

「今夜じゅうになんとかする！」モントローズは必死になってつづけた。「食事と休息を楽しんでいってくれるなら、金は今夜じゅうに工面する」

スコットランド人は扉のまえで足を止めて振り返り、岩の下から這い出した虫であるかのようにモントローズを見た。その視線がミュアラインとベスのいた場所に移動したので、彼に探されてはたまらないと、ミュアラインは向きを変えて、階段を最後まで駆けのぼった。振り返らずに暗くて安全な二階の階段の上まで来ると、速度を落として振り向き、階下の男たちをじっくりと見た。それは今までずっとできなかったことだった。大広間の暖炉のそばに座っているあいだは、客人たちのほうをこっそりすばやくうかがうことしかできなかった

のだ。ようやく今、スコットランド人をひとりずつ観察することができる。

全員が長身でたくましく、黒っぽい髪をしていたが、ミュアラインの目は頭領らしき男性のもとに戻っていった。理由はわからなかった。みんな美男子だったが、どういうわけかその男性にもっとも惹かれてしまうのだ。彼はモントローズの提案に明らかに怒り、気分を害していたが、それはほかの男たちも同じのようだった。だが、彼女を探して暖炉のほうを見た目には、いま思えば何かがあった。憐れみではなく、心配と、おそらくは同情が。

「金は今夜じゅうに手に入れられる。遅くとも明日の朝までには」モントローズは繰り返し、ミュアラインはスコットランド人の頭領からしぶしぶ視線を離して兄を見た。彼はつづけた。「隣人で友人のマラーはずっと妹に目をつけている。妹とすごす機会を得るためなら金を出すだろう」

ミュアラインは思わず悲鳴をあげそうになり、口を押さえなければならなかった。馬のためにあの男たちに妹を差し出すだけでもひどいのに、今度はお金のためにマラーに差し出すですって？　それを聞いて胃が激しくのたくった。情け深く騎士道精神のあるスコットランド人は申し出を断った。だがマラーはちがう。この機会に飛びついて、彼女が乗り気かどうかさえ気にしないだろう。彼女に意志などないかのように……。

「レディの妹君を娼婦にする計画に荷担するつもりはない」

自分が考えていたことばをスコットランド人が口にするのを聞いて、ミュアラインはひるんだ。

「金があろうとなかろうと、きみに馬は売らない」スコットランド人は冷たくつづけた。

彼がきびすを返して城から出ていき、残りの者たちがあわててあとを追ったとき、ミュアラインは自分もいっしょに行きたいと思いかけた。だがそうはせず、向きを変えてベスの腕をつかむと、急いで廊下を歩かせて自分の部屋に向かった。ここから出なければ。今すぐに。モントローズは時間を無駄にせずに計画を実行に移すだろう。マラーが現れて代価を要求するころには、ここから遠く離れている必要がある。

自室に戻ると、ミュアラインは足を止め、しきりにあたりを見まわしてから、ベスに向かって言った。「厨房から空(から)の袋を持ってきてちょうだい。だれにも見つからないようにね」

ベスはうなずき、最後のことばが発せられると同時に出ていった。ミュアラインはすぐに壁際の衣装箱に急ぎ、持ち物をかき回しながら、何を持っていくべきで、何を持っていけないか、判断しようとした。旅でもっとも重要なのは身軽さだ。着替えのドレスと下着を一着ずつに、お金に……。

お金のことを考えて口もとを引き締めた。手もとにあるのは、手紙を託す代わりにスコットランド人にわたすつもりでいたわずかな硬貨だけだ。手紙は自分で届けることになるのだから、この硬貨は持っていこう。

ベスが戻るころには、持っていくわずかな荷物を選び終えていた。袋にしまうためにドレスと下着はすでにまるめてある。

侍女は持ってきた袋をミュアラインにわたした。ベッドの上の衣類を見て眉をひそめる。

「逃げるおつもりですか?」

「ええ」ミュアラインはけわしい顔で言った。

ベスはためらったあと、心配そうに尋ねた。「ほんとうにこれが正しいことだとお思いですか、お嬢さま?」

ミュアラインは唇を引き結んでうなずきながら、侍女が厨房からくすねてきた袋にまるめたドレスを詰めた。

「でも、条件が整って、大勢のお仲間といっしょでも、旅は危険です。ましてや女ひとりでは……」ベスはその先を思って首を振った。「それより、レディ・ジョーンかレディ・サイにお手紙を送られては? きっとどちらかが護衛をよこしてくださいますよ」

「こうしているあいだも、おそらくモントローズは階下でマラー宛ての提案の手紙を書いているわ」ミュアラインは陰気に言った。「いま出発しないと、日暮れにはまちがいなくわたしは汚されてしまう」

「ですが、お嬢さま」ベスは目に涙を浮かべて言った。「おひとりで旅をすることはできません。山賊に殺されるかもしれないんですよ……もっとひどいことだって」

ミュアラインはそれを聞いて、二年まえ旅の途中で命を落としたふたりの兄、コリンとピーターのことを思って一瞬動きを止めたが、すぐに首を振って、麻の下着を袋のなかに押しこんだ。「死ぬよりひどいことだってあるのよ、ベス。それに、ここにいたら実の兄に売られることになる……」彼女はつらそうに首を振った。「あなたには感謝してるわ、でも思い切ってやってみる」

ベスは葛藤している表情で少しのあいだ黙りこんだあと、肩を上げてぼんやりと言った。

「それならわたしもごいっしょします」

一瞬その申し出にそそられてためらいを覚えたが、ミュアラインは結局首を振ってため息をついた。「いいえ、それはだめよ。あなたはここに残って」

「でも――」

「ここに残って、わたしが発ったことを知られないようにしてほしいの」ミュアラインは急いで口をはさんだ。

ベスは抗議の途中で口を閉じ、不安そうに尋ねた。「それにはどうすれば?」

「ここに、わたしの部屋にいて。モントローズがわたしを探しに来たら、眠っていると言って追い返すのよ」荷造りを終えて袋の口を閉じながら、ミュアラインは言った。そんな作戦が通用するとは思っていなかった。侍女を同行させないための口実としてそう言ってみたにすぎない。この逃亡の企てがほんとうに成功するとも思っていなかった。最初の夜が明けるまえに追いつかれ、連れ戻されるのが落ちだろうが、もし逃げることができたら……。たしかにベスが言ったとおり、旅は危険だ。自分の名誉を守るために自分の命を危険にさらすことと、ベスの命を危険にさらすことはまったく別の話だ。

「どこに行くおつもりなんですか？」扉までついてきながら、ベスが心配そうにきいた。

「奥の階段でこっそり厨房におりたら、ヘンリーを探して――」

「そのことじゃありません、ダンヴリースを出たらどこに行くおつもりなんですか？」ベスがさえぎった。

「ああ」ミュアラインは息をつき、力なく肩をすくめた。「サイのところよ。ブキャナンがいちばん近いはずだし、助けが必要なときはためらわずにたよってほしいと言ってくれたから。今はどうしても助けが必要なのよ」

「ええ、そうですね」ベスは厳粛な様子で同意した。そして、手を伸ばしてすばやくミュアラインを抱きしめた。「お気をつけてくださいね、お嬢さま。どうかご無事で」

「わかってる」ミュアラインはささやき声で答えると、身を引いて無理に笑みを浮かべた。

「手紙を出すわね……もしできたら」

「ああ、あたしのことは心配なさらないでください。大丈夫ですから。ご自分のことだけお考えください」彼女は涙を拭いて勇敢にもそう言った。

ミュアラインは侍女の腕をそっとにぎってから、寝室の扉を開けて用心深く外をうかがった。だれもいないことがわかると、そっと廊下に出て階段に急いだ。

「あいつが馬二頭のために妹を売ろうとしたなんて、信じられないよ」

ドゥーガルは顔をしかめて、当惑気味にことばを発した弟のコンランのほうを見た。ダンヴリースでの商談決裂のあと、長い帰路にはいるまえに食事をとろうと、一行は村の宿屋に向かった。そこでの会話は、こうなったら牝馬と牡馬をだれに売るか、家に持ち帰る土産をどうやって見つけるかに終始した。自分の村でダンヴリースの妹に恥ずかしい思いはさせまいと、モントローズとその提案の話題を出す者はいなかった……今こうしてダンヴリースの領地を離れるまでは。

「まったくだ」ドゥーガルは静かに認めた。

「驚いていないようだな」

「もう驚かされることなんてめったにない」ドゥーガルは陰気に言ったあと、少し明るい調子でつづけた。「唯一驚かされたのは、おまえたちが親切にも村ではその話題を出さず、今までじっと待っていたことだな」

「親切心からじゃないよ」コンランがあわてて否定した。「食事を台無しにしたくなかったんだ。消化に悪そうな話題だからな」

「ああ、そうだろうよ」ドゥーガルはおもしろそうに同意した。そうでないことは知っていた。コンランはやさしいと思われるのが好きではないのだ。今そのことについて話せば、食べた昼食が腹のなかでもたれるだろうが。

「あいつ、妹を友人に売れば金になることを思いついたようだな」コンランは重々しく言った。

「ああ。これから彼女を使って賭けのための金を作ろうとするだろう」輝いていた女性を思い起こして、ドゥーガルは憎々しげに言った。

「そんなことになっても」コンランが肩をすくめて言った。「きっと彼女は拒否するよ」

「ふむ」ドゥーガルはつぶやいたが、彼女に選択肢は与えられないかもしれないと思った。結婚できる年齢に達しているようだが、後見人はダンヴリースだ。「彼女はどうしてまだ未婚なんだろう？」

コンランは肩をすくめた。「言っただろう、兄が妹の持参金を賭けですってしまったというわさだ」

「でもどうしてだ？　持参金というのは手をつけられないようになっているものでは？」ドゥーガルは眉をひそめて言った。「それに、幼いころに婚約しているはずだし、とっくに嫁いでいてもおかしくない」

「おそらく許婚が死んだんだろう」コンランが言った。そしてこうつづけた。「どうせ王がしゃしゃり出て、ダンヴリースが妹の持参金を賭けに使うのを許したに決まっている……そして、彼は賭けに負けた」

「だから彼女は結婚できないわけか」ドゥーガルが考えこむように言った。

「そして、これからずっと兄の慈悲にすがって生きていくわけだ」コンランが首を振りながら言った。

「なんてことだ」ドゥーガルは息をつき、男の申し出を断ったことを後悔しかけた。少なくとも、自分なら彼女にやさしくしてやれただろう、もしそういうことになっても……。たしかに、馬の飼育でかなり裕福になった。まだ自分の屋敷をかまえていない唯一の理由は、両親の死後、弟たちと妹を育てるにあたり、長兄のオーレイが自分の助けを必要としていたからだ。妻の持参金は必要ではなかった。だが、あの娘のことは何も知らない。たしかに美しかったが、彼女の兄は悪癖のある弱い男だし、とりわけ酒と賭け事好きだ。それにどうやら倫理観も持ち合わせていないらしい。どうせ妹も同じだろう。だが、兄があの提案をしたとき彼女があげたあの声は……。

ドゥーガルは記憶を押しやった。罪悪感を覚えることなど何もない。あの娘のことなど知りもしないのだから。

「惜しいことだな」コンランが静かに言った。「きれいな娘なのに」

ドゥーガルはうなずくだけにした。たしかに彼女はきれいだった。

「かわいらしくておとなしそうだった」兄が何も言わないので、反対側からジョーディーが言った。

「ああ、そうだった」ドゥーガルはそう言ってため息をついた。「金があろうとなかろうと馬は売らないと言ったのだから、あいつも計画をあきらめるだろう」

「今はそうかもな」コンランが疑わしそうに言った。「でも、金を用意して兄貴の気が変わるかもしれないと思えばまたやるよ。だめでも、馬はどこか別のところで買えばいいんだし……金さえ手にはいれば」

これ以上この話題をつづけたくなかったので、ドゥーガルは何も言わなかった。まだあの娘が安っぽい尻軽女のように売られる可能性があるとは考えたくはなかった。それに、前方の小道に何かが見えて、何だろうと考えることに気を取られていた。

兄が鞍の上で突然動きを止めたのに気づき、コンランは目を細めて道の先を見た。

「馬に乗った人間みたいだけど……」

「それにしてはずいぶん変わった馬だな」ドゥーガルはつぶやいた。背高が低く横幅の広い、ずんぐりした生き物が、ぎこちない常足（なみあし）でなんとか進んでいるように見える。

「牝牛に乗ってるのかな？」近づきながら、コンランがおもしろそうにきいた。

「牡牛だ」乗り手が向きを変えると、突き出た角が見えたので、ドゥーガルが訂正した。

「そして、もしおれがまちがっていなければ、乗っているのは女だな。ドレスを着ているように見える」

「ふむ」兄たちのうしろでアリックがつぶやいた。「バラ色のドレスだ。レディ・ダンヴリースはバラ色のドレスを着ていた」

「ああ、そうだった」ドゥーガルは同意し、馬をさらに急がせた。

「もう」近づいてくる馬の足音を聞いて、ミュアラインは息をついた。馬に乗った男たちが背後にいることは少しまえから気づいていたし、モントローズが馬を売ってもらおうとしていたスコットランド人たちだということもわかっていた。でも、もっとまずいことになっていたかもしれないのだ。彼女が逃げたことにモントローズが気づいて追いかけてくるかもしれないのだから。とはいえ、これだって充分まずい。彼らは兄が彼女を売ろうとした相手であり、そのことに対するばつの悪さと恥ずかしさでどうにかなりそうだった。できることならもう二度と顔を合わせたくなかったのに。

「お嬢さん」

聞こえないふりをすれば、関わりを持たずに旅をつづけてくれるのではないかと思って、ミュアラインはまえを向いたままでいた。

「レディ・ダンヴリース」男性はもう少し大きな声で言い、彼女がなおも答えずにいると、つぎのように意見した。「あなたの耳が聞こえないとは、兄君は言っていなかったぞ。でも、気づくべきだったたな。彼は明らかに詐欺師のろくでなしだから、質の高い馬と交換に、欠陥のある妹を押しつけようとしたんだろう」

ミュアラインは怒りの声をあげ、知らんふりをするのをあきらめて、振り向きざまに彼をにらんで食ってかかった。「欠陥なんてないわ！　わたしが手にはいるなんて幸運なことなんですからね。わたしにはあなたの馬百頭ぶんの値打ちがあるんだから」

彼の口の端が持ちあがり、額の上で片方の眉が高く上がるのを見て、ミュアラインは自分の言ったことに気づいてこうつづけた。「あの恥ずべき取引に同意したわけじゃないわよ」

またまえを向いてつぶやく。「あんな低俗なことを考えるなんて、兄はどうかしてるのよ」

「それで、おれほど高潔でなくて、申し出を受け入れるかもしれないだれかに差し出されるまえに、逃げてきたんだね？」

ミュアラインは不満そうに口を引き結んだ。たしかにそれが彼女のやったこと……あるいはやろうとしていたことだ。でも今は、この男が口を出して逃亡のさまたげになるのでは、とやきもきしていた。

「ドゥーガル」

どなり声がして、ミュアラインはあたりを見まわした。後方にいた男性の連れたちが、突然馬の速度を上げて近づいてくるのを見て、目をまるくする。

「どうした、コンラン？」ドゥーガルが眉をひそめてきいた。

「騎馬隊だ」男性は心配そうにミュアラインのほうを見ながら説明した。「ここにいるレディを連れ戻そうと追ってきた、ダンヴリースの者たちだと思う」

小声で悪態をつきながら、ミュアラインは隠れようと牛を木立に向かわせはじめたが、男たちに取り囲まれたせいで、行く手を阻まれていることに気づいた。

「その時間はないよ、お嬢さん」コンランが同情するように言った。「騎馬隊はすぐにもやってくる。隠れるのは無理だ」

「それならおれたちで隠そう」ドゥーガルが重々しく言った。「彼女を囲んで髪とドレスを隠せ。おれが騎馬隊に会う」

ミュアラインは反論しようと口を開けたが、頭に縁なし帽を被せられて驚きの声をあげた。

「髪をたくしこめ」だれかが言った。

「それから、これにくるまって、きれいなドレスを隠して」と別のだれかが言って、肩にプレード（スコットランド高地地方の男性が身につける格子柄の布）を掛けた。

ミュアラインは文句を言わずに、不器用に髪を帽子にたくしこみ、プレードを体に巻きつけて、馬に乗ったスコットランド人たちのほうを見やった。牛は彼らの馬よりも手のひらひとつぶん背が低かったので、プレードでは覆えないスカートを隠すのに役立ったが、彼らは今や三人しかいなかった。あとは、彼女の兄に売るはずだった騎手のいない馬が二頭いるだけだ。

「思ったんだけど……」提案を最後まで言わないうちに、だれかに突然別のプレードを被せられ、頭まですっかり隠れた。うなじが押されるのを感じて、牛の背の上に伏せることになった。これですむことを願いながら、重い布を被せられていることによる息苦しさは無視して目を閉じ、祈りはじめた。

ドゥーガルがなんとか六メートルほど戻ったところで、こちらにやってくるイングランドの騎馬隊と行き合った。弟たちが娘を隠そうとしている場所から、充分距離があることを願ったが、そうでなかったとしてもできることはあまりなかった。いま決めなければならないのは、あの娘のために戦うべきか否かで、どうするべきかはまだ決めかねていた。相手が二十人いたからではない。ドゥーガルと弟たちは熟練の戦士だ。怠け者でろくに訓練も受けていない二十人のイングランド兵士など、簡単に打ち負かせるだろう。だが、戦って相手を殺すほどの価値がレディ・ダンヴリースにあるかはわからなかった。もし少しでもあの兄に似たところがあるなら、当然ながらその価値はない……その場合は関わりたくなかった。臨機応変にやらなければ。

「ダンヴリースは馬の代金を作れたのか？」騎馬兵たちが立ち止まると、あいさつ代わりに軽い調子できいた。

「いいえ」先頭の男がドゥーガルの背後の弟たちを見てから視線を戻した。「ロード・ダンヴリースの妹君を探しています。馬で出かけてまだ戻っていないのです。兄君は心配されています」

「馬でと言ったか?」ドゥーガルは驚いたふりをしてきいた。「それはたしかか? 妹君は馬を持っていないはずだが。それに、われわれが到着したとき、彼女は広間に座っていたし、われわれがそこをあとにしたときは、たしか階段をのぼっていた」

「それが」男は眉をひそめて、自分が来たほうを見やった。「あなた方が出発したあとに城を出られたらしいのです。ここに来るまでは行き合いませんでした。別の道を行ったのでしょう」

「おそらくそうだろう」ドゥーガルは同意した。ダンヴリースの領地を離れるまえに、兄弟が食事のために足を止めたことを知らなければ、そう思うはずだ。

男はうなずき、来たほうにきびきびと馬の向きを変えると、「では、よい旅を」と言った。

「きみたちも」ドゥーガルは明るく言って、にやりとしながら、部下を率いて戻っていくイングランド人兵士を見送った。うそをつく必要さえなかった。まったく、愚かなやつらだ。もちろん、こうなったからには例の娘をなんとかしなければならないが、と気づいて、笑みが消えた。

まったく。ドゥーガルは首を振って馬の向きを変え、弟たちのところに戻った。

「お嬢さんを探していたんだろう?」コンランがきいた。兄弟たちはじわじわと脇に寄って、ドゥーガルの馬を娘の牡牛の隣につけさせた。

「ああ」尽力に感謝されるのを期待して、ドゥーガルはレディ・ダンヴリースのほうを見た。

だが、彼女はいかにもイングランド人らしく、彼の存在すら認めるのを拒否した。まだ牡牛の背につっ伏したまま、小麦の袋のようにプレードを被っている。

顔をしかめながらプレードを引っぱってはずすと、彼女が牛から落ちかけたので、受け止めようと急いでそばに寄った。

「おやおや」ドゥーガルが気を失った娘を自分の馬のほうに引き寄せてのぞきこむと、コンランはうんざりしながらつぶやいた。「逃げ出したうえ、おれたちのせいで死んじまうとはな。イングランド人とのあいだでひと悶着起きるぞ」

「いや、気を失っているだけだ」ドゥーガルは言ったが、念のため、青い顔から胸へと視線を移動させて、呼吸していることをたしかめた。呼吸はしているが、浅かった。

「ちがうよ」娘をよく見ようと鞍の上で首を伸ばしながら、アリックが急いで反論した。「ひとりで逃げてくるほど勇敢な娘なら、こんなちょっとしたことで怖がって気を失うわけがない」

「逃げたのは勇気のせいじゃないかもしれないがな」コンランが指摘した。

「ほかに何があるんだよ?」アリックが顔をしかめてきいた。

「神に与えられるべき分別が欠如しているのかもしれない」ジョーディーが意見した。

「兵士を出し抜けるだけの分別はあったはずだぞ」アリックがしぶしぶ言い添える。

「このお嬢さんはばかじゃない」コンランがぴしゃりと言った。「分別がないわけでもない。

そんな憶測をしやがって、おまえたちこそ恥を知れ」

「それなら、なんで彼女は気を失ったんだよ？」

コンランはちらりと彼女を見てから言った。「おそらく病弱なんだろう。あの兄が妹の健康に気を配っていたとは思えないからな。もしかしたら病気なのかもしれない」

「さあ、もういいだろう」もっと楽な姿勢をとらせるべく、膝の上で彼女を抱き直しながら、ドゥーガルが言った。「老嬢たちのようなふるまいはやめろ、旅をつづけるぞ」

コンランは驚いて眉を上げた。「彼女を連れていくのか？」

「こんな状態で路傍に置いていくわけにもいかないだろう？」ドゥーガルはいらいらと指摘した。「意識が戻るまで連れていく」

「そのあとは？」コンランが目をすがめて尋ねる。

「そのあとは、行き先を尋ねて、通り道ならそこまで送ってやる」不満顔でそう決めた。娘はいささかお荷物になるだろうし、あまり気は進まなかったが。

「行き先が通り道じゃなかったらどうする？」コンランがきいた。「それか、もう通りすぎてしまっていたら？」

「それはそのとき考える」ドゥーガルは辛抱強く言った。そしていらいらと付け加えた。

「今はおまえたちが重い腰を上げて馬を進めてくれるとうれしいんだがな」

「わかったよ、どならなくても」コンランがなだめるように言った。「お嬢さんを抱いてるんだから、兄貴はしんがりだな」あたりを見まわしてからきく。「牛はどうする？」

ドゥーガルは顔をしかめながら、牛を見て肩をすくめた。「置いていこう。おそらく城に戻るはずだ。そうすれば彼女は牛から落ちたのだと思うだろうから、やつらはダンヴリースの森を捜索して、数日無駄にすることになるかもしれん」

「でもそれだと、彼女の意識が戻ったとき乗るものがないぞ」コンランが指摘した。

「おれの馬にいっしょに乗ってもらうことになるが、まずいか？」ドゥーガルはさりげなくきいた。

「まずくはないが、彼女の行き先がおれたちとは別の方向だったらどうする？　乗り物がなければ計画どおりにはいかないぞ」

「乗り物といっても牛だぞ、コンラン」ドゥーガルはうんざりしながら指摘した。「正気の人間が牛になんか乗るか？」いらいらとため息をついて首を振る。「彼女に馬を一頭進呈するよ。どうせ二頭余分に連れているし」

「大金の価値がある最高の馬が二頭だぞ」コンランが鋭く指摘した。「まさか兄貴が考えているのは――」

「おれが考えているのは、話はもう聞きたくない、早く出発したいってことだ」ドゥーガルはぴしゃりと言った。「牛のことは好きなようにしろ。だが今は旅をつづけるぞ」

腹にかかとを当てると馬はギャロップで走りだし、レディ・ダンヴリースはドゥーガルの膝の上で、小麦の袋のように跳ねることになった。小声でぶつぶつ言いながら、馬の速度を落として彼女を抱え直し、また速度を上げる。だが、腕のなかの娘を何度も見おろしながら、もし自分がダングリースの交換条件に同意していたら、この娘はどうしただろうと考えていることに気づいた。彼女はこれまでもこうして人に差し出され、使われてきたのだろうか？そのことにはこれまで思い至らなかったが、考えてみるとなんだか腹が立った。むっつりと前方の小道に注意を向け、さらに馬の速度を上げた。そうしながらも、娘が膝の上から跳ね飛ばされないように、抱える腕に力をこめた。

2

男性の笑い声と話し声と動きまわる音で、ミュアラインは意識を取り戻した。寝返りを打って仰向けになり、深く息を吸いこんで、吸いこめることに安堵する。そうできるのは、ほんとうにしばらくぶりという気がした。その日は何度も目覚めたが、いつも男性の胸にきつく押しつけられていて、深く息を吸うことができなかったのだ。そのたびに恐慌を覚え、空気が足りないせいもあって、また意識を失ってしまうのだった。だが今回は、これまで目覚めたときとちがって、空気のない暖かな繭のなかにはいなかった。それどころか、ちょっと寒いと思って眉をひそめ、目を開けると夜空が見えた。

大きな笑い声に気づき、寝転がったまま顔を動かして、小さな焚き火の灯りでシルエットになった黒い人影のほうをうかがった。男たちは全員が大柄で、いかにもスコットランド人らしいと服装を見て気づいた。兄の兵士たちから自分を隠してくれた男たちだろう。馬の上できつく抱いてくれていたのは、その頭領にちがいない。彼はわざと空気を搾りとろうとしたわけではないのだろうが、ミュアラインは目覚めても息を吸うことができないのですぐにまた意識を失った。一度ならず死ぬのではと思ったが、幸い死にはしなかった。

笑い声が小さくなり、ミュアラインは男たちから視線を引き離して、あたりを見まわした。彼女は大きな木を背にして横たわっていた。木の向こうの闇のなかで、馬たちが動きまわる音が聞こえ、前方には男たちと焚き火があったが、それ以外はどこもかしこも真っ暗で、目が見えなくなったのかと思うほどだった。くもり空らしく、唯一の灯りは焚き火だけで、それがほんとうに残念だった。用を足したくてたまらなかったからだ。

顔をしかめながら慎重に起きあがり、そろそろと立ちあがってみると、軽いめまいがしたのでちょっと驚いた。朝から何も食べていなかった。一日じゅう空腹を抱え、息もろくにできなかったのだから、当然といえば当然だ。手を伸ばして木につかまり、ひどいめまいが治まると、静かに動いて、目が見えない人のように両手をまえに伸ばしながら、慎重に左手の闇のなかにはいっていった。右手に馬たちがいるのはまちがいなかったが、こんな真っ暗闇のなかでは容易に迷ってしまう。馬の足もとでつまずいて怖がらせ、踏みつけられたくはなかった。

馬の温かな肩や脇腹やお尻にぶつかることもなく、片手が木の幹に当たったので、ほっとして立ち止まった。小さく息を吐き、幹に手をすべらせながら、焚き火が見えなくなるところまで進んだ。遠くまで行って、暗闇のなかで迷子にはなりたくなかったので、ドレスをたくしあげてその場にしゃがんだ。唇から小さなため息がこぼれる。すると、温かくて濡れたものが鼻と頰に触れ、ぎょっとして思わず悲鳴をあげた。つぎの瞬間、ミュアラインは地面に倒れた。

悲鳴が夜の空気を引き裂いたとき、男たちは全員黙りこみ、ドゥーガルは頭をめぐらせて、背後の木の根もとに寝かせてきたレディ・ダンヴリースを反射的に探した。彼女はそこにいなかった。

悪態をつきながら、焚き火から木の枝の燃えていない部分をつかんで立ちあがった。弟たちもそれに倣う。先端が燃える木の枝を間に合わせのたいまつにしながら、彼女のいた木のほうに向かい、そこから悲鳴が聞こえたと思われる方向に足を向けた。やがて、暗闇のなかから聞こえてくる声に気づき、速度を落として馬の左側に降りた。

「まあ、ヘンリーだったのね！　びっくりして肝をつぶしたじゃないの！　そんなばかみたいにキスするのはやめて、しゃんとさせてちょうだい」

ドゥーガルは足を止めた。ヘンリー？　キス？　レディ・ダンヴリースには牛に乗って会いにいくような恋人がいたのか？　もしそうなら、その男はあとをつけてきて、おれたちの注意が離れるのを待ってから、娘にしのび寄ったにちがいない。彼女は見た目ほど純潔ではなかったのだと思って、説明がつかないほど落胆した。

口もとを引き締め、毅然として足を進めたが、間もなくすぐには忘れられない光景がたいまつの火に照らし出され、立ち止まることになった。レディ・ダンヴリースは草の上に横向きに寝そべり、覆いかぶさってきて、おいしいごちそうであるかのように顔をなめようとする牝牛をかわしていた。牛が長い舌を伸ばすのをやめて、にらむような目を上げて彼を見たとき、角に気づいて、いや、牡牛だった、と訂正した。

「牛はついてきたようだな」背後でコンランがおかしそうな口調で言った。ドゥーガルが振り向くと、弟たちが三人とも追いついて、レディ・ダンヴリースの様子を見てにやにやしていた。

「あら、あなたたち」レディ・ダンヴリースは牛の片方の角をつかみ、もがくようにして立ちあがると、急いでスカートの汚れを払って、困った顔で彼と向き合った。「わたしはただ……」なんとなく森のほうを示した。暗いのでわかりにくいが、赤くなっているようだ。

「牝牛と地面を転げまわっていたのか」笑みを浮かべようとしながら彼は言った。

「ちがうわ」彼女は威厳を持って言った。「それに、ヘンリーは牡牛よ」彼女は向きを変え、牝牛と呼ばれたことで受けた屈辱を癒すように、牛の鼻面をなでてやった。「子牛のころからわたしが育てたの。生まれたときは小さくて、厩番頭は生き延びられないと言ったけど、わたしが城に連れていって世話をしたら、立派な牡牛に成長したのよ」

「おれたちをばかにしてるのか？」ドゥーガルの横から不意にコンランが進み出て、いらだちもあらわにきいた。

レディ・ダンヴリースはかすかに眉をひそめた。「いいえ。わたしが育てたと言っただけよ。そしてこの子は牡牛だと」
「牛のことじゃない。そのしゃべり方だ」なぜコンランがそんな質問をしたかわかった
ドゥーガルは、あわてて言った。弟が質問するまで気づかなかったが、娘はスコットランド
訛りで話していた。当惑する彼女を見て、説明した。「きみはイングランド人なのに、おれ
たちの話し方をまねしている、レディ・ダンヴリース」
娘はそれを聞いて目を見開き、誇らしげに胸を張った。「イングランド人じゃありません。
それに、名前もダンヴリースではないわ。モントローズ・ダンヴリースは異父兄なの。わた
しはレディ・ミュアライン・カーマイケル。父はカーマイケルの士族の長、バハンよ」
「ミュアライン・カーマイケル？　うちのサイが言ってたミュアラインか？」
彼女は鋭く彼を見た。「サイ・ブキャナンのこと？　彼女を知ってるの？」
「知ってるかだって？」ジョーディーがおもしろがって繰り返した。「ああ、そういうこと
になるね」
「おれたちはサイの兄弟なんだ」アリックが言った。「おれはアリック・ブキャナン。ここ
にいるのは兄貴のジョーディーとコンランとドゥーガルだ」
「まあ」ミュアラインは声をあげた。顔に安堵が広がる。やがて、その表情はぎょっとして
警戒するものに変わった。アリックが突然進み出て、彼女を力一杯抱きしめて地面から持ち
あげたからだ。

「ありがとう、ありがとう、ありがとう」彼女の体を揺すりながら、彼はうれしそうにささやいた。

「おろしてあげろよ、アリック。そんなふうに揺すったら目がまわるだろ」ジョーディーがどなった。そして、アリックが彼女をおろすと、今度は自分が代わって彼女を抱きしめ、地面から持ちあげたが、揺すりはしなかった。抱きしめて地面から持ちあげただけで、彼女を窒息させそうになりながら、低い声で「ありがとう、お嬢さん。あなたがしてくれたことに、おれたちはなんとお礼を言えばいいかわからないよ」と言った。

「まあ」ミュアラインはよくわからないまま困惑顔でジョーディーの背中をたたきながら、弱々しく繰り返した。何を感謝されているのかさっぱりわからなかった。

ジョーディーが慎重に彼女を地面におろした瞬間、今度はコンランが進み出て場所を交代した。

「ああ、感謝している」と言って、コンランも抱きしめてきたが、もっと配慮があった。持ちあげずに短くぎゅっと抱きしめたのだ。「レディ・シンクレアを殺そうとしたあの性悪女とのあいだに何があったか、サイから聞いたよ」

「ああ、あれね！」ミュアラインはコンランから解放されて、突然理解した。片手をぱたぱたと振って彼らの謝辞を退け、もごもごと照れくさそうに「たいしたことじゃないわ」と言った。

「たいしたことだ」ドゥーガルがうなるように言った。ミュアラインを抱きしめるのではなく、腕組みをして彼女をにらみながら反論する。「あの女に殺されそうになったレディ・シンクレアとおれたちの妹、両方の命を救ったんだから。おれたちはきみに返さなければならない恩義がある」

「それならもう返してもらいました」ミュアラインは強く請け合った。「兄の策略から救ってくれたんですもの。恩義はまちがいなく返してもらったことになるわ」

「いや、お嬢さん、きみを救ったのはきみ自身だよ。牛に乗って逃げてきたんだから」彼女ひとりにまかせてダンヴリースを去るのではなく、自分たちが彼女を救出するべきだったと思いながら、ドゥーガルは顔をしかめて言った。彼女がだれなのかを知っていたら、まちがいなくそうしていただろう。自分たちのまえに立っている女性のことは、サイからさんざん聞いていた。彼女はサイの命を救っただけでなく、親友でもあり、妹の話によればすばらしい女性らしい。賢くて、高潔で、勇敢な。

「いや、おれたちはダンヴリースの兵士が探しに来たとき、きみを隠しただけだ」コンランが顔をしかめて言った。

「これからもそうするつもりだよ、そうだよな、ドゥーガル?」アリックが興奮して言った。返事を待たずにつづける。「おれたちといれば安心だ。イングランド野郎の異父兄につかまることも、最初の客に牝馬みたいに売られることもない」

ジョーディーはうなり声で同意してから言った。「もう心配はいらないよ。おれたちが守るから。そうだよな、兄貴？」

三人の弟たちに期待をこめて見つめられ、ドゥーガルはどうしようかと眉をひそめた。もしダンヴリースが後見人なら、彼女を好きなようにできるだろう。彼女を見つけたなら。自分たちにできるのは、彼女を兄に見つからない場所に連れていくことぐらいだ。問題は、そういう場所はあまりないということだった。女子修道院が頭に浮かんだ。修道女になれば、教会が守ってくれるだろうが、ミュアラインのような美しい娘が、きれいなばかりか、サイによれば勇敢で賢い娘が、この先死ぬまで教会に閉じこめられるのはもったいないような気がした。

「ドゥーガル？」黙ったままの兄をコンランがせかした。「彼女の安全はおれたちが守るよな？」

ため息代わりの息を吐き出しながら、ドゥーガルはしぶしぶうなずいた。彼女をダンヴリースに返すわけにはいかない。あの男は賭けで失った金を取り戻すために、冷酷に妹を利用するだけだろう。つまり、自分たちにできることをするしかない。だが、きいておきたいことがいくつかあった。「牝牛に乗って逃げるとき、どこに行くつもりだったんだ？　かくまってくれる家族はいるのか？」

「ヘンリーは牡牛よ、牝牛じゃないわ」ミュアラインは断固として繰り返し、牛の鼻面をなでた。動物はすぐにまたおいしいごちそうであるかのように彼女の手をなめようとし、ミュアラインはその舌をよけながら苦笑いをした。そして、ドゥーガルを見て、真剣に言った。

「この子も連れてきてくれてありがとう。足手まといだったでしょうに」

ドゥーガルは小突いてきたコンランを無視し、牛を置いていけと命じたことは口にしなかった。この頑固な動物は自分でついてくることに決めたのだ。事実、ドゥーガルは牛がついてこられたことに感心していた。だれかにそれを明かされると困るので、向きを変えて自分たちがいた場所のほうを示した。「みんなで火のそばに座ろう。どこに向かっているのか話してくれ。そこまでおれたちが安全に送り届けるよ」

「うん」焚き火のほうに向き直り、アリックがにっこりして言った。「サイの命の恩人なんだから、それぐらいさせてもらわないと」

男たちは焚き火のほうに戻りはじめたが、ドゥーガルはミュアラインを待ち、すぐについて来ようとしない彼女を見て、片方の眉を上げた。

「実は、こっそり遠くまで来たのは、その……個人的な用事をすませたかったからなの」彼女はとりすましてそう言ったあと、牡牛に向かって顔をしかめた。「でも、なんとも荒っぽくじゃまをされて」

「なるほど」ドゥーガルは言った。そして、どうすればいいかわからずに眉をひそめた。自分がこの場を離れれば、たいまつを持っていってしまうことになるし、真っ暗な森に彼女ひとりを残していくのは正しいことではないような気がした。だが、彼女がやぶのなかでしゃがんでいるあいだ、自分がたいまつをかざして立っていては、いやがられるだろう。たいまつを掲げながら、彼はきいた。「これが必要かな?」

「ええと……」ミュアラインは間に合わせのたいまつを見つめて迷っていたが、近づいてきて受けとり、その重さに目を見開いて、もう片方の手を添えた。かなり大きな枝で、両手で持たなければならないなら、用を足すのに不便だろう、と彼は思った。

「よかったら持ちやすいたいまつを作ってあげよう、もっと小さいのか、地面に刺せるようにもっと長いのを。そうすれば――」

「いいえ」彼女はさえぎり、なんとか笑みらしきものを浮かべて言った。「実は差し迫っているの。これでなんとかするわ」間をおいてこうつづける。「焚き火のところに戻りたければ、わたしにかまわず行っててちょうだい」

「ああ、わかった」ドゥーガルはうなずき、向きを変えかけたが、弟たちが焚き火のまわりでくつろごうとしているのに気づくと、また振り返って言った。「もう少し離れて、あそこの木のうしろまで行くといい。でないと弟たちに――」

「ええ」彼女は最後まで言わせなかった。たいまつが顔のすぐ近くにあったので、今度はまちがいなく赤くなっているのがわかった。

ドゥーガルはうなずき、ふたたび向きを変えかけたが、彼女が咳払いをしたので、何事かと立ち止まって振り向いた。

「その……もしできれば……」今はドレスの上から腕をなめている愛情深い牛のほうを示され、ドゥーガルは思わず笑いそうになった。

ぐっとこらえて渋面を作り、近づいていってごつい首輪をつかむと、牛を引っぱった。牡牛は頑固で、足を踏ん張って抵抗したが、それも女主人に「行きなさい、ヘンリー。わたしもすぐに行くから」と言われるまでのことだった。

ドゥーガルが驚いたことに、牡牛は抵抗するのをやめ、犬のように従順に彼に引かれるまま女主人から離れた。首を振りながら弟たちの向こうまで連れていき、この動物をどうしたものだろうと思って足を止めた。

「きっと腹がすいているんだろう」コンランが肩越しに振り返り、にやりとして言った。

「それならえさをやってくれ」ドゥーガルがどなった。

コンランは片方の眉を上げてからうなずき、アリックを見た。何も言う必要はなかった。末っ子はため息をついて立ちあがり、焚き火をまわってやってくると、ドゥーガルから牡牛の手綱を受けとった。旅のあいだ、馬の世話はアリックの役目なのだ。手綱を放し、ミュアラインの悲鳴を聞くまでいた場所に腰をおろした。すぐに、振り向いて娘のいる方角を見たくてたまらなくなった。彼の助言に従って姿が見えにくい場所に移動したかどうか確認するために。

「ミュアライン・カーマイケルか」コンランがつぶやいて、首を振った。「イングランド人かと思ってたよ」

「おれもだ」ドゥーガルは考えこみながら言った。

「べっぴんだな」コンランが言い添える。

「たまらなくべっぴんだ」ジョーディーがにやりとしながら同意した。「サイはそんなこと言ってなかったのに」

「あのひどい兄貴から離れられてよかった」アリックが焚き火に戻ってきながら、けわしい顔で言った。「あいつが彼女を売ろうとしたときは、血が煮えくりかえったよ。イングランド人の娘だとしてもひどいと思ったのに、彼女はスコットランド人だぞ？　しかもおれたちのサイを救ったあの勇敢な娘だぞ？」彼はさもつらそうに首を振った。

「ふむ」ジョーディーがつぶやき、真顔に戻った。「あの兄貴がもう彼女を売ったりしないように、おれたちが気をつけないとな」

「それにはどうすればいいと思う？」ドゥーガルがようやく心配事を口にして、静かに尋ねた。「あいつは彼女の兄で、後見人だ。もし彼に見つかったら――」

「それなら、見つからないように気をつければいい」アリックが顔をしかめて言った。

「ブキャナンにかくまおう」ジョーディーが提案した。

「ダンヴリースは彼女とサイが友だちだと知っている」ドゥーガルは指摘した。「近くで見つからないとなったら、つぎに探す場所はブキャナンだろう。とくに、彼女がいなくなったとき、おれたちがダンヴリースにいたわけだからな。実際、彼の兵士はすでにおれたちを追っているかもしれない」

それを聞いて弟たち全員が顔をしかめ、やがてアリックが言った。「彼女が結婚すれば、彼はもう後見人じゃなくなって、なんの権利もなくなる」

それはドゥーガルも考えたが、おもしろくなさそうに笑ってきいた。「おまえが彼女と結婚するのか?」

「そうしてもいい」アリックは心持ち背筋を伸ばし、胸を張って答えた。「そうとも、ダンヴリースに返すくらいなら、おれが結婚するよ。彼女とならベッドをともにするのは苦じゃないし」

最後の意見を聞いてドゥーガルは顔をしかめた。もちろん彼女とベッドをともにするのは苦ではないだろうが、その相手がアリックかと思うとなぜか気に入らなかった。すると今度はジョーディーが言った。「ばか言え! おれのほうが年上だぞ。彼女が結婚しなくちゃならないなら、その相手はおれだ」

「一歳上なだけじゃないか」アリックが言い返した。「それに、兄貴みたいなむくつけき大男よりおれみたいな男前の若者のほうが、彼女は好きに決まってる」

「男前の若者っていうのが弱っちいやつって意味なら、そうかもな」ジョーディーがどなった。「だけど彼女はひげも生えてない若造より本物の男を選ぶさ」

「先に言ったのはおれだぞ、彼女が結婚しなくちゃならないなら、相手はおれだ」アリックはかたくなに言った。

「おまえじゃだめだって！」ジョーディーは歯をむいて、威嚇するように立ちあがった。

「そこまでだ」ジョーディーを殴る気まんまんでアリックが立ちあがると、ドゥーガルがぴしゃりと言った。「骨を取り合う犬みたいに彼女を取り合うんじゃない。それに、ダンヴリースのことをとやかく言って、彼女を恥じ入らせるのもだめだ。座っておとなしくしていろ」

弟たちは黙ってしぶしぶ腰をおろしたが、にらみ合いはつづいていたので、いずれまた口論がはじまるだろうとドゥーガルは思った。ふたりの頭を打ち合わせてやりたかった。彼女と結婚すると言いだしたこいつらの頭を。だが、理由はわからなかった。自分たちは彼女の幸福を気にかけているし、今や彼自身、たしかに彼女のことが気になっていた。なんといっても、サイの命の恩人なのだ。それは返しても返しきれない恩であり、兄弟全員が同じ思いでいるのはわかっていた。それならなぜ兄弟のひとりが彼女と結婚して、その心配を引き受けることに反対する？　自分がそうしたいからではない。長兄であるオーレイと力を合わせなければならない今、ドゥーガルが第一にやるべきことは馬の飼育で、結婚などまだ考えたこともなかった。それはもっと先に、馬の飼育に集中できる申し分のない土地を購入し、自分の家族を作る時間ができてから考えることだ。それが彼の計画だった。

だが今はミュアラインがいて、彼女の抱える問題があり、だれだか知ってしまった以上、彼女の運命をダンヴリースの好きにさせるわけにはいかないという事実がある。牛に乗って逃げる彼女を路上で見つけてしまったからには、とても良心が痛まずにそんなことはできないだろう。彼女の正体を知るまえでさえそうだったのだ。そのうえ、今日一日馬上で抱えていた彼女の体が実にしっくりと感じられたこと、見た目どおりのうるわしい香りがしていたことが思い出された。その午後馬に乗りながら、ドゥーガルは何度か頭をかがめて、そのかぐわしい香りを吸いこんでいた。

小声で悪態をつきながら炎を見つめ、兄が強いる運命から娘を救うにはどうすればいいか考えた。自分たちにできるだろうか？　彼女にたよれる家族がいるかどうかがわかればいいのだが。あの兄を後見人からはずすよう、彼女のために王に陳情してくれる人がいれば。だが、ミュアラインが戻って質問に答えるまではわからない。そういえば……いったいいつまで待たせるんだ？　小用をすませて戻るのにいったいどれだけ時間がかかるというのか？

ドゥーガルは顔をしかめて炎を一分ほど見つめていたが、やがて顔を上げ、衝動に屈して彼女を残してきたあたりをすばやく見た。そして、眉をひそめて立ちあがった。彼女は見えないところに移動しただけでなく、完全に姿を消していた。少なくとも、木立のなかからでも見えるはずの、彼が残してきたたいまつの灯りは見えなかった。

「どうした?」コンランは座った位置から兄を見あげたが、兄が気にする森のほうを振り向くことはしなかった。

「ミュアラインがいない」ドゥーガルは暗い声で言うと、かがんで焚き火からもう一本木の枝を抜いた。

「なんだと?」コンランも立ちあがって振り向いた。「どこに行くっていうんだ?」

ドゥーガルは返事をせずに森に向かい、弟たちは急いであとを追った。今回はふたり以上がたいまつを持っていた。歩いているうちに光に取り囲まれたことで、ドゥーガルにはそれがわかった。


「ああもう……」

やぶを押し分けて進みながら、ミュアラインはつぶやいた。髪とドレスにからみつき、顔を引っかく木の枝に顔をしかめる。それを避けるためにできることはなかった。ドゥーガル・ブキャナンにたいまつとしてわたされた、ひどく重い木の枝を支えるために、両手がふさがっていたからだ。

もちろん彼女がいけなかったのだ。別の小さいたいまつを持ってくるか作ろうと言われたのに、あのときは一刻も早く用を足したくて、いらないと言ってしまった。今もまだ目的は果たせず、がまんの限界に達しているのに、森林火災を起こさずにそれができる場所をさがして、森のなかをうろついていた。スカートを押さえてしゃがむには、重たい木の枝を置いておける場所が必要だったが、今のところどこを見ても乾燥した草や葉に覆われているようだった。

あらたなやぶを押し分けると、空き地に出たので、顔からまえにつんのめりそうになった。両手を使わずになんとか体勢を立て直すと、たいまつを掲げてあたりを見まわした。小さな空き地のまんなかに大きな岩を見つけ、安堵のため息をついた。あれなら申し分ないと判断し、木の枝を岩の上に置こうと足を進めた。

もう間に合わせのたいまつを持っている必要はなくなったので、すぐにもここに来た目的を果たさなければならない。すばやくスカートをたくしあげてしゃがんだ。だが、ヘンリーの愛情攻撃やそれ以外のじゃまがはいらないうちに用事をすませるまでは、ほっと息をつくわけにはいかなかった。そのことは前回で学んでいた。

体を起こしてスカートを元どおりにおろしたとき、明かりが動き、すぐにまた消えたような気がした。一瞬凍りつき、たいまつを置いた岩のほうにゆっくり身を向けると、暗闇を見つめることになった。視線を下に向けたとき、たいまつだったものの燃えさしが最後の光を発しているのが見えた。いまいましいことに岩から転がり落ちて、地面に届くまえに炎が消えてしまったらしい。

「ちくしょう」とつぶやいたあと、そんなことばを口にした自分に舌打ちして首を振った。

こんなふうに悪態をついてしまうのは、友だちのサイと長いこといっしょにいたせいだろうか。

ため息をつくと、急いで歩み寄ってたいまつをつかみ、炎を復活させようと息を吹きかけはじめた。赤くなったものの、その最後の輝きも消えてしまい、手にしているたいまつさえ見えなくなってしまっては、もう無理だった。

「あーあ、完璧じゃない？」

文句を言って役に立たない木の枝を捨て、あたりを見まわした。自分がどこにいるのかも、野営地がどの方角なのかもわからなかった。唇をかんで、自分の居場所を見定めようとした。さっき自分は、岩の上にたいまつを置いてからそれに背を向け、来た道のほうを向いた。そして、また岩のほうを向いて、急いでたいまつを取りにいった。その時点で、来た方角に背中を向けていたはずだ。だがそのあとたいまつを落としてまた向きを変えた。ぐるっと一周まわったのなら、行きたい方角を向いているということ？　それとも、半周しただけ？　そもそも、ヘンリーに手荒な愛情表現をされた木のうしろから、森をまっすぐ突っ切ってきただろうか？　それともななめに進んできた？

ミュアラインは降参とばかりに両手を上げた。手がかりはひとつもないし、進みはじめたときは聞こえていた男たちの声も聞こえない。やぶを押し分けて空き地に出たときに、声は突然消えてしまった。しばし立ち止まって、男たちのくぐもった声や、野営地でたてる音が聞こえないかと耳を澄ましたが、何も聞こえなかった。みんな眠ってしまったのか、それとも……いや、ほかに何が彼らを黙らせるというのか。死ならありうるかもしれないと思い、焚き火を囲んで座るブキャナン兄弟の背後から、盗賊の一団がそっとしのび寄り、すばやくのどをかき切って、声もあげさせずに殺すところを思い浮かべた。

体に震えが走り、両腕をさすりながら不安な気持ちであたりを見まわした。盗賊のひとりはここまでミュアラインを追ってきて、今も暗闇のなかをしのび寄り、のどをかき切ろうとしているのかもしれない。

片手で首をさすり、首があまり露出しないように、無意識のうちにあごを引き寄せていた。だが、すぐに自分のしていることに気づき、首から手を離して肩を上げた。

「あそこにはだれもいないわ」ミュアラインは強く自分に言い聞かせた。「野営地に戻る道さえ見つければ、何も問題はないはず」

少なくともそうであってほしいと思った。実際、状況について考える時間はそれほどなかった。サイの兄弟たちといれば安全だし、今も彼らはわたしをさがしてくれているはず……。そういえばドゥーガルは、目的地を教えてくれればそこまで送るというようなことを言っていたが、最後のほうはよく聞いていなかった。あのときは用を足すことで頭がいっぱいだったからだ。

うんざりして小声でぶつぶつ言いながら、まっすぐ前方に歩きはじめた。両手をまえに伸ばして、さっき空き地に出るまえに押し分けたはずのやぶや木の枝をさがす。男たちのもとに戻る以外に選択肢があるわけではなかった。自分がどこにいるかも、どちらの方角に行けばスコットランドに行けるのかも、わからなかったのだから。

まだスコットランドにはいっていないとすればだが、と考えていると、やぶのなかで足を取られ、ドレスがからまって引っぱられた。髪もしばしば枝にからまり、頭を引き離さなければなかった。もしもうスコットランドにいて、方角をまちがえ、イングランドに戻りつつあるのだとしたら、悔やんでも悔やみきれない。だが、このところすっかり運に見放されているので、実際にそうなってしまう可能性もあった。

考え事に気を取られていたので、見つめている地面が少し明るいと気づくのに少し時間がかかった。飛び出してくる枝に目を突かれないように、頭を低くして進んでいたのだ。明るくなった地面をしばらくぼんやりと見つめて歩く速度を落とすと、何かにぶつかりそうになってすばやく顔を上げた。すると、腕をつかまれた。

視線を上げると、のしかかるような大きな人影があった。その人影の横と背後に光源があるせいで、恐ろしい姿に見えた。ミュアラインは口をぱくぱくさせたあと、視界が暗くなり、世界が小さな黒い点にまで縮んで、自分が倒れるのを感じた。

たいまつをコンランにわたし、ドゥーガルは地面にくずおれようとする娘を受け止めた。

「まったく。また気を失ったぞ」コンランがつぶやいた。

「この娘は気絶しやすい体質だとサイが言っていた」ドゥーガルはミュアラインを抱きあげて言った。

「ああ、だが、ジョーンが薬を調合してくれて、よくなってきたようだとも言ってなかったか?」彼女を抱いて振り向いたドゥーガルに道を譲ろうと、あとずさりながらコンランが眉をひそめて言う。

ドゥーガルが肩をすくめるだけなので、ジョーディーが尋ねた。「いったい彼女はこんなところまで来て何をしていたんだ?」

「さっき兄貴は、彼女に火のついた木の枝をわたしてたよな」ドゥーガルがやぶのなかを戻りはじめると、コンランが指摘した。

それを聞いたドゥーガルは、足を止めて振り返った。このところ異常に空気が乾燥しているし、火の不始末は森林火災を引き起こしかねない。「悪いが――」

「おれが確認するよ」とコンランが言って、ドゥーガルから預かったたいまつを、ただひとり手ぶらのジョーディーにわたした。「おまえとアリックはドゥーガルと戻れ。おれはあとから行く」

ドゥーガルはミュアラインを抱いて、来た道を戻った。

「彼女は病気じゃないよね?」アリックが心配そうにきいた。弟はドゥーガルのかかとを踏みそうになっていた。たいまつを高く掲げて、ドゥーガルのために道を照らしてもいる。

「ほら、レディ・シンクレアの薬は効いたってサイは言ってたけど、ミュアラインは午後じゅうずっと馬で移動しながら気を失っていたし、今はおれたちを見ただけでまた卒倒しちゃったんだぜ」

「食べてないからかも」背後からジョーディーが言った。「おれたちが出発してすぐに逃げてきたなら、昼飯を食べそこねたはずだし、夕飯も食べてない」

「最初の気絶の説明にはならないよ」アリックが指摘した。「あのときはおれたち自身、食事をした直後だったんだから」

「そうだな」ジョーディーは顔をしかめているような声だ。「もしかしたら、プレードの下で呼吸困難になって、気絶したのかもしれない」

「つまり、最初は息ができなくて気絶して、二度目は空腹で気絶したっていうのか?」アリックがきいた。

「ああ」ジョーディーが言った。「でなければ病弱なんだろう」

「おれは最初からそう言ってるだろ」アリックがいらいらと指摘した。

ドゥーガルは前方に野営の焚き火を見つけ、背後で言い合うふたりから逃れようと足を速めた。今回ミュアラインがどうして気絶したのかはわからなかった。興奮しすぎたり、急に立ちあがったりするとそうなるとサイは言っていたが、彼女はすでに立っていたし、知るかぎり興奮するようなことは何もなかった。だが、気絶する直前はぞっとしているように見えたな、と思った、そして、首を振った。ミュアラインにとって普通のことなのだと知ってはいても、気絶するたびに倒れるのは少し気がかりだった。彼がいつもそばにいて、抱きとめられるわけではないのだから。

3

ミュアラインは眠たげにため息をついて、自分をくるんでいる毛皮にすり寄った。すると、それに応えて毛皮がぎゅっと締めつけてきたので、身をこわばらせた。すっかり目覚めてしまい、目を開けると、すぐまえに白いシャツがあった。視線を上げると、黒っぽいひげが生えはじめているあごの下側が見えた。

唇をかんでひと呼吸し、男性の体から離れようとしたが、えも言われぬ香りが鼻腔に広がって動きを止めた。ミュアラインが身を寄せている男性は、とてもすてきな香りがした。森のようで、ぴりっとした……吸いこんでもそれ以上はわからなかったが、とてもいい香りだ。

乳房を押しつけていた胸が振動し、いびきとしか呼びようのないうなり声が聞こえたかと思うと、男性は彼女を道連れに寝返りを打って仰向けになった。気づけばミュアラインは男性の体の上にいて、胸と胸を合わせ、下半身を彼の両脚と、お腹に当たってじゃまな何やら硬い物の上に投げ出していた。

息を止めてわずかに下を向き、自分がだれの上に寝ているのか確認しようとした。ドゥーガル・ブキャナンだとわかって、なぜかほっとした。どうしてだか彼のことは信頼できた。それでも、自分の下にいるのが彼だと知ってほっとするのはまちがっている。彼女の下になってよろこぶ男性などいるはずないのだから。なんといっても自分は未婚の娘なのだし、この状況はどう見ても不適切だ。そもそも、女ひとりでブキャナンの男たちと旅すること自体が不適切なのだ。もしこのことが人に知れれば、ミュアラインは破滅だろう。だが、どうせ結婚できないのだから、気にする必要はないのかもしれない。それに少なくとも、汚されるのは評判の上だけのことで、実際はちがう。もしダンヴリースに残っていたら、まちがいなく今ごろマラーによって名実ともに汚されていただろう。

モントローズの隣人にしていかがわしい友人のマラーのことを思って、ミュアラインは悲しげにため息をついた。モントローズがいっしょに住むためにダンヴリースに連れてきたミュアラインのことを、ずっといやらしい目つきで見ていた男だ。彼女を隅に追い詰めて、体をまさぐろうとしたことも一、二度あった。サイに膝蹴りを教えてもらっていたのはありがたかった。床の上でうめく男を置き去りにして、その夜は自室に逃げ帰った。それでも、……モントローズの言うとおり、マラーは金を払ってミュアラインがいやいや差し出すものをモントローズの承認を得て手にする機会に飛びつくだろう。そう思うと悲しかった。親しい間柄ではなかったが、それでも半分血のつながった兄妹なのだから、せめて守ろうとしてくれてもよさそうなものなのに。どうやらそれは望めないようだ。

「おはよう」

ミュアラインはまばたきをして考え事を追いやり、自分の下にいる男性に視線を戻した。少なくとも彼は目を開けていたが、見あげてくる目は眠たげだった。これまで見るたびに浮かべていたきびしい表情がないと、ずっと若く、とてもりりしく見えた。

その不適切な考えを押しやって、ミュアラインは無理やり笑みを浮かべ、咳払いをして言った。「おはようございます」そして、顔をしかめながら、恐る恐るつづけた。「起きあがりたいので放してくださる?」

ドゥーガルは片方の眉を上げてから、両腕を開き、ミュアラインが毛皮と勘ちがいしたプレードを広げて、彼女を解放した。

安堵の笑みを浮かべ、ミュアラインはすぐに彼の上から這いおりた。そして、思わず凍りつき、あんぐりと口を開けた。プレードはドゥーガル自身が昨日も着ていたもので、それをつけていない今、彼はシャツしか着ていなかった。しかもそのシャツでは隠しきれないものが――

「気絶するんじゃない!」

ミュアラインはどなられて、彼の顔を見ると、突然背を向けた。ほかの男性たちのほうをうかがい、まだみんな眠っているとわかると、ひどくほっとした。少なくとも、これまでは眠っていたようだ。ドゥーガルがどなったせいで、今はみんな目覚めはじめていた。
ミュアラインは朝の身づくろいをするとつぶやいて、やみくもに森のなかに急いだ。

ドゥーガルはため息をついて膝立ちになり、身につける準備をしようと、プレードを広げてひだをつけはじめた。昨夜は寒く、ミュアラインは震えながら横たわっていた。彼女を寝かせてから、少し離れたところで横になろうとしていたドゥーガルは、初めこそ無視していたが、彼女の歯がかちかち音をたてはじめると、そばに移動して自分のプレードの下に入れてやったのだった。彼女は目覚めなかったが、震えは治まり、甘いため息をついて彼にすり寄ってきた。彼は長いこと横になったまま、自分に触れている温かい体をはっきりと意識していた。背中を向けてぴったり寄り添う彼女の尻がこすれて――

悪態をつきながら、プレードをつけ終え、ミュアラインを追って大股で森に向かった。気絶したときに抱きとめる人間もなしに、彼女をひとりで歩きまわらせるわけにはいかない。それに、道に迷わないともかぎらない。頭が弱そうには見えなかったが、気絶しやすい体質なのはたしかだし、少なくともここしばらくはその傾向にあるらしい。一度や二度は頭を打ったこともあるはずだ……ともかく、もうそんなことがないほうがいいに決まっている。

彼女がどの方角に向かったのかもっと注意しているべきだった、とすぐに気づいた。あるいは、プレードを腰に巻いただけですぐにあとを追うべきだったと。このあたりのやぶは密生していて、通り抜けるには骨が折れた。そのうえ、彼女がどちらに向かったのかわからないのだ。ぶつぶつ文句を言いながら立ち止まり、両手を腰に当てて叫んだ。「レディ・カーマイケル！」

周囲の鳥たちがいっせいに飛び立ったが、返事は聞こえてこなかった。ゆっくりと眉間にしわを寄せながら、もう一度叫び、また歩きはじめた。おそらくあの娘はまた気を失って、助けを待ちながらどこかに倒れているのだろう。

首を振り、木々を押し分けて進みながら、もう一度名前を呼んだ。

ドゥーガルの声がまた聞こえたとき、ミュアラインはやぶの陰でしゃがみながら頭を引っこめた。すぐ近くにいる身長百八十センチほどの男性は、その音で彼女のほうを見た。かくれんぼをしている子供のようにやぶの陰に隠れるなんて、愚かなことだとわかってはいた。なぜそうしたのかもわからなかった。用を足せそうな場所をさがして森のなかを移動していたところ、ドレスが枝に引っかかり、立ち止まって引っぱったところ、枝は折れてドレスにからみついた。そのやっかいなものがスカートのうしろにぶら下がって、スカートを引っぱっていることには、歩きはじめたときに気づいていた。何歩か進めば自然に落ちるだろうと思って、最初は無視した。だが、何歩か進むと、それが別のやぶの枝に引っかかり、止まって引っかかったドレスをはずさなければならなくなった。

止まったせいで前進しつづけることができなくなり、ミュアラインがいるほうに向かって眉をひそめているこの男性に鉢合わせしてしまったのだろう。だが、姿を見られてはいないはずだ。ドゥーガルがまた彼女の名前を呼び、男性は近づいてくるその声がするほうを見ていた。

ドレスを引っぱっていたとき、枝が折れる音がして前方を見ると、木々の向こうに動くものが見えた。ドレスをあきらめて、反射的にやぶのなかに頭を引っこめた。気を失うまいとしながら、木々のあいだを近づいてくる黒い影を凝視した。イノシシか何かの動物だろうか。すぐに、イノシシにしては背が高すぎると気づいた。つぎの瞬間、男性だとわかったが、ブキャナン兄弟のひとりではなかったので、本能的にそこに隠れた。そのまま、男性が遠ざかるのを待っていたのだが、彼は近づいてきたのだった。

ミュアラインには旅の経験があまりなかった。これまでの人生をほぼカーマイケルですごしてきたため、旅をしたのはほんの数えるほどしかなく、それもたいていは疲れるし、退屈だし、不便なだけに思えた……夜間に兄たちが山賊に殺されるまでは。それ以来、旅をするのは不安だった。もちろん、最後の旅もその不安をやわらげてはくれなかった。父が死んだという知らせとともに、モントローズがシンクレアに彼女を迎えに来たときのことだ。兄はイングランドへの旅の大半を、今回のような用事をすませるときも、野営地からあまり離れるなと注意することで費やした。さらに、山賊が現れたらどんなことをされるかという恐ろしい話をして、おどすのを楽しんでいるようでもあった。すでに旅の途中で襲われ、兄たちを失っていたので、警告など必要なかったのだが。だから今、目のまえに立っている男の注意を引くつもりはなかった。男は頭を傾け、森のなかをだれかが近づいてくる音を聞いていた。

ドゥーガルがまた叫び、その声がさらに近づくと、目のまえに立っている男はきびすを返し、来たほうへと引き返していった。ミュアラインは男が見えなくなるまで待ってから、突然体を起こすと、世界が傾いていることに気づいてぎょっとした。いけない、あんな恐怖のあとでこれほど急に立ちあがるのではなかった、と視界が暗闇に支配されはじめるなか思った。頭のなかで光が消えた瞬間、背後でドゥーガルの声が聞こえた気がした。

「いったいなんの遊びだ、お嬢さん？　なぜきみは――？」ドゥーガルはきびしい叱責を途中でやめ、高く積みあげすぎた干し草の梱のようにくずれ落ちたミュアラインを受け止めた。戻って弟たちに森の捜索を手伝ってもらおうかと思いはじめたとき、ひとかたまりのやぶを通り抜けたとたん、ミュアラインのすぐうしろに立っていることに気づいたのだ。彼女は意識を失っているわけではなく、どうやらわざと答えなかったらしいと気づき、たちまちいらだちを覚えて、がみがみと叱りはじめたのだった。

ドゥーガルはぐったりした青白い顔をぼんやりとうかがい、あきらめたようにため息をついて、彼女を抱きあげた。そのまま向きを変えて、来た道を戻ろうとしたが、できなかった。何かにつかまれているように、引き戻されてしまう。問題はひと目見ただけでわかった。ドレスが引っかかっているのだ。彼女をおろさずに、脚の下に差し入れた手を移動させて、ドレスの布地をつかみ、ぐいっと引っぱった。するとたちまち布が裂ける音がした。

「しまった」彼はつぶやいた。ドレスははずれないばかりか、腰のあたりまで縫い目が裂けてしまった。布地をきちんと束ねていなかったからだ、と気づいてため息をついた。彼女を抱き直してもう一度ドレスの布地をしっかり束ね、再度引っぱると、今度は当初の目的を果たすことができた。彼女は自由になった。だが、この状態で連れて帰るわけにはいかなかった。ドレスの下半分が彼の手からたれ下がり、尻と脚がまる見えになっていたからだ。弟たちはすでにミュアラインをめぐって争っていた。こんな姿の彼女を見せるわけにはいかない。

ひざまずいて彼女をおろし、向きを変えさせて破れたところを調べた。布地を少し持ちあげて、シュミーズに包まれた尻と、そのすぐ下の長く形のいい脚をあらわにする。

「ふむ、裂けているな」それが問題であるかのように、ドゥーガルは声に出して言った。そして、少しのあいだそこに座ったまま、あらわになった脚を見つめ、シュミーズの裾をもう少し持ちあげて、その下にあるものをのぞいたら、地獄に落ちるだろうかと考えた。

おそらく落ちるだろう。そんなことをしようと考えただけでも恥ずかしいと思うべきだ。今は彼女のむき出しの脚に目がくらんで見えなくなっている、羞恥心を取り戻したら、すぐにでも。そんなことを考えながら、裂けたドレスの前後の裾をつかんで、すばやく結び合わせた。あまり役には立たなかった。裾はつながったものの、尻と足首のあいだはぱっくりとあいたままだ。

「ふむ」とつぶやいて、裂けた縫い目に目をやる。まんなかあたりで布地を結ぶことができれば、今よりもちゃんと体を隠せるかもしれない。そう思って、ベルトから短刀（スキーン・ドゥ）を取ると、膝のあたりのドレスの布地を切りはじめた。


いくつもの小さな手でドレスを引っぱられているような気がして、ミュアラインはゆっくりと目覚めた。目を開けると木立に囲まれていた。眉をひそめて下を見る。ドゥーガルがひざまずいて、彼女の下半身に覆いかぶさっていた。困惑しつつそれに目をやってから、何をやっているのだろうと思ってさらに下を見た。たちまちぎょっとして悲鳴をあげ、じりじりと彼から離れはじめた。木と思われるものに両肩が当たるまでやめなかった。

ドゥーガルは驚いて彼女を見るばかりで、追ってこなかったので、ミュアラインはかつてドレスのスカートだったずたずたの布を見て、ぞっとしながらきいた。「何をしたの？」

「それはこっちがききたい」

ミュアラインが身をこわばらせて横を見ると、ミュアラインとドゥーガルがいる小さな空き地沿いのやぶから、半分抜け出した状態のコンランが立っていた。

「見つかったのか？」

「彼女は無事か？」

これらの問いかけは、コンランの両側からやぶを抜けてこようとしているジョーディーとアリックが発したものだ。だが、目のまえの光景に、ふたりともいきなり足を止めた。目を見開いたかと思うとすがめ、こぶしをにぎりしめたが、まえに出ようとするふたりを、コンランが手を上げて止めた。

「まあ待て、どうしてレディ・ミュアラインの服を引き裂いて脱がしているのか、ドゥーガルが説明してくれるはずだ……ここにいるのは、自分の貞操を守るために勇敢にも城から逃げてきた、そしておれたちのかわいいサイを救ってくれた、すばらしいスコットランドのお嬢さんなんだからな」彼はにやにやしながら言い添えた。

「服を引き裂いて脱がしているわけじゃない」ドゥーガルはむっとして言うと、立ちあがってスキーン・ドゥをしまった。「ドレスでひもを作っているんだ」

コンランはジョーディーとアリックの腕に手をかけて、引き止めていなければならなかった。ふたりが落ちついたと確信すると、ドゥーガルに目を戻して片方の眉を上げた。「それがレディ・カーマイケルのためになることとは思えないんだが」

「ああ、わかっている」ドゥーガルはそっけなく言った。「だが、おまえはおれをよく知っているからわかるはずだ。保護下にある女性を傷つけたりしないと」

三人ともそれほど動揺しているようには見えないわ、とミュアラインは気づき、彼らに向かって顔をしかめた。そして、けわしい視線をドゥーガルに向けると、とげとげしく言った。

「でもわたしはあなたを知らないから、どうしてわたしを切り刻んでいるのか、よかったら説明してほしいわ」

「ドレスを破いてしまって――わざとじゃない」途中まで言ったところで、また彼女の怒りが警報を発したので、彼はあわてて付け加えた。

「おれが見つけたとき、きみはまた気を失おうとしていた。地面に倒れるまえに抱きとめたが、野営地に戻ろうとしたら、ドレスが木の枝に引っかかっていた」ドゥーガルは言った。

説明しなければならないことに腹を立てているように聞こえる。

ミュアラインは少しほっとしてうなずいた。ドレスはたしかに引っかかっていた。

「はずそうとして引っぱったら」彼は顔をしかめて、ドレスの切れ端のほうを示した。「脇の縫い目が裂けてしまったんだ……その、かなり上のほうまで」彼はもごもご言ったあと、こう指摘した。「そんな状態で野営地に連れて帰るわけにはいかなかった。わかるだろう?」

明らかに修辞的疑問だった。ドゥーガルは答えを待たずにつづけたからだ。「だから地面に寝かせて、破れたところの両方の端を結んだ。だが、ドレスの脇はまだ足首から上があいたままだったから、なんとかしようと思った」

「切り刻むことで?」彼女は信じられずにきいた。

「ちがう」彼はかみつくように言った。「両側のまんなかあたりをひも状に切って、それも結び合わせようと思ったんだが、それでもまだかなりあいていたから、何カ所かで結ぶつもりで縫い目に沿ってひも状に布を切っていた」

ミュアラインは均等に切り取られたドレスの布を見て、悲しげに首を振った。ジョーンが初めて会ったときにくれた生地で作った、お気に入りのドレスだったのに。ほつれた布地に触れながら悲しげに言った。「わたしの意識が戻るまで待ってくれていたら、ドレスを救えたかもしれないのに」

「だが、そんな格好のきみを運ぶわけにはいかなかったんだ」ドゥーガルは眉をひそめて言った。「それに、意識が戻るのを一日じゅう待っているわけにもいかなかった」

ミュアラインはむっとして指摘した。「一日なんてかからないわよ」

「そうは思えなくてね」彼はいらいらと重心を変えながらつぶやいた。「昨日最初に気絶したときは午後じゅう目覚めなかったし、二度目は夜じゅうだった」

「ちがうわ」彼女はすぐに否定して立ちあがった。まえかがみになって、布の切れ端を結び合わせながら説明する。「ここまでの旅のあいだに何度か目覚めたけど、あなたがあんまりぎゅっと抱き寄せるから空気が吸えなくて、そのたびにまた気を失っていたのよ」

「だが、昨夜はずっと気を失っていたぞ」コンランが静かに指摘した。

「だって、昨日の朝から何も食べていなかったんだもの」彼女は作業から目を上げずにもごもごと言った。「疲れと空腹のせいで夜じゅう眠っていただけで、ずっと気絶していたわけじゃないと思うわ」

「ほら、やっぱり!」アリックが叫んだ。「それで気を失ったんだよ。空腹だったから」

「野営地に戻ったら何か食べさせてあげよう」コンランがつぶやき、ミュアラインの横にひざまずいて、布切れ結びを手伝いはじめた。すぐにジョーディーとアリックも加わった。ミュアラインは彼らから逃れようと体を起こしたものの、自分の脇に群がって、兄が作った切れ端を結ぶ三人の男たちをなすすべもなく見つめた。

「やれやれ!」と突然つぶやいて、ドゥーガルは大股で歩み寄ると、弟たちを追い払った。そして、ドレスの無傷な側が表になるように、脇が切れ端になっているほうからミュアラインを抱きあげ、下生えのなかを歩きはじめた。

「怒ってるの?」暗い表情を見て、気になったミュアラインは尋ねた。彼が怒っているのは明らかだし、激怒した熊のような男性に運ばれているのだから、不安になるのは当然のことだが、怖くはなかった……なぜだかわからないけれど。

それについて考えていると、彼が言った。「ああ」

ミュアラインは少し考えてからきいた。「わたしに対して?」

「そうだ」

不安になりそうなものなのに、ならなかった。やはり、彼に恐怖は感じない。それどころか、怒っていてもいなくても、彼の腕に抱かれていると絶対に安全な気がした。とてもいい気分だった。もう長いこと安全だと思えたことはなかったのに。彼が返事を待っているらしいと気づき、咳払いをしてきいた。「どうして?」

ドゥーガルは顔をしかめてから言った。「わからない」

ミュアラインがそれを聞いて目をぱちくりさせると、彼がつづけた。「だが、馬に乗ってダンヴリースの門を出てから、やっかいごとにしか出会っていないような気がする。まずは意地汚い兄貴からきみの貞操を守るため、隠さなければならなかった。そのあとは気絶されて、いっしょに連れていくしかなくなった……そして正直、きみのやることはすべて面倒を引き起こし、弱くて気絶してばかりいるせいで、おれたち兄弟のあいだに口論を引き起こしている。そして今度は、森のなかで弟たちに、身支度を手伝わせるという、レディ付きの侍女のようなことをさせた」

「たのんだわけじゃないわ」彼女は静かな威厳をもって指摘した。

「たのむ必要もなかったからな」彼はぶっきらぼうに答えてから尋ねた。「どうしてそんなに気絶してばかりいるんだ? サイの話では、レディ・シンクレアがそれに効く薬を調合してくれたそうだが」

「ええ、してもらったわ」ミュアラインが悲しげに同意した。

「逃げるとき荷物に入れ忘れたの?」アリックが心配そうにきく。

ミュアラインが驚いてドゥーガルの肩越しに見ると、残りの三人がすぐうしろを歩いており、どうやらふたりの話をすべて聞いていたらしかった。

「それこそ最初に荷物に入れるべきだったのに」ミュアラインがぽかんと見ているだけなので、ジョーディーも真剣に言った。「おそらく、逃亡はもっと簡単で、足の悪いガチョウみたいにしょっちゅう卒倒するなんて思わなかったんだろう？」

「うるさいわね、そんなことわかってるわよ」ミュアラインはむっとして言った。「薬を持ってこなかったのは残っていなかったから。二カ月まえに使いきってしまったの」

「新しく作ることはできなかったのか？」コンランがけげんそうにきいた。

「作り方を知らないの」ミュアラインは悲しげに告白した。「父が亡くなったとモントローズが伝えにきて、大急ぎでシンクレアを発つことになったものだから、出発のときまで薬のことはすっかり忘れていたのよ。ジョーンが薬瓶をわたしの手に押しつけて、作り方を書いて送ると言ってくれたけど、送られてこなかった。薬が減ってきたので、作り方を送ってと手紙を書いたけど……」

「けど？」アリックがせかす。

「返事はなかった」ミュアラインは悲しげに認めた。

「それはおかしいな」ジョーディーがつぶやいた。「手紙はたしかに送られたのかい？ あの兄貴なら手紙を送らずにいるということもありうるぞ。彼女から手紙が来ても、あなたにわたさなかったのかもしれないし」

「そうならいいと思ってる」ミュアラインは静かに言った。「それがわたしの唯一の希望よ」

「なぜ?」ジョーディーがきいた。

「ジョーンもサイも、困ったときはいつでも自分たちのところに来れば、できるかぎりのことをして助けると言ってくれたから」彼女は説明し、みじめな気持ちでつづけた。「でも、どちらも返事をくれなかった。もしふたりのことばがうそだったら、どうすればいいかわからないわ」

ドゥーガルは歩調をゆるめて彼女の顔をのぞきこんだ。「サイにも手紙を書いたのか?」

「ええ」ミュアラインは気まずそうにつぶやいた。「でもやっぱり返事は来なかった」

「手紙を受けとっていないからだ」彼は請け合った。

「そうだよ」追いついて彼女の目を見ながらコンランも言った。「おれの知るかぎり、ダンヴリースから使いの者はずっと来ていない。少なくとも、二週間まえにおれたちがロード・ブランメルに馬を届けるために出発するまでは」とつづける。「サイにはいつ手紙を出したんだい?」

「二週間まえに一通出したわ。でも、そのまえに三通出してる。最初はダンヴリースに到着してすぐの春に。無事に着いたことを知らせるためと、サイがマクダネルでうまくやっているか確認するために」

「それなら、兄上が手紙を配達させずに留め置いているにちがいない」ドゥーガルが静かに言った。「どれもサイには届いていないから」

「ああ、よかった」ミュアラインはほっと息をつき、突然わいてきた安堵の涙をまばたきで引っこめなければならなかった。

「彼女たちがきみの手紙を無視していると思ったんだね」ドゥーガルはまじめに言い、ミュアラインは理解してくれたことに驚いて彼を見た。見た目は大柄でたくましい野蛮人のようだけど、人の気持ちがわかるらしい。

「ええ」彼女は小さな声で言った。「そうかもしれないと思うと、ほかのどんなことよりもつらかったわ。これまでジョーンやサイやエディスのような友だちはいなかったから、怖かったの。もしかしたら彼女たちを怒らせてしまったのか、それとも……」困惑して肩をすくめたが、手を振ってその懸念を否定すると言った。「でも、自分がそんなことをしたとはどうしても思えなかった。だから、モントローズが手紙を送らないようにしているのではと疑いはじめたの」

「うん、絶対そうだよ」アリックが言った。一行は森を抜けて野営をしていた空き地にはいった。「使いの者がブキャナンに来ていたら、おれたちにもわかったはずだからね」

「いずれにしろ、オーレイが知らせてくれたはずだし、その手紙はマクダネルに届けさせることになるんだから、おれたちが気づかなかったはずはない」とジョーディーが言った。

ドゥーガルは足を止め、今は火が消えているものの、昨日おこした焚き火のそばの岩の上にミュアラインをおろした。

「あら、最初の手紙はマクダネル宛てにしたのよ」ドゥーガルが体を起こすと、ミュアラインはすぐに言った。「サイは少なくとも一、二週間あそこに滞在すると思ったから。ブキャナンに送ったのはそのあと」首をかしげて男たちを見あげる。今や彼らは全員が立ったまま彼女を囲んで半円を作っていた。興味を覚えて尋ねた。「結局サイはいつまでマクダネルのいとこのところにいたの？」

「今もいるよ」アリックがにっこりと宣言した。

その知らせに、ミュアラインは驚いて目をしばたたいた。イングランドに向かう途中でマクダネルに立ち寄り、夫を失ったいとこのフェネラ・マクダネルをなぐさめるというサイを残してそこを発ってから、六カ月以上たっている。父が亡くなったとの知らせを受けたばかりだったにもかかわらず、あるいはそれだからこそかもしれないが、ミュアラインは帰郷途中にマクダネルを訪問して、故人の母親と妻にお悔やみを言いたかった。幸い、モントローズは旅を中断して城に宿泊する口実ができて、大よろこびだった。よそさまのエールを飲み、よそさまの食べ物にありつけるからだ。乏しい食料で食いつなぐ不便な野営よりずっといい。サイを同行させることも承諾した。兄妹はマクダネルに一泊したあと、サイを残して出発した。ミュアラインはサイが一週間か、もしかしたら二週間ほど滞在して、兄たちに迎えに来てもらうのだろうと思っていた。これほど時間がたってもまだ友だちがそこにいるとは思ってもいなかった。

「レディ・フェネラはまだ部屋から出てこようとしないの？」彼女は心配になってきいた。

「フェネラは死んだよ」ドゥーガルは重々しく言った。

「なんですって？」ミュアラインはあっけにとられて彼を見た。「死因は？」

「刺殺だ」そのことばは岩と同じくらいぶっきらぼうで、同じくらい強く彼女を打った。

「ああ、なんてこと」彼女はうろたえながらつぶやいたが、死んだアレンの母親であるレディ・ティルダ・マクダネルが、息子が死んだのは嫁のフェネラのせいだと確信していたのを思い出して、目を見開いた。ああ、たいへん、復讐のためにティルダがサイのいとこを殺したのだとしたら――。「まさかレディ・ティルダが――？」

「そうだ」ドゥーガルがさえぎった。

「ああ、なんてこと」ミュアラインはまたつぶやき、そんな大事なことをサイが手紙に書かなかったわけがないと思った。モントローズが届いた手紙もにぎりつぶしていたにちがいないと思い、ため息をついて尋ねた。「国王はレディ・ティルダにどんな沙汰を？」

「何も」ドゥーガルがぶっきらぼうに言った。

「沙汰を下す必要はなかった。彼女も死んだから」と言ったのはコンランだ。

ミュアラインは目をまるくした。「どうして――？」

「転落死だ」ドゥーガルがまたもやぶっきらぼうに言った。

「鐘楼からね」コンランが親切にも言い添え、驚いて顔を向けた彼女にうなずいた。

ミュアラインはゆっくりと首を振り、すべての話を受け入れると、眉をひそめて尋ねた。

「でも、フェネラもレディ・ティルダも死んだのなら、どうしてサイはまだマクダネルにいるの？」

「今ではあそこに住んでるからさ」ジョーディーが言った。

「グリアと結婚したんだ。新しいマクダネルの領主と」アリックが説明する。

説明の必要はなかった。マクダネルに立ち寄ったとき、マクダネルの新領主であるアレンのいとこのグリアには会っていた。たしかに驚くべき知らせだが、ふたりがいっしょにいるところを見ていなかったら、もっと驚いたかもしれない。あのときミュアラインは、ふたりのあいだに強く惹き合うものを感じていた。そのことをサイに話し、気をつけるようにと注意さえした。だが、その必要はなかったようだ。ふたりの仲はうまくいったのだから。少なくとも、そうであってほしいと思った。「サイは幸せなの？」

「うんざりするほどね」アリックがにっこり笑って言った。

「似合いのふたりだよ」ジョーディーが満面の笑みで付け加える。

「ああ、そのとおりだ」コンランもかすかな笑みを浮かべて同意した。

ドゥーガルはただうなずいた。

「そう、それはすばらしいわ。わたしもうれしい」ミュアラインは言った。本心だった。友だちが夫を見つけ、幸せな妻になったことがとてもうれしかった。だが、少しうらやましくもあった。そんなふうに思いたくはなかったが、思わずにはいられなかった。自分の状況はこんなにも悲惨なのだから……。

「ところで、牛に乗ってどこに行くつもりだったんだ？」ドゥーガルに突然きかれた。昨夜は用を足す必要に迫られて、幸いにも回避できた話題だ。そのあと彼女が気絶したため、その質問が蒸し返されることはなかった。今までは。そのことについて話すのは、あまり気が進まなかった。事実を認めるのはきまりが悪かったが、ほかにどうしようもなかったので、ミュアラインは打ち明けた。

「サイに会いにブキャナンに行くつもりだったの。でも、永遠にお世話になろうとしてたわけじゃないのよ」ただ移り住んで、彼らのやっかいになるつもりだと思われるといけないので、急いで説明する。「サイとわたしで、それに、ジョーンとエディスも交えてみんなで考えれば、わたしの人生がめちゃくちゃにならない方法を、何か考えつくかもしれないと思ったの」

男たちが黙っているので、彼女はつづけた。

「もちろん、修道院にはいるという手はあるわ。修道女になることはできる。でも、そうなった自分の姿を想像できないのよ。わたしは婚約していた。未来は決まっていたの。結婚して子供を産んで……」ことばは力なく消えていった。未来への希望と期待はすべて崩れ去り、何をすればいいのか、どこに向かえばいいのか、ミュアラインにはわからなかった。

「婚約していたと言ったね？」彼女が黙っていると、ドゥーガルがきいた。

「ええ、そう」ミュアラインは引きつった笑みを浮かべた。「申し分のない若い男性とね。とてもきれいな顔立ちの、いい人だった」

「何があった？」コンランが知りたがった。

「三年ほどまえ、わたしを迎えにくる途中で亡くなったの」悲しげにうつむいて、ミュアラインは言った。それが、彼女の人生を襲い、思い描いていた未来を変えることになる悲劇の幕開けだった。気の滅入る考えを振り払ってつづけた。「とにかく、結局は修道女になるしかないのかもしれないけど、サイやほかのみんなが、別の解決策を見つける手助けをしてくれるんじゃないかと期待しているの。花嫁に持参金がなくてもかまわないと言ってくれる、お年寄りのやさしい領主がいるかもしれないし——」

ジョーディーが一歩近づいて言った。「あなたは——」

「さっき言っていたように彼女に食べさせるつもりなら、狩に出かけたほうがいいぞ。でないと今夜もまたここで野営することになる」ドゥーガルが鋭く口をはさんだ。

ジョーディーは何を言おうとしていたにしろ、じゃまされたことで一瞬兄をにらんだが、ドゥーガルの表情は冷たくて暗く、警告に満ちていた。すぐにジョーディーはミュアラインを見て言った。「たしかにそうだ。あなたに食べさせる見事なキジか野ウサギを仕留めてくるよ。このことは食べながら話そう」

「おれも狩を手伝うよ」コンランが言った。「キジを三羽か四羽仕留めて、下ごしらえをして料理すれば、馬に乗ったまま昼食にできる。ここで無駄にした時間を取り戻せるだろう」

ドゥーガルがうなずいて賛成すると、コンランはジョーディーのあとから静かに姿を消した。ドゥーガルはつぎにアリックに視線を向けた。「肉を焼くための火をおこすには、もっと薪が必要だ」

アリックはためらったが、うなずいて去っていき、ミュアラインとドゥーガルだけが残された。彼は三人の弟たちが野営地から離れるのを見届けてから、ミュアラインのほうを向いた。

「ブキャナンに行って、きみの牛と、兄上が買わなかった馬たちを置いたら、サイに会えるようにマクダネルまで送っていこう」彼はまじめに請け合った。「レディ・ジョーンを仲間に加えるためにシンクレアに行きたければさらに旅をつづけ、そうしたほうがよければ途中でレディ・エディスも迎えにいこう」

「ありがとう」ミュアラインはほっとしてささやき、よろこんで力になってくれることで、寛大さと思いやりを示してくれた彼に抱きつきたいのを必死でこらえた。ブキャナンまでは送ってもらえるだろうと思っていたが、マクダネルまで、ましてやシンクレアまで送ってもらおうなどと望むのは、許されないと思っていた。ドゥーガルはいい人だ。サイと話ができるかもしれないと思うと、不安という大きな重荷を肩からおろすことができ、彼ににっこり微笑みかけた。

サイは問題の解決策を思いついてくれるだろうか？　もしサイが無理でも、ジョーンとエディスの助けがあれば、兄の手から身を守る方法を、きっと何か思いつくだろう。神に人生をささげる以外の方法、ずっと想像していた子供のいる人生を手放す以外の方法を。

「休むといい」ドゥーガルがぶっきらぼうに言った。「弟たちが獲物を持って戻ってくるまでしばらくかかるし、それから料理もしなければならないから」

ミュアラインはにっこりと彼に微笑みかけると、昨夜の焚き火跡のそばで横になった。だが、すぐに目を閉じて眠りにつくのではなく、野営地のまわりをぶらついて、あらたに火をおこすための小枝を集めるドゥーガルを見つめていた。サイはよく兄弟たちの話をし、全員が賢くて心やさしい、すばらしい男性たちだと言っていた。そのとおりだとわかって、ミュアラインは心からほっとした。ドゥーガルはいい人だ。

もちろん彼の弟たちも、とあわてて心のなかで付け加えた。でも、いちばん頻繁に見てしまうのはドゥーガルだった。彼のような夫がいたらよかったのに。実際、彼ならどんな女性でも幸せにする夫になるだろう、と思うようになっていた。でも残念ながら、彼は今のところ妻を必要としていないのよね。城の大広間で彼が兄に言ったことばを思い出して、自分に釘を刺す。

ため息をついて、休むために目を閉じた。

4

びくっとして眠りから覚め、目を開けると、ドゥーガルは三人の弟たちに見つめられていた。ジョーディーはにらむように、アリックはだれかにプディングを取られでもしたような顔で、そしてコンランはばかみたいににやにやして。三人に向かって顔をしかめながら、ドゥーガルは片方の眉を上げた。「どうかしたのか?」

「なんでもないよ」コンランは律儀に兄を安心させたあと、さらに大きく微笑んでつづけた。「ちょうどジョーディーとアリックに言っていたところなんだ。そんなふうに寄り添っている兄貴たちは、なんて似合いのふたりなんだろうってね」

ドゥーガルはそれを聞いて硬直した。からかわれて、腹の奥のほうで怒りが生まれかけたが、困惑のほうがまさった。

「いったいなんの話だ?」うなるように問いかけたあと、コンランの視線の先を見ると、ミュアラインが自分の横に座っていた。実際のところ、ドゥーガルにのしかかるようにして、脇にぴったり寄り添い、まえに投げ出した彼の両脚に、片脚をかけるようにしている。小さなにぎりこぶしの片方を彼の腹部の下のほうに置き、頭は胸にもたせかけていた。開いた口からプレードの上によだれがたれている。

さらにまずいことに、眠っているあいだにドゥーガルの片腕は彼女の背中にまわされ、乳房の外側を手で包みこんで、自分のものであるかのように丸いふくらみに指をかけていた。それに気づいて反射的に指に力を入れると、ミュアラインはうめいて口を閉じ、彼に背を向けた。そして、眉をひそめ、舌を鳴らすような音をたてはじめた。口が乾いているか、不快な味がするからだろう。両方かもしれない、とぼんやり考えながら、ドゥーガルの指はドレスの布地越しに小石のような乳首を探り当てた。それに応えて男のしるしがぴくりと動き、硬くなりはじめたちょうどそのとき、ミュアラインが目を開け、眠そうに見あげてきた。ドゥーガルは澄んだスカイブルーの目を見つめ、男ならこの青空色の深淵にたやすく迷いこむだろうと思った。

コンランのやかましい咳払いの音がして、ドゥーガルは現実に引き戻され、すばやくミュアラインから腕を離して体を起こした。

まだ半分眠った状態のミュアラインが目覚めるには、もう少し時間がかかったが、しばらくすると体を起こして、状況を把握しようとあたりを見まわした。彼女が胸から離れた瞬間、ドゥーガルは腕組みをして、まだばかみたいににやにやしているコンランをにらんだ。

「食べ物の準備はできたのか？」彼はいらいらときいた。睡眠不足には勝てず、焚き火のそばの丸太にもたれてうとうとしてしまったが、ふたりは食事を待っていたのだった。男たちはとっくに野営地に戻ってきていた。ジョーディーは太ったキジを三羽、コンランはウサギを二羽、アリックは薪と三羽目のウサギをなんとか手に入れていた。彼らが到着するとミュアラインは目覚め、起きあがってそれぞれの見事な狩の腕を褒めたのだった。

弟たちがキジとウサギをきれいにして串刺しにし、焚き火にかざすように置くのを、ドゥーガルはあくびをこらえながらぼんやりと眺めていた。すべての準備が整い、あとは焼けるのを待つだけになると、男たちは静かに話をはじめた。ミュアラインは最初ドゥーガルの横の丸太の上に座っていたが、やがて丸太に寄りかかれるように、草の上に移動した。眠れぬ夜をすごして疲れていた彼は、いい考えだと思い、自分も地面に移動して彼女の横に座った……そして、それが最後の記憶だった。隣でミュアラインがこっくりしはじめた直後に、彼のまぶたも閉じはじめたことをのぞけば。どうして彼女に腕をまわして寄り添うことになったのかは記憶になかった。おそらく眠りこんだあとに起こったことにちがいない。

「ああ。もうできているはずだ」まだひどくおもしろがりながら、コンランが言った。

ドゥーガルはコンランをにらみつけると、その顔をミュアラインに向けて「食べよう」と言った。

彼女がおとなしく従ったので、ドゥーガルは満足したが、焚き火のそばに移動して、コンランから串刺しにして焼いたキジ肉を差し出されると、彼女がほんの少量の肉しか取らなかったので、その満足感も消えはじめた。ドゥーガルがそれを指摘するより先に、コンランがやさしく言った。「もっとたくさん取ったほうがいいよ、お嬢さん」

「いいえ、いいの。もう充分よ」彼女はにっこりして言った。

コンランはしばらく困惑したように彼女を見つめたあと、首を振った。「うそだろう、昨日の朝から食べてないんだぞ。もっと取りなさい」

「いいえ、ほんとにもう、わたし……」あきらめたように声が小さくなっていく。皿代わりに使うようにとわたされた布切れの上に、コンランが肉を山盛りにしたからだ。布切れを使うのはジョーディーの考えだった。火をおこしたあと、袋から布切れを出してきて、食べ物の準備ができたらこれを使うようにと彼女にわたしたのだ。それはただの清潔な麻布の切れ端だったが、ミュアラインは極上の宝石を贈られたかのような反応をして、よろこびに顔をほころばせ、その思いやりに深く感謝したのだった。

その反応はドゥーガルを怒らせた。そういうささいなことからおのずと真実が明らかになるもので、それでわかったのは、小柄で勇敢なミュアラインは、ほんのわずかな思いやりにも慣れていないということだった。彼女の過去はどんなものだったのだろう、父親が亡くなって兄が後見人になるまえは、どんな暮らしをしていたのだろう、と思わずにはいられなかった。

「ドゥーガル？」

もの思いから引き離されてコンランのほうを見ると、串をこちらに向けて、食べ物を勧めてくれていた。ドゥーガルは首を振った。朝はあまり食べないのだ。兄弟たちはみんなそうだった。たいてい、朝起きて個人的な用をすませると、馬に乗って出発していた。午前の半ばに馬に乗ったままリンゴ一個とか、それ以外のものを食べることもあるが、朝食をとる習慣はないので、つぎにコンランがジョーディーとアリックに肉を勧め、ふたりが拒否しても驚かなかった。自分も食べる機会を見送ったコンランは、焚き火の脇に串を刺すと、腰を落ちつけた。みんなただ座って、ミュアラインが食べるのを見ていた。

彼女はとてもゆっくり食べた。ごく小さな肉片をつまんで串からはずし、うつむいて口に入れる。取り分けられた少量の肉を食べ終わるまで、永遠とも思える時間がかかった。

彼女が食べ終えた瞬間、すぐにアリックが串を差し出して、「ウサギはどう？」と言って勧めても、ドゥーガルは驚かなかった。

「いえ、けっこうよ。ありがとう」ほんの小さな最後のひと口を食べ終えた彼女は、微笑みで拒絶のことばをやわらげながら言った。

「それならもっとキジはどうだい？」ジョーディーが励ますような笑みを浮かべて串を差し出す。

「おいしかったけど、もういいわ。ありがとう」彼女はもごもごと言い、使った麻布をきちんと折りたたんだ。

「じゃあ、リンゴのほうがいい?」ベルトに下げた袋からリンゴを一個取り出して、アリックがきいた。「一個残しておいたんだ。食べていいよ」

「ありがとう、とてもやさしいのね」ミュアラインの微笑みは少しぎこちなくなってきた。「でももうお腹がいっぱいなの」

三人全員がぽかんと彼女を見つめたあと、ドゥーガルのほうを見た。目のまえのパズルの答えを彼が知っているかのように。

彼はしばし無言のまま、ミュアラインについてサイから聞いたこと、これまで目にしてきたことについて考えてから、静かに言った。「きみにぜひとも必要なのは、薬よりももっと食べることかもしれないという気がしてきたよ、お嬢さん。小鳥の腹を満たすほども食べていないじゃないか。まる一日食事をしていないというのに。気絶してばかりいるのも無理はない」

ミュアラインはその指摘に驚いて目をぱちくりさせた。明らかにこれまで考えてもみなかったらしい。彼女は背筋を伸ばして振り向くと、焚き火の脇で冷めていく肉を見た。「それならもう少し食べるわ」

ドゥーガルは満足げにうなずいたが、彼女がどれくらい肉を取るかまでは見ていなかった。立ちあがって彼女を弟たちのもとに残し、用を足す場所をさがしに出かけた。

取り分けたぶんを彼女が食べてしまうと、出発する時間になった。肉以外はすべて荷造りずみで出発できるようになっていたので、あとはそのために携帯している布の袋に肉を入れれば、いつでも出発できる。ドゥーガルは今日もミュアラインを自分の馬に乗せようと、すでに決めていた。それは、妹の友人にして命の恩人でもある彼女を、ブキャナンへの旅の途中で死なせるようなことになったら、サイに説明しなければならないのがいやだからというだけではなかった。彼女にそんなことが起こるのを見たくもなかった。ひとりで殺人者に立ち向かったり、よりによって牛に乗って兄から逃げ出したりするほど勇敢なのは知っているが、ミュアラインには守りたいと思わせるものがあった。問題は弟たちも同じ気持ちでいるらしいことだ。少なくともジョーディーとアリックは。コンランはそれほど影響を受けていないようだが、下のふたりはミュアラインにぞっこんらしい……これはつらかった。彼女をダンヴリースから守るために、兄弟のだれかが結婚しなければならない状況だとしても、兄弟のだれかが彼女を娶(めと)るのをおとなしく見ていることはできそうにないからだ。自分が彼女を欲しているのかもしれないということは考えないようにしていた。

「なあ、お嬢さん、教えてくれよ……どうしてきみの母上はイングランドの領主に嫁いだあと、カーマイケルに嫁ぐことになったんだい？」

ミュアラインが隣で馬に乗るコンランのほうを見たので、ドゥーガルは目のまえにある彼女の頭のてっぺんを見おろした。質問のおかげで、もぞもぞするのをやめてくれたのでほっとした。彼女は反対したものの、今日もドゥーガルの馬に乗せられることになった。当然のことだった。ほんのちょっとしたことでたびたび気絶してしまうのだから、リスが道を横切ったせいで、牛から落ちてしまうようなことにはなってほしくなかった。そんな状態では、落ちたと気づいてやるまえに、弟たちの馬のどれかに踏まれてしまうだろう。

出発してまだいくらもたっていなかったが、ドゥーガルは早くもその決定を後悔していた。目覚めているミュアラインと馬に乗ることには、眠っている彼女を膝に乗せておくのとは別の問題点があった。眠っている彼女は、ぬいぐるみの子猫のように温かくて柔らかく、彼にすり寄ってきた。だが、起きている彼女は、板のように突っ張って座っていたかと思うと、快適な位置が見つからないかのように、ひっきりなしに姿勢を変えていた。騎馬中に男の股間のまえで弾む女の体ほど、緊張を強い、乗馬の楽しみを奪うものはなかった。

「わたしの母の父、つまり祖父とロード・ダンヴリースの父親は、若いころからの友人で、母が生まれてすぐに婚約が整ったの。母はとても若くして結婚した。十四歳だったと思うわ」

「それは若いな」コンランはうなずいたあと、こうつづけた。「でも、もっと若くして結婚する娘たちもいると聞いたことがある。法律では十二歳で結婚できる」

ミュアラインはうなずいただけだった。

「ダンヴリースとの結婚生活は幸せだったの？」ジョーディーが知りたがり、話をもっとよく聞こうと左側から馬を寄せてきたので、ドゥーガルににらまれた。ミュアラインが向きを変えてジョーディーのほうを見ても、ドゥーガルの機嫌は治らなかった。困るのは彼女がかわいい尻を動かすたびにこすれるからで――

「母は最初の夫について何も話してくれなかった」ミュアラインは静かに認めた。「でも、ロード・ダンヴリースは甘やかされた冷酷な人で、母にひどいしうちをしたと、オールド・メグが言ってたわ」

「オールド・メグって？」アリックが背後から尋ねると、ミュアラインはまた向きを変えた。今度はドゥーガルの膝の上で横向きになり、両肩につかまってうしろが見えるまで上体を引きあげると、アリックに微笑みかけた。

ドゥーガルは歯ぎしりをして、彼女のいいにおいや、自分が木のように……でなければ恋人のようによじのぼられているということを、無視しようとした。

「母付きの侍女よ」ミュアラインは説明した。「ダンヴリースと結婚したときも、スコットランドに戻ってわたしの父と結婚してからも、ずっと母といっしょだったの」

「なるほど。それならよく知っているはずだ」コンランが言い、ミュアラインはまた向きを変えて彼を見るとうなずいた。

「つまり、あなたの母上はイングランドの男と結婚して、モントローズが生まれた……それから何があったんだ？」ジョーディーがきき、ミュアラインがまた向きを変えようとすると、今度はアリックがつづけた。「そうそう、どうしてカーマイケルと結婚することになったの？」

彼女がそのふたりのほうを見ようと膝の上で移動するあいだ、ドゥーガルは手綱をにぎりしめていた。

「実は、母とダンヴリースのあいだには息子がふたり生まれたの。もうひとりの兄はウィリアムという名前だったけど、三年まえ、わたしの婚約が整った直後に亡くなったわ」

ドゥーガルはこれを聞いて眉をひそめた。オールド・メグの話によれば、父親は残酷で甘やかされていて、妻にひどいしうちをしたという。モントローズ・ダンヴリースと、彼のミュアラインに対するしうちにそっくりではないか。もうひとりの兄も似たようなものだったのだろう。リンゴは育った木から遠くには落ちないのだから。だが、これでまた死者が増えた。彼女の母親、父親、婚約者、そして異父兄までがこの三年で亡くなるとは。ひとつの家族には多すぎる死者の数だ。

「どうして母がわたしの父であるカーマイケルと結婚することになったかというと」ミュアラインは笑みが聞きとれる声で言い、ドゥーガルが見おろすと、実際に笑みを浮かべていた。だから彼女のことばを聞いたときはぎょっとした。「実を言うと、父はロード・ダンヴリースを殺して母を手に入れたの」

一同のあいだに沈黙がおりたが、ドゥーガルは当然だと思った。弟たちはどう反応すればいいのかわからず、まずはおめでとうと言うべきなのか、それともぞっとしたふりをするべきなのか、迷っているのだろう。

ミュアラインは男たちに視線を向け、ひとりひとりの表情を見て笑った。そのきらめくような音色で、ドゥーガルさえつい笑顔になった。

「心配しないで」彼女は言った。「殺人じゃなくて、ただの馬上槍試合だから」

「なんだ」男たちは馬上で脱力しながら口々に言った。

「ロード・ダンヴリースは馬上槍試合が好きだったらしくて、彼の父親が存命で領主の座にあったころは、よくトーナメント試合に出かけていたの。母を連れて年に何度も試合に参加していたそうよ」

「それで、あなたの父上は？」ジョーディーがきいた。

「当時父はすでに領主で、馬上槍試合はあまり好きではなかった。そこにいたのはめぐり合わせと言うしかないわ。そういう試合に参加することはめったになかったし、その年にそこにいたこと自体、奇跡のようなものだった」そして、ゆっくりと言い添えた。「なぜ行く気になったのか、話してくれたことはなかったけど」全員が黙りこんだので、彼女は懸念を無視して先をつづけた。「とにかく、父はそこで初めて母を見たの。現地には早めに到着した。トーナメント試合がはじまる二日まえに。そういう人はほかにもいて、そのなかに母とロード・ダンヴリースもいたから、彼らのテントは近い場所にあった」

そこで間をおき、そっと微笑んでつづけた。「初めて母を見たときのことは忘れられない、と父は話してくれたわ。テントから出ていこうとすると、母と侍女が自分たちのテントに向かおうとして通りすぎた。ひと目見て忘れられなくなったそうよ。雲ひとつない空のような明るい青の、まさに彼女の目と同じ色のドレスを着て、髪は頭上の太陽よりも明るい金色に輝いていたんですって。これまで目にしたこともないほど美しい女性で、最初から彼女にいくらか恋心を抱いていた、と父は言っていたわ」

ドゥーガルは顔をしかめた。男はそういう美辞麗句をみだりに口にするものではない、たとえ真実であっても。そういうのは女が言うことだ。

「でも、すぐに人妻だとわかって、急いで目をそむけたの」彼女はまじめな表情でつづけた。「といっても、テントはとても近かったから、何度も彼女を見ることになったし、夜ごとの宴(うたげ)では隣に座ることも多かったけどね」

「母上のほうはどうだったの？」ジョーディーがきいた。「彼に気づいてた？」

「ええ。最初の晩の宴で気づいたそうよ。目をやるたびに近くにいる気がすることも、とってもやさしい目ときれいな顔をしていることも」

「若いころのカーマイケルは男前だったからな」コンランがうなずいて言った。

「父を知ってたの？」ミュアラインが驚いてきき、コンランは首を振った。

「聞いた話のほうが多いけどね。父がしてくれたいろんな話に、彼も出てきたんだ。父によると、あなたの父上はすばらしく腕の立つ戦士だったが、その容姿の評判はさらに高かった。クジャクと呼ばれていたそうだ。着飾っているとかうぬぼれが強いからではなく、とても見た目が美しかったから」彼は急いで説明したあと、つづけた。「イングランドとスコットランドじゅうの娘たちが彼の目に留まろうとし、彼をベッドに誘いこもうとした。ところが、全員が失恋することになった。翼の折れたか弱い小鳥が、彼の心をとらえたから」淡い笑みを浮かべて付け加える。「その小鳥がきみの母上だったんだね」

「ええ」ミュアラインはおごそかにうなずいた。

「どうして翼の折れたか弱い小鳥なんだ？」アリックが眉をひそめてきいた。

「ロード・ダンヴリースのせいよ」彼女は顔をしかめて言った。「そのトーナメント試合のあいだ、母を見るたびに新しいあざや傷が増えているので、父はおかしいと思ったの。でも、ロード・ダンヴリースが妻を殴っていることを示す怒声や不穏な物音は、彼らのテントから聞こえてこなかったから、ただひどくそそっかしいだけなのだろうと思うようになった。ところが、最終日の前日、忘れ物をして午前の半ばにたまたまテントに戻った父は、ロード・ダンヴリースが妻をテントから引きずり出して、森のなかに向かうのを見てしまったの。父は少し迷ってから、あとをつけた。でも、その迷いのせいで遅れをとり、ふたりを見失ってしまった。

テントに戻ろうかと考えていると、遠くから女性の悲鳴が聞こえた。声のするほうに向かったけれど、やがてそれも聞こえなくなった。立ち止まって耳を澄まし、どの方角に行けばいいか声が示してくれるのを待った。すると、五メートルほど左に、ひとりで戻ってくるロード・ダンヴリースが見えた。父は彼が通りすぎるのを待って、ロード・ダンヴリースが来た方角に向かった。すぐにむせび泣く小さな声が聞こえてきて、その声のするほうに進むと、小さな空き地に母が倒れていた。土にまみれて横たわった母は、けがをして血を流し、ドレスはずたずただったそうよ」

「なんてやつだ」アリックがどなった。

「ひどいな」ジョーディーが暗い声で同意する。

ドゥーガルもうなずいた。

「父はできるだけやさしく母を抱きあげた。近くに小川があったので、そこに運んで血と汚れを洗い流し、けがのひどさを調べた。父は終始無言だったけど、とてもやさしかったから、この人は自分に危害を加えないと母にはわかったみたい。父はまた母を抱きあげ、森を抜けてテントまで運んだ。そのあいだじゅうずっとやさしく母に話しかけ、あなたは安全だ、もう彼に痛めつけられることはないと請け合い、そしてそれからはほんとうに、だれも母を痛めつけることはなかった」

背後でアリックが恋の病にかかった娘のようにため息をついたので、ドゥーガルは振り向いて、戦士であることを思い出させるために弟をにらんだ。だが、ミュアラインが話を再開すると、すぐに彼女に向き直った。

「ダンヴリースのテントにいるオールド・メグのところに送り届けられるのだろう、と母は思った。ところが父は母を自分のテントに連れ帰り、傷の手当てをして自分のベッドに寝かせ、それからオールド・メグを見つけて二通の手紙を託した。一通はロード・ダンヴリース宛てで、もう一通はイングランド国王宛てだった」

「イングランド国王がそこにいたの？」ジョーディーが驚いて尋ねた。

「ええ」ミュアラインは重々しく言った。「彼もトーナメントが好きだったみたいね」

「あの老いぼれのことはどうでもいいよ。それでどうなったんだ？」コンランがいらいらしてきいた。

ドゥーガルが見ていると、ミュアラインはゆがんだ笑みを浮かべてつづけた。「国王とダンヴリースは同時にやってきた。父はふたりを母が休んでいるテントに招き入れた。もちろんロード・ダンヴリースは、自分の妻がカーマイケルのテントにいるのを見てよろこばなかった。彼は父が妻を凌辱して殴打したと訴え、決闘を申しこんだの」

「決闘？」アリックがもごもご言った。「有罪か無罪かを決める闘いのことだよね？」

「そうだ、戦闘による裁判という呼び名で聞いたことがある」コンランは静かにそう言ってから尋ねた。「彼女を自分のベッドに寝かせて国王とダンヴリースを連れてきたねらいはそれだったんだね？」

ミュアラインはうなずいた。「ダンヴリースが妻を森のなかに引きずっていって強姦したのは、妻へのひどい扱いをほかの人に見られたり聞かれないようにするためだろう、と父は考えたの。妻をひどく痛めつけているなどと、ダンヴリースが国王のまえで認めるわけがない。それに、戦士としての自分の技術を知る者は少なく、自分について人が話題にすることといえばその見た目だけであることも、父は知っていた。それに、ダンヴリースは勝てそうな相手と見るや声高に決闘を求めて、論争に決着をつけたことがあるので、きっとまたそうするだろうということも」

「賢いな」ドゥーガルが心からの称賛をこめてつぶやき、弟たちも同様につぶやいた。

「それで、お父上が勝ったんだね」ジョーディーが言った。

「ええ」ミュアラインはにっこりした。「でも、父は神さまのお力のおかげだと言ってるわ。槍試合は三試合おこなわれることになった。それから戦斧、剣、短刀による闘いが一試合ずつ。でも、槍試合の三試合目はおこなわれなかった。二試合目で父がダンヴリースの胸を強く突いたから。父の槍は折れて、その破片がダンヴリースの馬の目にはいり、頭蓋まで突き刺さった。馬は竿立ちになり、転げ落ちたダンヴリースを踏みつけながら、苦悩の叫びをあげつづけ、やがて飼い主の上に倒れた。馬をどけたときには、ダンヴリースは完全に死んでいた」

「それはひどい」アリックがささやいた。

「たしかに」ジョーディーも同意した。

一同は少しのあいだ黙りこみ、やがてコンランが咳払いをして言った。「それで、父上は母上に求婚したのかい？」

ミュアラインはその質問にくすっと笑った。「ええ。ご想像どおり、父はテントに戻ると、荷物をまとめてついてくるようお付きの者たちに告げて、カーマイケルに母を連れ帰り、求婚したの」彼女はかすかに微笑んだ。「母の体が回復するまで世話をしながら求婚したそうよ。父がとてもやさしくて紳士的だったから、だんだん信用するようになって、結婚を承諾したと、母はいつも言ってた」

やがて笑みが消えたことにドゥーガルは気づいた。理由がわかったのは、彼女がこうつづけたからだった。

「それからウィリアムとモントローズを呼び寄せようとしたけど、最初の夫の父であるダンヴリースの領主は、ふたりを手放さなかった。自分の相続人だから、ダンヴリースで育てると言い張った。でも実は、息子が死んだことを母のせいにして、孫たちに会わせないことで罰していたのよ。それで母の心は壊れてしまったんだと思う」

「でも、母上にはあなたがいた」ジョーディーが指摘した。「それでずいぶんつらさがまぎれたんじゃないかな」

「母は息子ふたりを産んだあとにわたしを産んだの」ミュアラインは訂正して言った。「ええ、たしかになぐさめになったと思うわ。それでも母はモントローズとウィリアムに会いたがった。幸い、ダンヴリースの老領主は亡くなって、ウィリアムが領主になった。そのときふたりが母に会いに来て、わたしは初めてダンヴリースのふたりの兄に会ったの」

「待ってよ」アリックが眉をひそめて言った。「父親ちがいのイングランド人の兄がふたりと、両親とも同じスコットランド人の兄もふたりいるってこと？」

ジョーディーがあとをつづけた。「スコットランド人の兄がふたりもいるのに、どうしてお父上が亡くなったあとイングランドに送られたんだ？」

「コリンとピーターは父が亡くなる一年以上まえに亡くなっているのよ」彼女は静かに言った。

「どうして？」ジョーディーがすかさずきいた。

ミュアラインは黙りこみ、ドゥーガルは彼女の体に震えが走るのを感じた。「シンクレアから帰る旅の途中で襲われたの。ふたりの兄と、ともに旅をしていた兵士の半数が、その夜に亡くなった」

「夜に？」コンランが鋭くきき返した。「夜に襲われたのか？」

「ええ。寝ているあいだに何者かがしのび寄ってきて、護衛兵や眠っている人たちののどを切り裂いたの。そのなかに兄たちもいた。だれかが目を覚まして警報を発し、残っている兵士たちでなんとか追い払わなかったら、全員が死んでいたと思う」

コンランがドゥーガルに視線を向けると、弟が何を考えているかわかった兄は、暗い表情でうなずいた。旅には山賊という危険がともなう。山賊は道や橋の脇に隠れて待ち伏せし、知らずに近づいてきた旅人たちのまえに突然飛び出して金品を奪う。だが、旅の一行のあとをつけ、眠りこむのを待ってしのび寄り、のどを切り裂いたりはしない。どちらかといえばそれは暗殺、金を手に入れるための殺しではなく、金をもらってする殺しだ。ちょっとしたちがいだが、最近ミュアラインのまわりで死んだ人間の数を考えると、ひじょうにあやしい。

「だれがそんなことを？」アリックが突然言った。ドゥーガルとコンランの疑いには気づいていないようだが、まだ若いのでしかたがない。

ミュアラインは力なく肩をすくめた。「つきとめられなかった。父は傭兵ではないかと思っていたわ。兄たちと、おそらくはわたしも殺すために、お金で雇われた兵士たちだろうと。でも、黒幕がだれだと思っているかは話してくれなかった」一分ほど黙りこんだあと、疲れたように言った。「まえの年にウィリアムを失ったばかりなのに、さらに息子ふたりを失って……」首を振る。「母は打ちのめされた。食事もせずに泣いてばかりいたわ。そして病気になり、病気と戦う意欲も失った」ミュアラインは悲しげに肩をすくめた。「兄たちが死んでひと月半後に母も亡くなったの」

「たった二年のあいだに兄貴ふたりと母親を失ったうえ、父親まで？」ジョーディーがやりきれない様子できいた。

「ふたりの兄さんが死んだまえの年には、異父兄のウィリアムも死んでるんだろう?」彼女が忘れているかもしれないと思ったのか、アリックが指摘する。

「ええ」ミュアラインはそう言うと、きかれるまえに答えた。「乗馬中の事故で」

「許婚が死んだのはそのどれくらいまえだ?」今度はドゥーガルが尋ねた。

「ウィリアムが亡くなるほんのひと月まえよ」ミュアラインが言った。

「そんなに短期間に一家族から出るにしては、死者の数が多すぎるな」コンランが暗い声で言った。

「ああ、多すぎる」ドゥーガルはつぶやき、不思議そうに目を向けてきたミュアラインに尋ねた。「お父上はなぜ亡くなった?」

「この春に体調をくずしたの。わたしがシンクレアを再訪する直前のことよ。胸の病で、熱と咳と鼻水が出てね。それほど重い症状には見えなかった。それでもわたしはシンクレア訪問をやめようとしたんだけど、父は行けと言うし、回復してきているようだったから、結局行くことにした。でも、ジョーンに赤ちゃんが生まれた日に、モントローズがシンクレアにやってきたの。父が亡くなって、いとこのコナーがカーマイケルの領主の座と城を継ぐことになり、モントローズがわたしの後見人に任命されたということだった。それで彼とイングランドに住むことになったの」

「そんなのおかしいよ」ジョーディーが不満そうに言った。「いとこのコナーというのはどこのどいつだよ？」

「そうだよ、どうしてあなたには何も残されないんだ？」アリックが疑問を発した。「イングランドでは女は土地や城を相続できないけど、スコットランドではできる。氏族の支持があれば、クランの長にもなれる」

ミュアラインはアリックの質問に横を向き、ドゥーガルはその顔に悲しみと落胆がよぎるのを見た。彼女は唇をかむと、まえを向いて言った。「コナーは父の姉妹の息子よ。父親はバークレーの領主の弟で、コナーはバークレーのクランのなかで育ったの。彼に会ったことはないわ」

「お父上はカーマイケルを自分の娘にではなく、バークレーに残したのか？」ジョーディーが動揺してきいた。

「バークレーの血は半分だけよ」ミュアラインは訂正した。「母方のカーマイケルの血も流れているわ」

「そうだけど」アリックが首を振って言った。「バークレーで育って、カーマイケルのクランとはなんのつながりもないんだろう。いったいどうしてお父上はあなたじゃなくて彼にすべてを残すんだろう？」

ドゥーガル自身もその答えを知りたかった。彼が知っているカーマイケルなら、そんなことをするとは思えなかったからだ。

ミュアラインはうつむいて、スカートの結び目のひとつを悲しげに引っぱりながら言った。

「モントローズの話では、わたしが虚弱体質だからですって。気を失ってばかりいるから、クランの長として認めてもらえないだろうと父は思ったらしいわ。いとこのコナーこそ適任で、イングランドで第二の人生を歩むほうが、わたしにはいいだろうと考えたのね。体が弱すぎるせいで手に入れられなかったものをいとこが手にするのを、すぐそばで見ているよりも」

ドゥーガルは弟たちの表情を見て、自分と同じ気持ちでいるのがわかった。認めたくはないが理解はできた。たしかに、しょっちゅう気を失って倒れる娘がクランをまとめるのはたいへんかもしれない。それでも、父親は娘に対して、異父兄の手にゆだねるよりもっといい扱いができただろうし、するべきだった。そもそも、モントローズの本性を知っていたのだろうか？　知っていなければおかしい。カーマイケルが愚かな男だといううわさは聞いたことがなかった。彼が妻を、ミュアラインの母を手に入れた顛末が、彼の聡明さを証明しているではないか。慈悲深いとはとても言えないモントローズにミュアラインを託したのは、どう考えてもおかしい。

「もちろん、父は正しかったわ」ミュアラインは反論は受け付けないとばかりに、不意にきっぱりと言った。

ドゥーガルは暗い表情で彼女を見おろした。また背筋をぴんと伸ばして硬直し、うそをついている顔をだれにも見られないように、あごを上げてまえを見ている。父親の判断に傷ついているのは明らかだが、これだけ多くの人たちを失ってきているのだから、彼女にとっては、この二年に乗り越えなければならなかった多くの逆境のなかのひとつ、という認識なのかもしれない。

「でも――」ジョーディーが反論しようとしたが、ドゥーガルに怖い目つきでにらまれて、急に断念した。

「おしゃべりは以上だ。出発が遅くなったから急がないと」ドヴーガルはきびしくそう言うと、馬の速度を上げて、会話ができない状態にした。

遅れを取り戻したくもあったが、いちばん心配だったのは、今の会話でミュアラインが落ちこんでいることだった。短期間に多くの悲劇に見舞われた彼女は、そのせいで体も弱っている。気絶してばかりなのは、充分に食べていないからだという確信があった。それが彼女の命を救ったのかもしれないという気もした。クランの長になれるほど健康だったら、おそらく彼女も不自然な死に方をしていただろう。路傍の山賊に殺されるか、ひどい落馬か。度重なる死を仕組んだのは、このいとこのコナーとかいうやつなのかもしれない。それで得をする人物が彼なのはまちがいない。

ドゥーガルは馬を走らせながら、ミュアラインがまた気を失っても馬から転げ落ちないように、まわした腕に力をこめた。どういうわけか、この娘を守らなければという使命に駆られていた。彼女の兄から、父親の決断を受け入れるつらさから……そして世間一般から。理由はまったくわからなかったが。

5

「休憩には早くない？」

道からそれて馬を空き地に向かわせたドゥーガルは、そう言われてミュアラインの頭のてっぺんを見おろした。ついで、追いかけてきて馬を隣につけたコンランに視線を向ける。

「そうだよ。もう一時間ほど進んでからのほうがよくないか？」

「これから一時間ほど、水辺の休憩地はない」ドゥーガルはさりげなく言ったが、それは真実というわけではなかった。馬を客に届けるためにこの道は何度も通っており、そういう場所はこの先二カ所ほどあるのだが、滝の下で水浴できるのはここだけなのだ。ここに止まると決めたのは、水に浸かったら気持ちがいいだろうと思い、ミュアラインもそうかもしれないと考えたからだった。最後の休憩地で、彼女ははにかみながら水の不足を訴え、顔や何かが汚いままでいたくないと言っていた。

コンランに見つめられているのに気づき、ドゥーガルはつづけた。「馬たちには水が必要だ」

「昨夜野営地で一時間は飲ませたし、今日だってもう二度も飲ませたぞ」コンランが冷静に言い返す。

「そうだが、ここなら腹いっぱい飲める」彼はきっぱりと言った。

「ふうん」コンランはつぶやき、大胆にもわけ知り顔で微笑んだ。

ドゥーガルは苦労して馬から降りながら、弟をにらみつけた。そして向きを変え、ミュアラインを抱きおろした。

「ありがとう」地面におろされた彼女は、ほとんどささやくように言った。家族の話題が出て以来、ネズミのようにおとなしかった。だがそれは、会話が不可能なほどの速さに、ドゥーガルが馬の速度を調節したからでもあった。

「まあ、なんてきれいなの！」

その叫び声にドゥーガルがあたりを見まわすと、ミュアラインは水辺にいて、右手の川に向かいながらあたりを見わたしていた。それを見た彼は、ぎょっとして目を見開いた。彼女をそばにおろしたあと、そのままそこで待っていてくれるものと思って、馬から焼肉のはいった袋をおろすために向きを変えたのだが、彼女はおろされた場所にとどまっていてくれなかった。蝶のようにふらふらと動きまわり、空き地を横切って水辺まで移動していたのだ――もしまた気絶したら――川に転げ落ちて、だれかが追いつくまえに溺れてしまうかもしれないのに。

「いいところを選んだな。彼女はここが気に入ったようだ」間が抜けたような笑顔でミュアラインを目で追いながらコンランが言った。

「彼女のために選んだわけじゃない」からかわれるのがいやで、ドゥーガルはうそをついた。

「言っただろう、馬たちのために水辺で休憩したかったんだ」

「ああ……そうだったな」コンランは明らかに信じていない様子で言うと、まじめな表情になった。「ただ……」

「なんだ？」弟が口ごもったので、ドゥーガルは尋ねた。

コンランは心のうちで何やら葛藤している様子で少し考えてから、背筋を伸ばして助言した。「彼女には気をつけろ」

ドゥーガルは目を細めた。「どういう意味だ？」

「彼女はお目付役もいなければ、レディ付きの侍女も連れずに旅をしている未婚のレディだという意味だ。そして兄貴は彼女に惹かれている」

ドゥーガルはその訴えを否定しようかと思ったが、結局こう言うにとどめた。「それで？」

「魅力的な女性だから、兄貴が自分のものにしたいと思うのも無理はないと思う。でも彼女は生まれながらのレディで、おれたちは責任を持って彼女をサイとレディ・シンクレアのもとに送り届けようとしている。彼女の望みは、自分を尻軽女同然とみなしてそのように扱う兄から逃れる方法を、友人たちがいっしょに考えてくれることだ」

「それはよくわかっているさ、コン」説教にうんざりして、ドゥーガルはそっけなく言った。

「何が言いたい?」

「冷静に行動すべきだと思う」コンランは静かに言った。「本能のままに、うかつに行動するな。そんなことをすれば、彼女は兄貴にも尻軽女のように見られていると思ってしまう」

彼は返事を待たず、野営の準備をするジョーディーとアリックを手伝いにいった。

ドゥーガルは弟を見送ってから、意気消沈しながら向きを変えてミュアラインのほうを見た。ミュアラインを誘惑するつもりでここに足を止めたわけではないが、馬に乗りながらも心はこの場所へと向かい、滝に着いてからのとあるシナリオを思い描いていた。彼がこの場所を選んだことで、ジョーディーに麻布をわたされたときと同じくらい、大よろこびするミュアライン。そして、最初は感謝の抱擁だったものが、しだいにそれ以上のものになっていく、というシナリオを。

目を閉じて、やれやれと思いながら片手で首のうしろをもんだ。認めたくなくても、彼女をキスと愛撫でその気にさせ、空き地に横たわらせて服を脱がせ、抗議する口をキスでふさいで、草の上で奪うつもりだったのはたしかだ。そそられるシナリオだったし、想像するかぎりは美しいとさえ思ったが、コンランのことばを聞いた今は、自分が彼女の兄と同じくらい低俗な人間に感じられた。ミュアラインはレディだ。それも、とびきり上等な。その勇気は、彼の妹を救ったときと、邪悪な兄のもとからよりによって牛で逃げてきたときに証明されている。だが同時に、知性や、彼や弟たちに対するやさしさも持ち合わせている。滝のそばの草地で転げまわるようなことはすべきではない。彼女の兄が望んでいた尻軽女のように扱うわけにはいかない、とドゥーガルは自己嫌悪に陥りながら思った。彼女を無事に送り届けると約束したのだから。彼女を自分のものにしたければ結婚しなければならないだろう。でなければ手を出してはならない。

妙な話だが、自分たちがよろこんでミュアラインと結婚すると弟たちが言いだした今、彼女と結婚するという考えは、それほど悪いことでもない気がした。たしかに妻を迎えるのは悪くないし、彼女を超える娘には会えないのではと思えてきたのだ。

自分の考えにいささか驚きながら、ミュアラインのほうに歩きはじめた。結婚という選択について考えるのはあとまわしだ。とにかく今は、彼女が気を失って水のなかに倒れ、溺れるまえに追いつかなければ。すると、いくらも進まないうちに、ミュアラインがしゃがみこみはじめた。ドゥーガルは心臓が飛び出しそうになり、とっさに走りはじめたが、気を失ったのではなく、しゃがんだだけだとわかると、直前で速度を落とした。

いったい何をしているのだろうと、背後に立って肩越しにのぞきこむと、ウサギの赤ん坊が寄り集まっているのが目にはいり、ちょっと驚いた。

ミュアラインは彼を振り返ってにっこりした。「かわいいでしょう？」

ドゥーガルはぽかんと彼女を見て言った。「ただのウサギだ」

「そうだけど、まだ小さな赤ちゃんで、すごくやわらかいわ。さわってみて」彼女はさっと立ちあがって振り向いた。小さなウサギを一羽ささげ持っている。ドゥーガルが困惑しながら小さな毛皮の球を見ているばかりなので、彼女はその球を彼の胸にくっつくほど近づけた。「ほら。さわってみて、やわらかいでしょう」

ドゥーガルは首を振った。「おれは夕食をなでたりしない」

ミュアラインはぎょっとしてウサギを引き戻した。「食べちゃだめよ」

「そいつは食べないが、いずれもう少し大きい仲間を食べることになる」彼は冷ややかに指摘して、少なくともあと七羽が寄り集まっているウサギの巣に向かってうなずいた。どのウサギも目を閉じている。まだ生まれて一週間か十日といったところだろう。「巣に戻したほうがいい。おそらく怯えているだろうし、恐怖で死んでしまうかもしれない」

「怯えてなんかないわ」毛皮の球を胸に抱えて笑顔でなでながら彼女は言った。

「それでも、きみのにおいがついていたら、母親が世話をしなくなるかもしれない」彼は指摘した。

ミュアラインはびっくりして、見開いた目でドゥーガルを見た。「うそ!」

「ほんとうだ」彼は肩をすくめて言うと、提案した。「戻してやりなさい。仲間にもまれてにおいがつけば、母親が戻るまえにきみのにおいをごまかせるだろう」

彼女がためらったので、彼はもう少しで彼女がその提案を拒否して、母親のもとに置いていくという危険を冒すぐらいなら、ウサギの子を連れていくと言い張るのではないかと思った。だが、少しすると彼女はため息をつき、小さな毛皮の球を兄弟たちのまんなかに置いた。子ウサギたちはたちまちもぞもぞと動いて押しのけ合い、抱きあげたのがどの子なのかわからなくなった。これで自分のにおいは消えてしまったかまぎれてしまっただろうと安心すると、彼女はウサギの巣をあとにし、さらに水辺に近づいて川をのぞきこんだ。

「美しいところね」幸せそうに小さくため息をついて言う。

「ああ」ドゥーガルは彼女を追いながら同意した。川が右方向に湾曲して視界から消えているあたりを指し示した。「あの先に滝がある」

「ほんと?」彼女は興味を引かれてきいた。首を伸ばせばそれが見えるかのように、少し身を乗り出しながら。もちろん見えるはずがなかった。

「ああ、あそこなら人目に触れずに水浴びができる」水のなかに落ちないよう彼女の腕をつかみたいのをこらえて、両手を背中でにぎり合わせながら、彼は言った。すぐに手をほどいて、救出しなければならなくなったときに備え、左手を彼女の腕のそばに準備する。彼女は気づいていないらしく、さらに遠くに身を乗り出したので、彼は心配に負けてその腕をつかみ、向きを変えさせて馬たちのところに向かった。「でもそれはあとまわしだ。まずは食べないと」

「お腹はすいていないわ」ミュアラインが抗議したので、彼は唇をゆがめた。まるでベッドに行くのをしぶる子供のようだ、と思っていると、彼女がまたきいた。「いま水浴びしちゃだめ？」

「だめだ」弟たちが準備した焚き火のほうに彼女を連れていきながら、彼は言った。「先に食事だ。今回はふた口食べただけでごちそうさまはなしだぞ。ちゃんと食べて、食べることを好きにならないと」彼はきっぱりと言った。この娘は世話を焼いてやらないといけないし、それをするのは自分だと決め、彼女が何も言わないので、言うことを聞いてくれたのだろうと満足した。


「人目に触れないなんてうそじゃない」

ドゥーガルは木々をにらむのをやめ、いま現在彼の人生をおびやかしている女性のほうを見て、いらいらと片方の眉をあげた。ミュアラインが滝の横の小さな空き地に立って、両手を腰に当て、あたかも難問であるかのように彼をにらんでいた。なぜにらまれなければならないんだ！ 命じられたとおりにせず、水浴びをするまで食事はしないと言い張ったのは彼女のほうなのに。弟たちに追いつくまで、そんな話は出なかった。おそらくどう議論を展開すればうまくいくか考えていたのだろう。そして名案を思いついた。自分の悪臭に悩まされていては、おいしい食事を楽しめないと訴えたのだ。

彼女がそう言うと、弟たちはぎょっとしてドゥーガルを見た。もっともな反応だ。彼女の食欲を奪いかねないものは、なんであれ排除しなければならない。それこそ彼女が気絶しつづける原因だと彼らは確信していたのだから。

ドゥーガルは折れ、彼女を滝に連れていった。気を失って倒れたら、助けにいける距離にある空き地に残るつもりで。だが、それについては彼女にも意見があるようだった。

彼は説得しようとした。「ひとりで泳がせるわけにはいかない。きみはどこだろうと気絶するのだから危険だ」

「そんなにしょっちゅう気絶してるわけじゃないわ」彼女は鋭く言い返した。「あなたたちに会ってから一度しか気絶していないもの」

そんなことを言うなんて信じられないというように、ドゥーガルは眉を上げた。

「わかったわよ、二度だったかも」ミュアラインは赤くなりながら言った。

「昨日は午後じゅう気を失っていた」彼は冷静に指摘した。

「ちがうわ。言ったでしょ、馬に乗っているあいだ何度か気がついたって」

ドゥーガルはうなずいた。「そしてそのたびに気を失った」

「息ができなかったのよ」彼女はいらいらと強調し、うんざりしたように首を振った。「ばかばかしい。あなたがここにいるとわたしが気まずいの。だいたい、わたしが溺れたって、水しぶきの音で聞こえないでしょうに」

ドゥーガルはそれを聞いて固まった。たしかにそのとおりだ。今だって激しい水音に負けじとほとんどなり合っているのだから。

「いいだろう」彼はそう言うと、すばやく剣とスポーラン（スコットランド高地地方の服飾品で、腰からさげる小型バッグのようなもの）をはずしはじめた。

「何をしているの？」ミュアラインがけげんそうにきいた。

「服を脱いでいる。きみをひとりで泳がせるわけにはいかない。それにご指摘のとおり、きみが気を失って倒れても聞こえないだろうから、おれもいっしょに泳ぐ」

「やめて！」彼女は叫んでドゥーガルに走り寄り、プレードを押さえているブローチをはずそうと伸ばされた彼の両手をつかんだ。「あなたと裸で泳ぐわけないでしょう。どうかしてるんじゃないの？」

「きみはシュミーズを着ていればいい」彼は肩をすくめて言うと、彼女の顔つきを見て、心配そうにきいた。「かばんにもう一枚入れてきたんだろう？」

ミュアラインは唇をかんだが、うなずいた。「ええ、一枚入れてきたわ」

「よかった」彼はほっとしてそう言うと、つぎのように指摘した。「水浴びのあとでそれに着替え、濡れたものはひと晩置いて乾かせばいい。そうすればきみもシュミーズも清潔になる」

ミュアラインは顔をしかめ、肩を落として言った。「たしかにかばんにシュミーズは一枚入れてきたけど、そのかばんを失くしてしまったのよ。昨日、旅の途中でヘンリーから落ちたんだと思う。着替えは一着もないわ」

「落ちてはいないよ」ドゥーガルは安心させた。「アリックに言って、ダンヴリースから連れ帰った牝馬のほうに移しておいた」

「まあ」彼女がその知らせにとてもよろこび、ほっとしているようなので、ドゥーガルはそれが自分の考えではなく、コンランの提案であることを言わずにおいた。

そのかばんを取ってくるにはちょっとした旅をしなければならないだろう、と思いながら、ドゥーガルは来た道を振り返った。空き地から滝までは、記憶していたよりも遠かったし、ここまで歩いてきた森を抜ける小道は草が生い茂り、国のこのあたりに多く見られる鬱蒼(うっそう)としたやぶになっていた。やぶはミュアラインのドレスに何度も引っかかり、なかなかまえに進めなかったので、ドゥーガルは彼女を抱きあげて速度を上げようとした。それを思いとどまったのは、コンランのちょっとした警告と、彼女はまちがいなく抵抗するだろうという確信だった。かばんを取りにいって、また持ってくるということは、あの道のりをもう一往復するのかと思うと気乗りはしなかったが、少なくともスピードのさまたげになる彼女はいない。

ミュアラインに向き直って、彼は言った。「ひとりで座って、おれが戻るまで水にはいらないと約束してくれるなら、かばんを持ってきてあげよう」

「約束するわ」ミュアラインは即座に言った。その場に座って、無邪気でうれしそうな笑みを浮かべる。

それを見てドゥーガルは動きを止めた。そんなふうに微笑むと、娘はとてつもなく美しかった。ピンク色のふっくらした唇が広がり、大きな青い目がさらに大きくなって、頬がぱっと色づく。健康そうで、幸せそうで、たまらなくキスしたくなる。

ドゥーガルはその考えにはたと立ち止まり、顔をしかめて突然向きを変えた。

「水にはいるなよ」とどなり、地獄の悪魔たちに総出で追われているかのように、急いで空き地をあとにした。


小道を歩いていくドゥーガルを見送って、ミュアラインはゆがんだ笑みを浮かべた。あの人はいつも厳格で気むずかしいけれど、その無愛想さの下の彼は、ほんとうに思いやりのある人だ。こんなふうにかばんを取りにいってくれる人などめったにいるものではないし、心配してくれるのもやさしさの表れだ。彼が花嫁募集中だったらいいのに……。

ミュアラインはその考えを追いやって、空き地を見まわした。ずたずたのドレスでここまで来るのはひどく難儀だったが、苦労したかいは充分にあった。これほどきれいな場所は見たことがない。

かすかに微笑みながら、草の葉をむしって指のあいだでくるくる回し、顔を空に向けた。時間はまだ早く、太陽はようやく下降しはじめたところで、まだ明るく輝いており、暖かく肌をなでる日差しを楽しめた。この美しい場所で、暖かな日差しのなか水浴びができたら、やっかいごとも、人生がこんがらがってしまったことも、ほとんど忘れられるだろう。

完全にではないけれど、とミュアラインは皮肉っぽく思いながら、顔を戻して目を開けた。そのとき、森のなかの人影に気づいた。ミュアラインはドゥーガルが歩いていったほうを向いて、水辺に背を向けていたので、森はよく見えた。そうでなければ、その人影に気づかなかったかもしれない。水音のせいで、だれかが近づいてくる音はまったく聞こえなかった。

ゆっくりと立ちあがり、枝のあいだのぼんやりした姿に目を細めて、正体を探ろうとした。料理する獲物をさがしているブキャナン兄弟のひとりだろうか？　それとも薪をさがしているの？　もしそうなら、どうして近づいてきて何か言わないのだろう？　わたしがここで見ているのはわかっているはずなのに。

眉をひそめ、森のほうに一歩近づいた。

「そこに座っていることになっていたはずだ。約束しただろう」

どなられてミュアラインが振り向くと、ドゥーガルがかばんを持って戻ってくるところだった。立ちあがっている彼女をにらみつけている。ああもう、心配してくれるのはうれしいけど、彼も弟たちもみんな、わたしをつねに監視の目が必要なひ弱な子供みたいに扱うんだから。ミュアラインはそういう扱いに慣れていなかった。兄たちの死後、突然失神するようになったときは、父も心配してくれていたものの、母の体調悪化のせいでそれどころではなく、娘に目を配ることができなかったのだ。そしてもちろん、モントローズは妹の体調を気遣ったりしなかった。そのため、ブキャナン兄弟に病人のように扱われるのが、神経にさわりはじめていた。

「座ったままでいると約束したわけじゃないわ」ミュアラインは冷静に言った。「水にはいらないと約束したのよ。それに、ちょうどつきとめようとしていたのよ、だれが――」説明の途中で、森のなかの人影を認めた場所を振り向き、木立のあいだにいた人物が消えていることに気づいた。眉をひそめてその場所を見つめ、肩をすくめると、目のまえで足を止めたドゥーガルに向き直った。

「何をつきとめようとしていたんだ?」少しまえに彼女がしていたように、森の奥に目を向けながら、彼がきいた。

ミュアラインは首を振るだけにした。兄弟たちが彼女をうかがっていたのだとしても、そのうちのひとりにそうされたと訴えて、相手を窮地に追いやりたくはない。薪をさがしていたら、空き地で彼女を見つけて足を止めただけのことなのかもしれないし。

「ありがとう」ミュアラインは差し出されたかばんを受け取った。

「どういたしまして」ドゥーガルはうなるように言うと、ブレードのブローチに手を伸ばした。

ミュアラインは不安そうに目を細めた。「何をしているの?」

「言っただろう、きみをひとりで泳がせるわけにはいかない。もし気を失ったら――」

「でもあなたは何を着るの？」ミュアラインは伸ばした手を彼の指に重ね、ブレードをおさえている唯一のものだと知っているブローチを、はずさせまいとしながらきいた。ブローチをはずした布がレディのドレスのように下に落ちれば、彼はシャツ一枚という姿になってしまう。

「シャツだ」彼はあっさりと答えた。

彼のシャツの短さを思い起こし、ミュアラインはあわてて両手を引っこめると、激しく首を振りながらあとずさった。「それなら野営地に戻るわ」彼女は言い、ここに来るときに通った小道のほうを見た。「あなたはどうぞ泳ぎにいって」

「なんだと？　待ってくれ」彼はそう言うと、向きを変えかけた彼女の腕をつかんだ。「食事のまえに泳ぎたいと言い張ったのはきみだぞ」

「そうよ、でもあなたがいっしょだなんて、しかもお宝もろくに隠せない、濡れたらまる見えのシャツだけで泳ぐつもりだなんて思わなかったんだもの」

「お宝だって？」彼は軽くおもしろがりながら尋ねた。

ミュアラインは赤くなったが、うんざりと肩をすくめて見せた。「モントローズが自分のをそう呼んでいたのよ……お宝って」しかたなく白状し、皮肉っぽくつづける。「金でできているかのような言い方で」

「彼はそんなことまできみに話すのか？」ドゥーガルは困惑して尋ねた。

「そういうわけじゃないわ」彼女は急いで言い、顔をしかめて認めた。「でも、お酒がはいると、わたしがいることなど気にせずに、部下たちに自慢するの」

ドゥーガルは口を引き結んだあと、暗い声で言った。「つぎに彼と会ったら、話すことがたくさんありそうだ」

ミュアラインは目を見開き、突然のどに感じたつかえをのみくだしながら、彼のことばをかみしめた。自分のために憤り、兄と対決すると言ってくれた彼に心を動かされた。その実、ブキャナン兄弟が金輪際兄に会わずにいてくれることを願っていた。それどころか、認めるのは恥ずべきことだが、このつぎ家族に不運が訪れるとしたら、自分ではなく異父兄のもとに訪れてほしいと思っていた。そんなことを願うなど、これまでの人生ではなかったことだ。

「おれはあとから水にはいる」突然ドゥーガルが言って、彼女は目下の問題に引き戻された。そして、彼がこうつづけてくれたので、少しほっとした。「きみが水のなかにいるあいだは見守っていなければならないからな」

「でも――」彼女の抗議はさえぎられた。

「そうしなければならないんだ」ドゥーガルはきっぱりと言った。「気を失ったら溺れてしまう」

ミュアラインはいらいらとため息をついた。気絶しやすい体質のせいで、人生はなんともみじめなものになりつつある。それは自分のせいなのかもしれない。兄たちが死んだあと、最初は母の世話、そのあとは病を得た父の看病で、少し無理をしてしまったのだろう。母同様、悲しみはミュアラインからも食欲を奪ったが、母とちがって病気になることはなく、その代わり気を失うことが多くなった。それもたいていいちばん不適切なときに。残念ながら、以来食欲が戻ることはなかった。どういうわけか食べ物に興味が持てないのだ。それ以外のものにも。

でも、ずっとそうだったわけではない。ジョーンやサイやエディスといるといくらか食欲が刺激され、シンクレア滞在中はまた少し食べるようになっていた。だが、父が亡くなり、イングランドに移ってからは、またあらゆることに対する興味を失っていた。ジョーンが調合してくれた薬のおかげで気絶を避けることはできたが、薬がなくなるとまた気絶するようになった。

「シュミーズを着たまま泳ぐといい。おれは岸のここから見守る」ドゥーガルは譲歩した。「そうすれば、問題が起きたとき、おれにもわかる」

ミュアラインは少しのあいだ黙って彼を見つめ、言い返そうかと迷った末、言っても無駄だと思った。おそらくこれがいちばんましな申し出だろう。水浴びがしたければ、彼に監視されることを受け入れるしかない。実際どうしても水浴びがしたいのだから。

「いいわ」彼女はあきらめてつぶやくように言った。

ドゥーガルは口答えされると予想していたらしい。少なくとも彼女があっさり折れたので驚いたようだったが、うなずいて、彼女が持っているかばんを示した。「では、さっさとしてくれ。腹がすいた」

ミュアラインは顔をしかめ、彼に背を向けて水辺に向かった。急いでかばんを開け、中身をかきまわしたあと、清潔なシュミーズとドレスを見つけて引っぱり出した。それらを近くの枝に掛け、振り向いて不安そうに彼のほうを見やる。「脱ぐところは見てなくていいでしょ。まだ水にはいっていないんだから。ドレスを脱いで水にはいるまで、向こうを向いていてくれない？　振り向いてもよくなったら教えるから」

もっともな提案だったので、今回はドゥーガルも承諾した。こんな娘は初めてだ。たしかに彼女は気まずいだろうし、ことあるごとに気を失うという癖がなかったら、彼とてうるさく言いはしないのだが。真顔でうなずき、背中を向けて腕を組んだ。「水にはいったら叫ぶんだぞ」

そのままそこに立って、脱衣の音に耳を澄ました。だが、彼女が指摘したとおり、滝から流れ落ちる水音のせいで何も聞こえなかった。

「はいったわ！」

突然の叫び声に驚いて、ドゥーガルは勢いよく振り返った。

ミュアラインは水のなかから無邪気に微笑みながら肩をすくめた。「叫べって言われたから」にやりとして言うと、向きを変えて滝のほうに向かう。以前立ち寄った経験から、彼女がいる箇所の水位は腰のあたりまでしかないのをドゥーガルは知っていたが、彼女は首まで水に浸かっていた。水のなかでしゃがんでいるのだ。滝の直前で止まり、ためらっているようだ。手を伸ばして滝に差し入れ、水の勢いをたしかめると、滝をくぐってから立ちあがった。

ドゥーガルは息をのんだ。白く泡立つ水がカーテンの役割を果たし、姿を隠してくれると彼女は思ったのだろうが、そうはいかなかった。それどころか、滝は彼女を美しく縁取り、濡れてほとんど透明になったシュミーズが愛慕するようにからみつく、ほのかな曲線やくびれを際立たせていた。

食べる量の少なさを見ているので驚きはしなかったが、娘は痛々しいほどにやせていた。それでもその姿はうるわしかった。もう少し肉のついた姿を見たいのは否定しないが、今のままでも……プレードの粗い織地を押しあげて、脚のあいだで揺れている屹立が、すべてを語っている。ミュアラインは美しく、白い肌は水と衰えゆく日差しの下で雪花石膏のように輝いていた。濡れた髪の色は濃くなってつやのある金色になり、乳首が丸いバラ色の点となって濡れたシュミーズ越しに見えている。濡れた薄い生地を通さずに、あの点を見たいものだと思い、もしモントローズの提案を受け入れていたらどうなっていただろう、とまた考えはじめた。

受け入れていたとしても、おそらく同じことが起きていただろう、と皮肉っぽく考える。あの娘はチャンスがありしだい牛に乗って逃亡しただろうし、その場合は兄だけでなくドゥーガルからも逃げることになっていたはずだ。

平らな腹部から臀部へと視線をめぐらせ、骨が皮膚を押しあげているのを見て、ドゥーガルは眉をひそめた。ほんとうにひどくやせている。母親のように病気にならなかったのが不思議なほどだ。幸い、今では気絶の原因がなんなのかわかっているか、わかっているつもりになっているので、もっと食べるように気を配ってやることができる。おそらく彼女もふだんの食欲を取り戻し、少しは体重も増えるだろう。

そうだ、ちゃんと食べるように気を配ってやらなければ、と思ったところで、また眉をひそめた。予定どおり妹のところにミュアラインを送り届けたら、もう気を配ってやれなくなる、と気づいたのだ。妹やほかのふたりの友人たちと合流すれば、ミュアラインを兄から救う方法はきっと見つかるだろう。そうなればドゥーガルはもう必要ない。彼女は彼の人生から、その影響が及ばないところに行ってしまう。そう思うと、口もとにけわしいしわが寄り、彼は地面に座りこんで、待っているあいだかんでいようと草をつかみ取った。

ミュアラインは目を閉じて頭をたれ、背中と肩を滝に打たせて楽しんだ。冷たく硬い地面に寝たり、長時間馬に乗ったりするのには慣れていなかった。背中が痛むのはその両方のせいだ。少なくとも自分にはそう言い聞かせたが、実を言うと、その痛みと凝りの原因が、今日ドゥーガルと馬に乗っているあいだ、ずっと緊張していたせいらしいのはわかっていた。そうせずにはいられなかったのだ。力を抜くと、ふたりの体が密着して、彼の胸に背中を押しつけることになり、腕をまわされていることもあって、彼に包まれているように感じられた。彼のにおいしかしなくなり、彼の息が髪を揺らして……。

流れ落ちる水の温度はどうすることもできず、ミュアラインは小さく身震いした。父がクランの長で、ふたりの兄たちがいたころは、大切に守られて暮らしていた。二十一歳になる今もまだキスをしたことすらないが、ドゥーガルの腕に抱かれて馬に乗っていると、というより彼の膝に乗っていると、どうしても……彼にキスされたらどんな感じなのだろうと考えてしまう。それ以外のこと、夫婦がベッドでするようなことも。サイとエディスがくすくす笑うなか、唯一の既婚の友人であるジョーンが説明してくれたあれだ。

正直、どう対処すればいいのかはわからなかった。だが、いま考えているようなことは、何ひとつ経験できないだろうという確信はあった。少なくとも、妻としては。ミュアラインは修道院行きになるのをひどく恐れていた。そうならないことを願っていた。サイのところに着いて、ふたりでシンクレアのジョーンに会いにいき、三人で、途中エディスにも会えてそのままいっしょにシンクレアに行けることになれば四人で、何か別の方法を思いつけることを願っていた。だが、思いつけるのはせいぜい、妻を必要としているが、持参金がなくても気にしない年老いた領主とか、その手の男に嫁ぐことなのではないかという気がしていた。そうなったら、ドゥーガルのまえに座って感じたうずきや切望を経験することはないだろう……それは一種の拷問であり、おまえはもうこんな思いをすることはないのだと、運命に愚弄されているようでもあった。だから、丸太のように硬直しながら彼のまえに座ることで、それを避けようとしたのだ。そのせいで今、背中の下のほうが文句を言っているのだった。

ずきずきする背中に顔をしかめながら、ミュアラインはかがんで指をつま先のほうにたらし、いちばん効いてほしい背骨の下のほうを滝に打たせた。この姿勢だと顔に水が流れ落ちるが、目を閉じていれば気にならなかった。それに、こうしていると少し休めるのでありがたかった。少なくとも、滝の下でよろめき、めまいがしていると気づくまでは。自分の愚かさを呪いながら、急いで体を起こしたが、突然動いたのでめまいがよけいひどくなり、目のまえが暗くなりはじめて、またもや自分を呪うことになった。

まさにこのせいでドゥーガルはわたしを見張ると言い張り、わたしはそんなことにはならないと請け合ったのに。ミュアラインは悔しく思いながら、気絶というおなじみの闇に取り巻かれるのを感じていた。

ミュアラインはぱっちりと目を開けて、空を見あげた。まだ早い時間だが、太陽来臨の先触れが届きつつあり、その光は地平線上にのぼってこようとしていた。とっくに火の消えた焚き火のそばで眠っている、男たちの黒い影がやっと見分けられる程度には明るい。みんなまだしばらくは起きないだろうから、ミュアラインも目を閉じて眠りに戻ろうかと思いかけたが、用を足す必要に迫られていたので、そういうわけにはいかなかった。すぐにも用を足しにいかなければ。それというのも、昨夜寝るまえに行かなかったせいだ。すぐ気絶する彼女の身を守るため、ドゥーガルがついて行くと言いかねなかったから、行くのをやめたのだ。

ミュアラインはうんざりしながら顔をしかめた。滝の下で意識を失ったあと、水辺で目を覚ますと、ドゥーガルがのぞきこんでいた。もちろん救ってくれたのは彼で、そのことには感謝していた。でも、つねにそばにいて、母鶏のように守ろうとするのは、あまりうれしくなかった。乾いた清潔な麻の下着と新しいドレスを身につけるあいだだけ、背中を向けていてもらうにも、長いこと説得したりたのみこんだりしなければならず、意識があることをたしかめられるように、そのあいだじゅう話をしていなければならなかった。

転んだときに頭にけがをしたせいだろう。突き出た岩か、滝の下の大きな岩に額をぶつけたらしかった。事情はどうあれ、目覚めると額にひどいこぶと切り傷ができていて、ドゥーガルが顔から血を洗い流してくれていた。大量の血だった。それ以来彼は彼女のそばを離れようとしなかった。

気まずい個人的な用事をすませるあいだ、彼がそばにいることに耐えるくらいなら、しないですませようと思った。いま体は、その決意をうらめしく思っていることを伝えていた。

すぐ近くで眠っている男たちを起こさないように、ゆっくりと用心深く移動しながら、慎重に立ちあがってそっと森にはいった。ひと足ごとに立ち止まって目が慣れるのを待ちながら。空き地は明るくなりはじめていたが、森はまだ真夜中と同じくらい暗く、もし急を要する事態でなければ、その場で引き返して、太陽がすっかりのぼるまで待っただろう。だが、ミュアラインは用心深く進みつづけた。暗いので、それほど遠くまでいく必要はないだろう。さっさと用事をすませて、男たちが起き出すまえに戻らなければ。

十歩ほど森のなかにはいり、あちこちに視線を投げ、周囲の暗闇のなかの動きに耳を澄ましながら、急いで用事をすませた。目覚めたときはまったくの無音のように思えたが、今は生き物が動きまわって、ぽきりと枝が折れる音や葉がかさこそ鳴る音が聞こえ、その音はだんだん近づいてくるようだった。

気のせいよ、とミュアラインは思った。ひとりで暗い森のなかにいるのは不気味だった。もと来た道を引き返しはじめたとき、枝が折れる音がしたので、立ち止まってくるりと振り返った。静寂のなかで音は大きく感じられ、驚くほど近くもあった。森の小動物はこんな音を出さない。少なくとも彼女はそう思った。別の物音が耳にはいり、また振り返ったが、真っ暗な闇のなかでは何も見分けることはできなかった。逆方向からかさこそという音がしたとき、ミュアラインは耐えられなくなり、一目散に野営地に走った。少なくとも、自分では野営地に向かっていると思っていた。でも、ひとしきり走ってもまだ森から出ていないと気づき、ちがう方角に走ってきてしまったのではないかとようやく不安になりはじめた。前方から水音が聞こえてきたとき、それを確信した。

不意に足を止め、来たほうを振り返ると、何かが側頭部に激突して、ミュアラインは大声をあげた。

6

「ひとりで歩きまわるなんて、なんてばかなことを」

ドゥーガルはコンランのつぶやきに応えなかった。兄弟は行方不明の被保護者を探して、やぶや木々のあいだを進んでいるところだった。だが、まったく弟の言うとおりだ。なんてばかなことを。無責任でさえある。

目が覚めて、ミュアラインが空き地にいないことに気づいたとき、ドゥーガルは胸から心臓が飛び出しそうになった。彼女を探しにいきかけたが、立ち止まって戻り、捜索を手伝わせるために弟たちを起こした。太陽が地平線からようやく顔をのぞかせたところで、森はまだ暗いだろう。立ち去ったばかな娘がどこかのやぶのなかで倒れているのだとしたら、助けが必要だ。それに、前回のようなことを繰り返したくない。ドレスがなんらかの事情でずたずたになった場合、証人がほしかった。

「あれは滝の音か?」コンランは不意に聞こえてきた水音に気づいて尋ねた。「彼女はひとりで水浴びしようとしたわけじゃないよな? まったく、前回は溺れそうになったんだぞ、兄貴がそばにいて監視していたのに」

思い出させてもらうまでもなかった。ミュアラインが滝の下で突然水のなかにくずおれたときは、生きた心地がしなかった。ドゥーガルは立ちあがり、なんとしてでも彼女を水から引きあげなければ、ということ以外は何も考えずに、冷たい水のなかに飛びこんだ。あれほどの恐怖を感じたことはなかった……あんな思いはもうしたくない。考えただけで、今でも恐怖に心臓の動悸が激しくなる。もし彼女が溺死していたらと思うと……。

「彼女は――なんだあれは？」前方からかすれた叫び声が聞こえてきて、コンランのことばは問いかけになった。

ドゥーガルは答えなかった。すでに前方に向かって走っていたからだ。空き地は明るくなりつつあったが、森のなかはまだ暗くてどんよりとしていた。やみくもに走って、ようやくミュアラインを見つけた。彼女につまずいて、顔からばったり倒れたものの、すぐに起きあがって這い寄りながら、弟たちが同じ失敗をしないように、コンランに大声で知らせた。

「見つけたんだな」ドゥーガルに追いついたコンランはほっとして言った。兄は地面に横たわる黒っぽい姿に、すばやく両手を走らせはじめている。傷を探していたのだが、上体を起こそうと頭の下に手を差し入れたとき、ねばつく湿り気を感じて、ようやく傷に気づいた。

血だ。

悪態をつきながら彼女を抱きあげ、来たほうを向いた。

「どうした？ 彼女は大丈夫なのか？」コンランが尋ねた。兄の横をいっしょに歩きながら、首を伸ばして見ようとしているが、ドゥーガルは弟が何を気にしているのかわからなかった。森のなかはまだ暗すぎて、ミュアラインの姿は闇に沈んでいたからだ。

「また頭から出血している」ドゥーガルはどなった。

「頭をまた打ったのか？ それとも昨夜の傷か？」コンランが心配そうにきいた。

ドゥーガルはわざわざ答えたりしなかった。答えようがなかったし、もっとよく見るまでわからないからだ。

コンランもそれに気づいたのだろう、もう質問はせず、黙ったまま足早に野営地に戻った。

空き地に到着すると、だれもいなかった。ジョーディーとアリックはミュアラインの捜索を手伝うため、馬たちを置き去りにして出かけていた。幸い、馬たちは無事にそこにいた。

ドゥーガルは馬たちを通りすぎて、前夜の焚き火跡のそばにミュアラインを運び、ひざまずいて頭を調べた。空き地はだいぶ明るくなってきていたし、後頭部に血の感触があったので、傷は側頭部にあることがわかった。

「新しい傷だな」そばにしゃがみこんだコンランが困惑して言った。

「ああ」ドゥーガルはうなった。

「まったく、自業自得だな」コンランが心配そうに言った。「また気を失って、倒れたときに頭を打ったんだろう」

口を引き結んだあと、ドゥーガルはただこう言った。「水と清潔な布を持ってきてくれ。ジョーディーとアリックに合図をして、捜索を中止させろ」

コンランはうなずくと、鋭く口笛を吹きながら走り去った。

ドゥーガルは自分のブレードの端をつかんで持ちあげ、ミュアラインの顔の側面からいくらか血をぬぐった。額にできたこぶはこぶしほどの大きさになっており、中央に裂傷ができていた。深くはなさそうだが、頭の傷はほかの場所の同程度の傷よりも出血量が多いものだ。

小さなうめき声がして、額のこぶから顔に視線を移すと、ミュアラインがゆっくりと目を開けた。最初は困惑気味だったが、ドゥーガルを見ると驚いて眉を上げた。

「何があったの？」とささやき声で尋ねたあと、痛みにひるんでぎゅっと目を閉じ、反射的に両手を上げながらうめいた。「ああ、頭が」

「ずきずきするのか？」ドゥーガルは同情して問いかけ、傷に触れさせないように彼女の手をつかんだ。触れれば痛みが増すだけだろう。

「ええ」ミュアラインはささやき、うっすらと目を開けて彼を見た。

「また気絶したんだよ」コンランがやさしく説明し、ドゥーガルは弟が戻っていたことに気づいた。

「水は？」コンランが手ぶらなのを見て、眉をひそめて尋ねる。

「アリックが汲みにいってる」と答えたあと、コンランは言い訳した。「あいつのほうが若いし、足も速いからって、あいつのほうから——」

ドゥーガルは手を振って説明をやめさせ、うなずいた。たしかにアリックのほうが速い。するとコンランがミュアラインに注意を戻して心配そうに言った。「こんなふうにひとりで歩きまわっちゃだめだよ。頭を打ってばかりいたら命を失うことになる」

「ちがう」ミュアラインは顔をしかめて言った。

「いや、うそじゃない」コンランが言い聞かせる。

「ちがうの、気絶したわけじゃないわ」彼女は説明した。ささやきに近い声で、思い出そうとしているように眉をひそめながらつづける。「何かで頭を打ったのよ」

「ああ。たしかにそのようだ」ドゥーガルが冷静に言った。「おそらく岩の上に倒れたんだろう」

「ちがう」ミュアラインは繰り返した。「立っていたら、何かで頭を殴られたのよ」

コンランはけげんそうな顔で兄のほうを見たが、ドゥーガルは首を振っただけだった。彼もそれはないだろうと思ったのだが、彼女は言い合いができるような状態ではない。今はこのまま受け流すべきだろう。

「信じてくれないの？」傷ついたようにも怒っているようにも聞こえる声で、彼女は言った。

ドゥーガルは視線を戻して、落胆しながら自分を見つめているミュアラインと目を合わせた。

「ほんとうなのよ」彼女は言い張った。「立っていて、振り向いたら、何かで頭を殴られて、それで……」力なく肩をすくめる。「それで昏倒したんだと思う」

「振り向いたら木の枝があったのかも」ドゥーガルが黙ったままなので、コンランが言った。たしかにこの娘を落ちつかせるのはなかなか骨が折れそうだ、とドゥーガルは思った。弟はまだ疑っているようだし、ミュアラインもそれに気づいているのだろう、いらいらした様子でコンランの腕を押しのけた。

「気絶したわけじゃないって言ってるでしょ。だれかに殴られたのよ」彼女はぶっきらぼうに言って立ちあがろうとし、助け起こそうとしたドゥーガルの手も押しのけた。

「何をしているんだ?」もし倒れたら受け止めようと、ふたりのあいだで両手を宙にさまよわせ、いっしょに体を起こしながら、彼は眉をひそめて尋ねた。

「だって……」ミュアラインは口ごもり、顔をしかめた。どうすればいいのかよくわからないらしい。

「座っていたほうがいい。さあ、火のそばに」コンランがやさしく言うと、彼女の腕を取って歩かせながら、火の消えた焚き火のそばの、倒れた丸太のところに連れていった。

ミュアラインはコンランを押しのけなかった。それに気づいたドゥーガルのなかに妙な感情が生まれた。いらだちと苦痛の中間のような感情で、気づいたことで傷ついたかのようだった。ばかばかしい。傷ついてなんかいないのに。

「ほんとうにだれかに殴られたのよ、コンラン」ミュアラインは丸太に座りながら真剣に言った。

「そう思うのもわかるよ。でも、頭の傷のせいでちょっと混乱していた、ということはありえないかな?」コンランはおだやかに尋ねた。「きみを探しにいくドゥーガルに起こされるまで、おれたちはみんな眠っていた。そして、悲鳴が聞こえてから一分たらずできみが見つかった。近くにはだれもいなかった。気を失って、倒れたときに頭を打ったというほうがありそうだろう?」

「でも——」

「なんてこった! 大丈夫かい、お嬢さん?」

ドゥーガルが見やると、空き地に飛びこんできたジョーディーが、まっすぐミュアラインに向かってくるところだった。彼女の顔がまた血に汚れているのを目にして、ぞっとしたような目つきをしている。傷からはまだ出血していた。横になっていたときは後頭部に流れていた血が、今は細流となって頰をたどり、首まで流れていた。

「水を汲みにいったアリックはどこだ?」ドゥーガルはいらだってかみつくように言った。

「お待たせ!」と叫んで、末の弟が空き地に飛びこんできた。手にしているバケツの水が跳ね、もう片方の手には清潔な麻布の切れ端を持っている。自分で洗浄してやるつもりだったらしく、彼女のもとに飛んでいこうとしたアリックを、ドゥーガルは胸に手を当てて止め、持っているものを取りあげた。彼女をきれいにするのは自分でなければならない。

「あーあ、ドレスが台無しになってしまったね、お嬢さん」ジョーディーが同情するように言った。ドゥーガルはミュアラインの横にひざまずき、清潔な麻布を水に浸した。

麻布をしぼって顔を上げると、ミュアラインは下を向いて、ジョーディーに指摘されたドレスを見ようとしていた。首を流れ落ちた血は、前日に水浴のあとで着たドレスの襟ぐりにしみこみはじめていた。自分では汚れを確認できず、彼女は困った顔つきをしていた。

「ドレスの襟ぐりに少し血がついただけだ」ドゥーガルはそう言って安心させたあと、片手であごを持って上を向かせ、首の血を拭きとって、ドレスがこれ以上汚れないようにした。

そのあいだミュアラインは黙っていた。だが、彼が布をゆすいでもう一度しぼり、まだ出血している裂傷に強く押し当てたときは、思わずうっと声が出た。

「出血を止めないと」彼はつぶやいた。しかたないとはいえ、さらに痛い思いをさせて申し訳ないと思いながら。

「わかってる」彼女はささやきで返した。

「縫ったほうがいいと思う」ドゥーガルの横にひざまずいていたコンランが、兄が布をはずすとすぐにまた血が流れ出す傷をじっと見て言った。

「いやよ」ミュアラインは驚き、顔をしかめて震えながら言った。「押さえておくだけで充分でしょう？　血はすぐ止まるわ」

ドゥーガルは縫う必要があるだろうと思ったが、彼女がそれをいやがるのも理解できた。傷を圧迫すれば痛いのは当然だが、額の皮膚を何度も針で貫かれるのは想像を絶する痛みだろう。それに、永久に傷痕が残るのは好ましくない。このままでも裂傷の痕は残るだろうが、運がよければ細い線程度ですむ。縫ってしまったら、額に木の枝のような痕が残ってしまう。

「まず圧迫法を試そう」彼は言った。

ミュアラインは少し緊張を解いて、感謝の笑みを見せた。

ドゥーガルは微笑み返し、つぎにアリックのほうを見た。「清潔な麻布がまだあれば持ってきてくれ。馬に乗っているあいだ傷が開かないように、頭に布を巻く必要がある」

アリックはうなずいて馬のところに行き、鞍にぶらさげた小型かばんのなかを引っかきまわしはじめた。

「ありがとう」

そう言われてドゥーガルがミュアラインに視線を戻すと、さっきよりすまなそうな顔つきになっていた。

「ごめんなさい。わたしのせいで足留めを食うことになって。とんだお荷物よね。サイのところまで安全に送り届けてもらえることに感謝してるわ」彼女は小さな声で言った。

ドゥーガルはそのことばをほとんど聞いていなかった。唇の動きに目を奪われていたからだ。彼の頭のなかは、彼女のことばとは無関係なことでいっぱいだった。

「いいんだよ、お嬢さん」ドゥーガルが黙ったままなので、コンランが言った。「ブキャナンまではもうじきだ。夕食の時間までには着けるだろう。ひと晩寝てから、翌朝マクダネルまで送るよ。マクダネルまでは馬で半日だから、明日の昼にはサイに会える。そのころには、こんなことも全部笑い話になっているさ」

ドゥーガルは固まった。たしかにこれ以上旅程が遅れなければ、ブキャナンには今夜の夕食までに余裕で到着するだろうし、明日の昼にはマクダネルに着く。そうなればもう任務は終了で、自分たちは帰宅することになる……ミュアラインを置いて。そう思うとよろこべず、不機嫌さをにじませて少し乱暴な声で言った。「朝食を食べたほうがいい」

「いらないわ、お腹がすいていないの」ミュアラインはすぐに言った。

「それなら健康のために食べろ」彼はぶっきらぼうに言った。

ミュアラインはためらったすえにきいた。「あなたたちも食べる?」

弟たちはみんな食べないと言っているので、ドゥーガルが首を振ると、ミュアラインはあごを上げた。

「それなら――」

「だが、おれたちは栄養不足で気絶したりしていない」ドゥーガルがさえぎった。彼らが食べないことを理由に、自分も食べないと言うつもりなのがわかったからだ。

ミュアラインは降参とばかりにため息をついたが、すぐに気を取り直して言った。「いいわ。食べます。でも、みんなわたしを見つめる以外に、やることを見つけてくれる？　見られているとすごく居心地が悪いのよ」すぐに同意が得られなかったので、彼女はつづけた。

「食欲がうせるわ」

「馬の様子を見てくるよ」アリックがあわてて言った。

「おれは出発まえにちょっと泳いでこようかな」ジョーディーが告げた。

「おれも泳いでくる」コンランも宣言し、三人はドゥーガルとミュアラインを残してさっさといなくなった。

「あなたは？」ふたりきりになると、ミュアランはきいた。

「おれは残る」彼はあっさりそう言うと、やんわりとからかうようにつづけた。「きみがほんとうに食べたのか、おれたちがいないのをいいことに食べたと言っているだけなのか、だれかが確認しないとね」

ミュアラインはその意見に顔をしかめた。

「でも、おれも少し食べるよ。それできみにもっと食べてもらえるなら」

「いいわ」彼女は晴れやかに言った。

理由もなくほくそ笑みながら、ドゥーガルは彼女の手を取って、彼がまだ額に押し当てていた麻布の上にその手を置いた。

「しっかり押さえているんだよ」と指示し、焼いた肉のはいった袋を取りに、立ちあがって馬たちのところに行った。自分の袋のなかにリンゴがふたつあったのでそれをつかみ、鞍からリンゴ酒のはいった革のフラスクを取って戻ってきた。

戻ると、ミュアラインはまだ布を押さえており、顔をしかめている様子を見ると、必要以上に圧迫しているようだ。なんとしてでも出血を止めて、縫われまいとしているのだろう。

ドゥーガルはそれについて何も言わずに、食べ物を並べはじめた。

「考えてもみなかったが、昨日の朝、自分たちは食べずにきみが食べるのを見ていたことで、気まずい思いをさせたのなら謝る」たっぷり取り分けた肉を彼女が受けとると、彼は静かに言った。

ミュアラインは苦笑いした。「あなたはそれほどでもなかったけど、アリックとジョーディーは丸太に留まった二羽のカラスみたいだったわ。今にも飛びかかられて、食べ物を奪われるんじゃないかと思わずにはいられなかった」

ドゥーガルはそれを聞いてかすかに微笑んだ。そう言われてみると、丸太に留まってまえに身を乗り出していた姿は、たしかに興味津々(しんしん)の二羽のカラスのようだった。実際はふたりとも食べ物よりも彼女に興味津々だったわけだが、それは言わずにおいた。

ふたりはしばらく黙って食べ、彼女が与えられた肉を手際よく片づけているのを見て、ドゥーガルはよろこんだ。彼女の食べ方は速かった。脳から満腹を知らされるまえにできるだけたくさん食べられるように、そうしているのかもしれない。いい兆候だと思った。あまり食べないから気絶するのだとドゥーガルが言ったので、自分でそれを正そうとしているようだ。もし彼が正しければ、これでもう気絶ばかりすることもなくなり、ジョーンに調合してもらった薬も、あるいはその調合方法も必要なくなるだろう。度重なる困難が一家を襲うまえにそうだったような、健康な若い娘に戻るだろう。妻や母になれるほど健康な。

「ところで、きみは結婚してたくさん子供を産むつもりだったのか?」ずっと結婚するものだと思っていた、とミュアラインが話していたのを思い出して、ドゥーガルは突然尋ねた。

彼自身はずっと六人かそれ以上の子供がほしいと思っていた。八人の健康な子供がいる家庭で育ったので、それが自然なことに思われた。

「ええ」ミュアラインは認めた。「でも、女の子はみんなそうだと思うわ。ゆりかごのなかにいるころに婚約させられるんだから」

ドゥーガルはうなずいた。たしかにそのとおりだ。高貴な家柄に生まれついた子供はたいていごく若いうちに婚約する。サイもそうだった。そして、ミュアラインの許婚同様、サイの許婚も彼女を娶るまえに死んだ。

ミュアラインはおずおずと彼に微笑みかけて言った。「サイから聞いたことがあるわ。ご両親はサイとオーレイの婚約は整えたけれど、残りの兄弟のためには整えなかったのでしょう?」

ドゥーガルはうなずいてから説明した。「母は望んでいたが、父が許さなかった」

「そうなの？」ミュアラインは目をまるくしてきき返した。「どうして？」

「子供がどんな大人になるかはわからないから、父はおれたち子供に、不愉快だったり道徳観念のない相手、性格が合わない相手を押しつけたくなかったらしい。父がそうだったように、幸せになるチャンスをつかみ、自分で伴侶を選んでほしかったんだ」

ミュアラインは驚いて眉を上げた。「でも、サイは婚約していたわ」

「そうだ、オーレイもな。母のたっての願いでね。サイはひとり娘だし、オーレイは長兄で、跡取りだから」ドゥーガルは説明した。

「でも、わたしといっしょで、サイの許婚も亡くなったのよね。そしてオーレイの許婚は――」彼女は不意に黙りこんだ。迷っている様子なのを見て、ドゥーガルはすぐに合点がいった。オーレイと許婚のあいだに何かあったのかも、それについて家族がみんな怒っていることもサイから聞いていて、その話題を出せばいやがられるのではと思っているのだろう。

「ああ、オーレイの許婚は、彼の顔に走る傷を見て、約束を果たすことを拒否した」彼は暗い声で言った。「しかもひどい言いようだった。人間ではなく怪物だとまで言ったんだ」

ミュアラインはつらそうな顔をして重々しくうなずいた。「ひどい」

「ああ」ドゥーガルはつぶやくように言った。あの女のことばとオーレイの苦痛を思うだけで、だれかを殴りたくなる。無理やり深呼吸をひとつして、その衝動を抑えてからつづけた。

「婚約を破棄してもらえるなら、持参金はよろこんで手放すとも言ったよ。彼と結婚するぐらいなら、死ぬか修道女になったほうがましだとね」

ミュアラインは非難めいた笑い声をあげて告げた。「修道女になるくらいなら、わたしはすぐにでもオーレイと結婚するわ」そして不意に目を見開いて言った。「そうだわ！　もしかして彼は募集しているのかしら——」

「出発まえにやっておかなければならないことがいくつかあるんだ」ドゥーガルはいきなり話をさえぎって立ちあがった。そして、彼女がそれ以上何か言うのを待たずに、ずんずん歩いて空き地から姿を消した。心のなかでは感情の嵐が吹き荒れていた。

ミュアラインはけげんそうな顔でドゥーガルを見送ったが、先ほどの思いつきについて、もう一度考えてみた。オーレイ・ブキャナンと結婚すること。サイの説明によると、彼はかなり悲劇的な人物だった。だが、善良でたくましく、公正な指導者だという……なんだかドゥーガルみたい、とミュアラインは思った。だがオーレイは、心ない自分勝手な許婚に見た目だけで判断され、侮辱されて捨てられたのだ。

オーレイに会ったことはないし、許婚に嫌悪感を与えたという傷がどれくらいひどいものなのかわからないが、彼が少しでもドゥーガルに似ているなら……それに、これまでの人生で学んだことがひとつあるとすれば、見た目だけでは判断してはいけないということだ。あのモントローズだって見た目は男前だが、その下の性根は腐りきっているのだから。モントローズは若いころの彼の父親に似ていると母が言っていたし、その父親は母を虐待していたのだから、彼も同じだろう。オーレイはその正反対で、外見は傷で醜くても、心はドゥーガルと同じように立派でやさしいにちがいない。わたしはいずれ異父兄のような男のものになるのだろう。そして結局は、兄が決めた道を選ぶことになるのだろう。でなければ女子修道院行きの道を。

自分と結婚すればあなたのためになる、とオーレイに納得させることができるとは思えなかった。彼に差し出せるものはあまりない。兄が用意していた運命から救ってもらったことに対する感謝と、思いやりぐらいだ。もちろん、彼のよき妻に、生まれてくる子供たちのよき母になると約束することはできる。でも、それだけでいいのかしら？

サイのことはどうする？ こんな結婚話が出たら彼女はどう思うだろう？ 兄にはもっといい相手がいるはずと思うのでは？ サイが兄弟たちを心から愛しているのはたしかだ。オーレイの許婚が彼との結婚を拒否したことをよろこんでいたのもはっきりしている。あんな浅はかな人間は、不誠実で思いやりのない妻になるに決まっているから、兄にはふさわしくなかったと思っているのだ。ミュアラインは兄にふさわしいと思ってもらえるだろうか？

サイと話をしなければと心に決めて、出発までいつまでかかるのだろうとあたりを見まわした。空き地には彼女以外だれもおらず、かすかに眉をひそめた。彼女が正体を明かして以来、気絶してけがをするといけないからと、ドゥーガルは決して彼女をひとりにしなかったのに、いま彼女はひとりきりだった。

　変ね、と思っていると、アリックが突然横に現れたのでびっくりした。ひとりきりというわけではなかったわ。ミュアラインは向けられた笑みに応えると、彼が貢物のように両手でささげ持つ革袋に目をやった。

「はいこれ」アリックは彼女に革袋を差し出して言った。「ローリーが持たせてくれた材料で、あなたのために薬液を作ったんだ。頭の痛みがやわらぐよ」

　ローリーというのは、たしか治療者だとサイから聞いていた兄弟の名前だ。ミュアラインはふくらんだ革袋を受けとって、恐る恐る尋ねた。「何がはいっているの？」

アリックは肩をすくめ、困った顔で言った。「知らない。すごくいやなにおいの草や何かがひと束だよ。ましな味になるように、ウイスキーに混ぜておいたけど、鼻をつまんで急いで飲み干したほうがいい。ローリーの薬液を飲むときは、いつもそうするんだ」

　ミュアラインは顔をしかめたあと、彼に言われたとおり鼻をつまんで、ひと息に飲めるだけの量を飲みくだした。やりにくい作業だった。親指と人差し指で鼻をつまみながら、残りの三本の指で、革袋の口を唇に当てなければならなかったからだ。それでも何口ぶんか飲みくだし、手を止めてひと息ついた。ウイスキーのせいで体のなかが熱かった。酒はのどを焼いて胃に打撃を与え、ミュアラインはうっとむせると、激しく咳こんだ。

アリックは彼女が落とすまえにすばやく革袋をつかみ、咳の発作が治まるまで彼女の背中をたたいた。息がつけるようになるのを待ってから、もう一度革袋を差し出す。「充分効果が出るように、もっと飲まなきゃだめだよ」

ミュアラインはためらったが、咳の発作のせいで、頭の鈍い痛みが激しい苦痛に変わったので、結局は革袋を受けとってまた口まで運んだ。


「どうどう！」

森のなかを走っていたドゥーガルは、二本の手に胸を押されて突然足を止めることになり、驚いて顔を上げた。コンランにぶつかるところだったのに気づき、謝罪のことばをつぶやいて、彼をよけていこうとしたが、コンランが行く手をはばんだ。

「どうしたんだ？」弟は目を細めて尋ねた。「人でも殺しかねない顔をして」

ドゥーガルは思わず口を開けたあと、やはり目をすがめて尋ねた。「ジョーディーはどこだ？　ふたりで泳ぎにいったんじゃなかったのか？」

「やつは泳いでるよ。だがおれは……」コンランは迷ってから、「気が変わった」とだけ言った。

ドゥーガルは口を固く閉じた。読心術の心得がなくてもわかった。弟の気が変わったのは、ドゥーガルとミュアラインのそばにいて、兄が不適切な行動に出ないよう、なんとしてでも彼女の貞操が脅(おびや)かされないよう、目を離さずにいるべきだと思ったからにちがいない。失敬な話だが、今はそのことには触れず、いちばんに頭に浮かんだことを話した。「ミュアラインはオーレイとの結婚を考えている」

コンランはその宣言に目をぱちくりさせた。「なんだって？　どうしてそう思うんだ？彼女はオーレイに会ったこともないじゃないか」

ドゥーガルはいらいらと髪に手をすべらせると、急いで先ほどの会話について明かし、最後にこう言った。「彼女はまちがいなくきこうとしていた。オーレイは自分との結婚に興味を示すだろうかと」

「示すだろうな」と言ったあと、コンランは残念そうにつづけた。「そしておそらく、オーレイは彼女と結婚するだろう。サイを救ってくれた感謝からだけでも。それをためらわせるかもしれないのは傷痕の不安だけだろうが、彼女を兄の思惑から救うためだと思えば、埋め合わせになる」

ドゥーガルは悪態をついてそっぽを向いた。コンランが言っているのは、まさにドゥーガル自身が考えたことだった。許婚から屈辱を受けて以来、オーレイは結婚に興味を示さなかった。口にすることはないが、あのクソ女が顔の傷以上にオーレイの心を傷つけたことを、兄弟たちは知っていた。顔の傷のせいで結婚は不可能であり、自分のような醜い男とよろこんで結婚する女などいないのだ、とオーレイは思いこんだ。孤独な人生を受け入れているようだった。だが、ミュアラインの状況がすべてを変えるかもしれない。オーレイも弟たちと同じように、サイを救ってくれた彼女に感謝と好意を感じるだろうし、彼女の境遇を気の毒に思うだろう。そして、異父兄に娼婦として友人や知人に売られるよりは、怪物のような自分と暮らすほうがましだと思うはずだ。そう、オーレイはミュアラインと結婚するだろう、まちがいなく。そう思うと、ドゥーガルは頭が爆発しそうだった。

「どうするつもりだ?」コンランがきいた。

ドゥーガルはわけがわからずに弟を見た。「どうするって、何を?」

コンランはぐるりと目をまわした。「ドゥーガル、おれたちは兄弟だ。兄貴のことはよくわかっている。彼女のことが好きなんだろ。いや、好きなんてもんじゃない。気持ちを伝えて兄貴が彼女と結婚するべきだよ」

ドゥーガルはしばらく無言でその提案について考えたあと、しぶしぶ言った。「だが、オーレイが好ましい女を妻にできるとしたら、ミュアラインが唯一の機会かもしれないんだぞ。彼女は愛らしい妻になるだろうし、子供たちのよき母になるだろう」

「ドゥーガル」コンランは重い口調で言った。「オーレイはミュアラインに会っていない。彼女を愛しているわけじゃないんだぞ」

彼はそう言われて固まった。「おれは彼女を愛しているわけじゃない」

「そうかもしれないが、愛しかけているのはたしかだ」コンランはあっさりと言って、きっぱりとこうつづけた。「そうじゃないと言い張るのはやめろ。いつも物静かでむっつりした兄貴が、ミュアラインに出会ってから変わった。これまでこんなににこやかな兄貴は見たことがないし、いつもはうなり声ですませているのに、彼女と話すときはちゃんと文章で話す。それに、初めての赤ん坊から目が離せない母親のように、彼女につきまとっている」コンランは力強くこう締めくくった。「兄貴はあの娘が好きなんだよ。彼女がオーレイのものになってもいいのか?」

ドゥーガルはその質問に顔をしかめた。身を引いてオーレイとミュアラインが結婚するのを見守るのかと思うと、だれかを殴りたくなった。だが……。

「おれにわかるわけがないだろう?」彼はいらだちまぎれに言った。「彼女と結婚することは考えたが、あの娘のことはほとんど知らない。二日まえに会ったばかりだし、そのあいだじゅうほとんど気を失っていたんだから。そもそも、キスもしていないんだぞ」むっとしながらつぶやき、コンランをにらむ。「おまえのせいで」

「おれのせいで?」コンランは驚いてきき返した。「どうして兄貴があの娘とキスしてないのがおれのせいなんだよ?」

ドゥーガルは信じられないというように弟を見た。「そんなことをすれば、ミュアラインのことを彼女の兄のように軽く考えているように思われる、と言ったのはおまえだぞ」

「ああ、あれか」彼は皮肉っぽく言うと、肩をすくめた。「キスのことを言ったんじゃないけどな。とにかく、おれが言ったことは忘れてくれ。彼女との結婚を考えているんだろう。

高潔な考えだ。その気持ちが固まるまでは、あまり行きすぎないようにすることだな。でないと選択肢がなくなる」

「わかった」どこまで行けば行きすぎなのだろう、と思いながらドゥーガルはつぶやいた。

「もしかしたらブキャナンに立ち寄りたくないんじゃないのか」コンランがさらに言った。

「まっすぐマクダネルに行ったほうがいいかもしれない。そうすれば、彼女を妻にしたいかどうか心を決めるまで、オーレイに会わせずにすむ」

ドゥーガルはゆっくりとうなずいたが、すぐに首を振って指摘した。「ミュアラインをマクダネルに連れていったら、サイにひとりじめされて、おれが彼女をもっとよく知る機会はなくなるよ」彼はいらいらと言い、コンランはそのとおりだなと思って顔をしかめた。

ふたりはしばらく黙っていたが、やがてコンランが言った。「頭の傷が心配だから、もう一日か二日ここで野営をするべきだと思う。とくに、頭の傷は初めてじゃないようだし」

ドゥーガルは鋭く弟を見た。「もう一日か二日ここで？」

「そうだ」彼はまじめに言った。そしてにこやかにつづけた。「できれば一週間と言いたいところだけど、あまり出発が遅れると、弟たちに変に思われる。とくに、これほどブキャナンに近づいているときに」

「どこに行くんだ？」ドゥーガルが突然彼をよけて、野営地から遠ざかりはじめたので、コンランが驚いて尋ねた。

「もう少し獲物を捕ってくる。食料がたくさんあれば、弟たちは文句を言わなくなるだろう。それに、ちょっと泳いで頭をはっきりさせたい」ドゥーガルはつぶやいた。彼が何かにまっしぐらに進むのはめずらしかった。争いを避けるには、計画が必要だ。ミュアラインを口説くにも、計画が重要になる。なんといっても、これで残りの人生が決まるのだから。

7

野営地に着くずっとまえから笑い声は聞こえていた。ドゥーガルは歩きながらその声にかすかに微笑んだ。弟たちの低音のばか笑いのなかで、ミュアラインの鈴の音のような笑い声は容易に聞きとれた。彼女の回復を待つためにもうひと晩かふた晩ここに野営することを、コンランは話したのだろうか、それともまだだろうか。

「まさか！」ドゥーガルが空き地に足を踏み入れたとき、ミュアラインは驚いていた。

なんの話をしているのだろうと、その場で立ち止まって待っていると、アリックがうなずいてうれしそうに言った。「それがほんとなんだ。サイにブーツで蹴られたオーレイとコンランとドゥーガルは、股間をつかんで赤ん坊みたいにわめきながら地面を転げまわった」

「おまえも同じことをされただろ」コンランが冷ややかに指摘した。

「まあね」アリックは恥ずかしげもなく認めた。「それからジョーディーの頭を抱えこんで、ローリーの耳をちぎれるんじゃないかと思うくらいひねった」首を振り、称賛をこめて言った。「おれたちのサイはけんか名人なんだ」

「まあ男兄弟が七人もいたんじゃ、そうならざるをえなかったんだろうよ」ジョーディーが愛情をこめて言った。

「そうだな。それはまちがいない」アリックは同意し、ミュアラインに微笑みかけて言った。「だからあなたとサイが友だちだなんて意外だった」

ドゥーガルは眉をひそめた。サイとミュアラインが友だちでもなんの不思議もないだろうに。ふたりとも勇敢で、ときに頑固な娘たちだ。それはミュアラインが水浴びするまでは食事を拒否したことからもわかる。それに、まるで侮辱するような言い方ではないか。サイとミュアライン、どちらに対する侮辱なのかはわかりかねるが。どうやらミュアラインもそう思ったらしく、座っていた丸太の上でわずかに背筋を伸ばし、きつい口調で「どうして?」ときいた。

「いや、怒らないでほしいんだけど」アリックはあわてて言った。「侮辱するつもりはないんだ。ただ、おれたちのサイは……その、強いけど……」

「わたしは弱くて愚かだと?」ためらうアリックにミュアラインがたたみかけ、ドゥーガルは目をすがめて彼女を見た。腹を立てているばかりか、いくぶんろれつがあやしくなっている。スローな音楽に合わせて踊っているかのように、丸太の上で揺れてもいた。

「ちがうって」アリックは急いで言った。「弱くて愚かだなんてとんでもない」

ミュアラインはそのことばに少しなぐさめられたらしく、また丸太の上でまえかがみになったが、なおもきいた。「それならなぜわたしたちが友だちだと知って驚いたの？」「あなたは本物のレディだ」アリックは少ししてから言った。「でもおれたちのサイは……そうじゃない」と弱々しく結んだ。

「ふん」ミュアラインは少し大げさなほど片手を振った。「ちょっと荒っぽいところはあるかもしれないけど、サイはわたし同様立派なレディよ」悪そうな笑みを浮かべてつづける。「わたしに感じよくしたほうがいいわよ、アリック・ブキャナン。でないとサイに言いつけて、あなたの耳をひねってもらうから」

「うわ、それはやめてくれよ」アリックはそう言って笑ったが、やがておもむろに不安な顔になりながら尋ねた。「本気じゃないよね？」

ミュアラインはのけぞって笑った。ドゥーガルが近づいてちょうどいいころあいで片手を差し出し、背中を支えなかったら、丸太から転げ落ちていただろう。彼女がそれに気づきもしなければ振り返りもせずに、アリックに向かって笑いつづけているので、ドゥーガルはコンランのほうを見て、問いかけるように片方の眉を上げた。

「頭の痛みをやわらげようと、アリックがローリーの薬液を飲ませたんだ」コンランが説明し、にやりとしてつづけた。「だがあれはひどい味だから、ウイスキーを混ぜたんだろう。大量のウイスキーを」と強調して言う。「少なくとも痛みは感じていないようだ」

「そうか」ドゥーガルが冷ややかに言って、ミュアラインに視線を戻すと、ちょうど振り返った彼女があっと声をあげた。

「やっと戻ってきたのね！」彼女は揺れながら体を離して叫んだ。「川に落ちて溺れたんじゃないかと思いはじめていたのよ。あなたをさがしにいこうとすら思ったけど、みんなに止められたの」

ドゥーガルは口もとに笑みが浮かぶのを感じた。彼女はこれまで見たことがないほどくつろいでいて、満面に笑みを浮かべ、その目はいつもとちがって不安や悲しみでくもってはいない……そして、彼のことを心配していた。これまでの旅で知るようになったミュアラインよりも、今の彼女のほうがさらに好ましく思える。

「どこにいたの？」

舌たらずな口調で問い詰められて、彼の口もとはさらにゆるんだ。自分には知る権利があるかのような、気にしているかのような口ぶりも好ましかった。

「もっと獲物を手に入れようと狩をしていた」そう言って、仕留めたキジを掲げて見せた。

「まあああ」彼女は息混じりに言い、鳥たちを見て目をまるくした。手を伸ばして指で軽くまだらの羽根をなでて打ち明ける。「ウサギよりキジのほうが好きなの。昨夜料理してくれたみたいなのはとくにね。火であぶるまえに擦りこんだあの香辛料はなんなの？」

ドゥーガルは知らなかった。料理するまえに鳥の肉の下ごしらえをしたのはアリックで、おそらく森で見つけた野生の香草か何かだろうが、たしかにいい味だった。そこで、掲げたキジで末の弟のほうを指して言った。「アリックにきいてくれ。きみを楽しませたのはやつの手柄だ」

ミュアラインは座ったまま危なっかしく向きを変え、キジを受けとろうと立ちあがったアリックに向かってにっこりした。「じゃあ教えて、アリック。すごくおいしかったわ」

アリックはキジを受けとりながら、褒めことばに顔を赤くしたが、こう言うにとどめた。

「あとで教えるよ。そのほうが忘れないだろう」

ドゥーガルはそれを聞いて、おそらくそのとおりだろうと思いながら、ゆがんだ笑みを浮かべた。たしかに今ミュアラインは痛みを感じていないようだ。だが、明日の朝、今日のことを何か覚えているとは思えなかった。そう思いながらしげしげと彼女を見つめたあと、彼は問いかけた。「ここにいるあいだ、もう一度水浴びをしたいかい？」

ミュアラインはその質問に驚いたようだった。「あなたが戻ったらすぐに出発するのかと思っていたけど」

ドゥーガルが問いかけるようにコンランを見ると、彼は肩をすくめた。「もうひと晩泊まることは、兄貴が説明するのがいちばんいいと思ったんだ」

「もうひと晩？」ミュアラインはきき返して眉をひそめた。「でも――」

「行こう」ドゥーガルはそう言うと、彼女の腕の下をつかんで立ちあがらせた。「滝に向かいながら説明するよ」

「あの滝は好きよ」ミュアラインは言った。とどまることについての不安は忘れてしまったらしい。「すごくきれいだもの」

「そうだな」ドゥーガルは同意し、彼女を連れて野営地の焚き火をあとにした。弟たちから注がれる視線は無視だ。コンランはわけ知り顔で満足そうだったが、疑惑と懸念のこもったアリックとジョーディーの視線は、かなりうっとうしかった。彼といっしょならミュアラインは安全だとわかっているはずだ。彼女を危険な目にあわせたり、傷物にするつもりはないのだから。だが、朝が来てミュアラインが今日の出来事を忘れてしまうのだとしたら、尻軽女と見ているると思われる恐れなしにキスができる、という考えが浮かんでいた。そうすればふたりの相性がいいかどうかたしかめることができる。彼女の気持ちを傷つけたり、利用されたと思わせずに、結婚すべきか否かを決めることができる。だが、慎重にことを進めなければならない。これまでのところ、彼女の存在そのものにひどく動揺させられている。キスをすればさらに反応して、その先に進みたいという衝動を抑えられなくなるだろう。自分との結婚を彼女に強いるようなことはしたくなかった。ただ、彼女と幸せにやっていけるという保証がわずかでもいいからほしかった。肉体的に冷感症でも鈍感でもないことをたしかめたい思いもあった。

狩をしながら、ドゥーガルはミュアラインに対する思いについて、コンランの言っていたことにも一理あると認めていた。すでに半分恋に落ちているとは言わないが、たしかに彼女が好きだし、敬服してもいる。あの勇気は称賛に値するし、知性もあるようだ。以前彼女が家族の歴史について語ったときは、弟たちと同じくらい引きこまれた。笑い声は魅惑的だったし、父親が母親の最初の夫を殺した話をしたときに浮かんだいたずらっぽい笑みは、見ていて好ましいものだった。つまり、彼女は妻に望むべきものをすべて兼ね備えていた。だから、肉体的な方面でも相性がいいかたしかめたかった。その行為に嫌悪感を持たれないかどうかを。キスと、もしかしたら愛撫も少しして反応を試したら、絶対にそれでおしまいにして、すぐに焚き火のところに戻ろう。少なくともそれが、ミュアラインと森を歩いて滝に向かいながら、自分に言い聞かせたことだった。

「そうしたら、わたしを投げこんだの！」

ドゥーガルは目をしばたたいて、ミュアラインのことばに意識を戻した。彼女は歩きながら楽しげにしゃべっていたのだが、彼は自分の考え事にかまけていたので、なんの話題なのかさっぱりわからなかった。

「だれがどこにきみを投げこんだって？」彼は眉をひそめて尋ねた。

「ドゥーガル・ブキャナン！」ミュアラインはむっとして叫び、いらいらと息を吐いた。

「全然聞いてなかったのね？」

「ああ」彼は認め、彼女のいらいらした様子に思わず笑みを浮かべた。その姿はたまらなくかわいらしかった。彼女の境遇がその人格形成にいかに影響を及ぼしているかに気づかされ、雲のように立ちこめる不安なしの彼女を見たいと思った。「すまない、別のことを考えていた」

「ふうん」彼女は口をすぼめて木の枝につまずいた。立っていられたのは彼が支えたからだ。「泳ぐのは昔から好きだったという話をしていたのよ。兄たちとよくカーマイケルにある湖で泳いだの。少なくとも、兄のピーターがわたしをうるさがって、湖に突き落としてからはね。それまでは、兄たちと泳ぐことは許されていなくて、小さなレディであることが求められた。でも、ピーターに湖に突き落とされたとき……」彼女は顔をしかめた。「わたしが石のように沈んで、湖の半分もの水を飲んだあと、兄は自分のやったことに気づき、飛びこんでわたしを引きあげた。そのとき父は、娘が水泳を知っているほうが裁縫を知っているより重要だと気づいたの。そして、母の心配をよそに、わたしに水泳を教えるよう兄たちに命じ、わたしたちは湖畔で何度もすばらしい午後をすごした」

兄たちのことを思うと彼女の微笑みが悲しげになり、ドゥーガルは眉をひそめた。兄たちの死に方に思いを馳せているのだろう。気をそらそうと、彼は尋ねた。「兄上はどうしてそんなにきみをうるさがったのかな？」

「さあね」彼女は鼻をつんと上向けて言いはなったあと、にやりとして認めた。「父が彫ってくれた木製の戦士をわたしがくすねて、自分のお人形といっしょに遊んで泥だらけにしたからだって、兄は言ってたけど」

「そうしたのか?」

「ええ」彼女は笑って言った。「木製の戦士はわたしの許婚で、人形たちを救うために泥の怪物と戦うという設定だったの」くすっと笑って首を振る。「たしかピーターは戦士から泥を完全に落とすことができなかったはずよ。ところどころ泥が木にしみこんじゃったから」

ドゥーガルは微笑んだ。これまで知っていた彼女より、楽しそうに笑っているこの女性のほうが好きだと思いながら。

「わあ」空き地に出ると、ミュアラインがつぶやいた。「ここがどんなにきれいだったか、忘れていたわ」

「ああ」とドゥーガルは同意したが、背景に目を向けはしなかった。ミュアラインを見つめながら、彼女を空き地に連れてきた理由について考えていたからだ。警戒させずにキスに進む最良の方法についてあれこれ考えていたとき、彼女がドレスをぐいと引きあげて、頭から脱ごうとしているのに気づいた。ローリーの薬液のせいで、前日のはにかみを忘れてしまったらしい。いや、これはウイスキーのせいかもしれないな、などとぼんやり考えていると、ドレスに引っかかってシュミーズもいっしょに持ちあがり、魅力的な半円形の尻の片方がのぞいているのが見えた。ドゥーガルはよだれをこらえながら、手を伸ばして布をつかみ、シュミーズをもとの位置に引きおろして、誘惑を隠した。そして、明らかに布地が絡まっているようなので、頭からドレスを引き抜くのを手伝ってやった。娘は強風のなかの旗のようなありさまで、頭のまわりに布地が巻きついているせいで目が見えない状態で両腕を上げており、解放するには少し骨が折れた。きびしい試練だったが、先にひもをほどくことを彼女が思いついていればもっと簡単だっただろう、とドゥーガルは思った。

「よし！」ドレスから自由にしてもらうと、彼女はほっとして叫んだ。「これでましになったわ」

彼に背を向けてせかせかと水辺に向かい、水のなかを進みはじめた。

「うわっ！　冷たい！　うわっ！」彼女はうめき、冷たさのせいでさらに進む速度が増したようだった。つぎの瞬間、彼女の頭が水面下に沈み、ドゥーガルはドレスを放り出した。すばやくピンをはずしてプレードをゆるめながら、救助に駆けつける。岸辺にプレードを落とし、大急ぎで冷たい水のなかにはいったとき、突然彼女の頭が水面から浮かびあがり、息をついて冷たさに文句を言った。

水中で転んだわけではないのだ、とわかって足を止めた。水の冷たさに慣れようと、あえて潜っていたのだろう。しゃがんだりひざまずかなくても潜ったままでいられる深い場所をさがすために、滝に近づくのではなくむしろ離れていた。

ドゥーガルは彼女をひとりで泳がせておいて岸に戻ろうかと思ったが、すでに腰まで水に浸かってしまい、シャツの生地はびしょ濡れだった。今日は風が強いので、濡れた服のまま岸で待つのは寒いだろう。それどころか、水のせいですでに寒くなってきている。彼は顔をしかめながら、ゆっくりと前進して軽くかがみ、早く体を慣らすために首まで水に浸かった。そして距離をおくために、ミュアラインから離れて脇のほうに向かうことにし、ゆっくりと水中に出ていった。岸でドレスを着た彼女にキスするのと、薄すぎて水のなかで透けてしまうシュミーズを着た、びしょ濡れの彼女とキスするのとではわけがちがう。その場合、男にはそうとうな自制心が必要で、ドゥーガルはそれを試すところまで行きたくはなかった。

水温に早く慣れることができるのを知っているので、ドゥーガルは水中に潜り、そのまま一メートルほど進んだ。少ししてから水面に顔を出すと、鋭い悲鳴が聞こえた。ぱっと目を開けると、すぐ目のまえにミュアラインがいて、彼をたたきはじめた。彼が水中に潜っているあいだに、そうとは知らずにこちらの方角に進んできてしまい、突然彼が現れたので驚いたのだろう。衝撃に目を見開き、やみくもにたたいてくる。

「おれだよ」ドゥーガルはつぶやいて、彼女の両手をつかむと、顔への攻撃をやめさせた。

「まあ」ミュアラインは押さえつけられてもがくのをやめ、驚いて彼を見た。「いつここに来たの？」

「きみをここに連れてきたのはおれだ」彼は冷ややかに思い出させ、彼女の手を離して後退しながら濡れた髪を顔からかきあげた。

「ええ、それはわかってる」彼女はいらいらとため息をついて言った。反射的に水中で腕を組んで胸を隠し、あとずさって彼とのあいだの距離をさらに広げる。「あなたはまだ岸にいると思ったのよ」

「きみが水に潜ったとき、もがいているのかと思って、助けるために急いで水にはいったんだ」彼は冷静に語った。

なぜかそれがおかしかったらしく、彼女は首をかしげて言った。「またしてもわたしを救おうとしたのね」

ドゥーガルはかすかに微笑んでうなずいた。「ああ。またしても」

「サイが言ったとおり、あなたは立派な人ね、ドゥーガル・ブキャナン」ミュアラインはまじめに言った。その宣言に彼がまだ目をぱちくりさせているあいだに、彼女はにやりとしてつづけた。「サイからあなたや兄弟たちのいろんな話を聞かされたとき、いつかわたしがその全員に会うことになるなんて、想像もしていなかったわ」

彼女はまだ兄弟全員に会ったわけではないが、オーレイのことや、彼との結婚の可能性について考えてほしくなかったので、ドゥーガルは何も言わなかった。代わりに、自分が水中で彼女に近づいていることに気づいた。

「冷たさに慣れてきたかい？」彼はきいた。

ミュアラインは鼻にしわを寄せ、水中で自分の体を抱きしめた。水面上に出ている肩は鳥肌が立ち、震えはじめている。寒いに決まっているが、「少しね。今日は水が冷たいから」と言ったあと、もう上がろうと言われるのを恐れるかのように、「でも気持ちいいわ」と付け加えた。

ドゥーガルは何も言わず、ただ水中で彼女の腕をつかんで引き寄せた。彼女が警戒するように目を見開いたので、途中で計画を変更し、水中でくるりと向きを変えさせた。そして、背中を自分の胸に引き寄せ、眠るときにしているように、二本のスプーン状に重なった。

「何をするつもりなの？」ミュアラインがきいた。声がわずかに上ずっていたが、彼を押しのけようとはしていない。いいしるしだ、とドゥーガルは思った。

「少しは温かくなるかと思って」水中でふたりの体がこすれ、少しぶっきらぼうな口調になりながらつぶやく。

「そう」彼女はささやくように言って彼に背中を預け、腰にまわされた腕に、自分の腕を重ねた。ふたりともしばらく無言だったが、やがてミュアラインがつぶやいた。「気持ちいいわ。あなたってとても温かいのね」

「そうか」ドゥーガルはつぶやき、わざと彼女の耳もとに息を吹きかけて、反応をみた。彼女は小さく身震いすると、わずかに首を傾けて彼に首をさらし、耳に近づきやすくした。無意識の誘いのようで、がまんできなくなったドゥーガルは、首に軽く唇を押し当てたあと、耳たぶにも口づけした。ミュアラインが息を詰まらせて小さくあっと声をあげ、腕のなかで震えるのがわかった。

「ドゥーガル？」息を切らし、かすれた声で不安そうに言う。その名前がこれほど官能的に聞こえたことはなく、ドゥーガルはこらえきれずにキスしたばかりの耳たぶを口に含み、唇ではさんで吸いながら、ふっくらした肌を軽くかんだ。そうしながら彼女をさらにきつく抱きしめ、強く体を押しつけて、そのあいだで成長しつつあるこわばりに彼女の尻が当たるようにした。

「ああ」彼女は彼の腕にしがみつき、脚を浮かせて彼の脚にからませはじめた。かかとを彼のふくらはぎに押しつけて、さらに体を密着させようとする。

唇が耳たぶを解放すると、ミュアラインがそわそわと頭を傾けて求めている様子なので、ドゥーガルは無意識の要求に応えて唇を重ねた。不自然な角度であまり満足できなかったので、抱擁を解いて彼女の腰をつかみ、すばやくこちらを向かせた。向き合った瞬間、ふたたび唇を重ねると、抵抗されなかったどころか、太陽を浴びた花のように唇を開き、差し入れた舌も受け入れてくれたのでほっとした。舌の侵入に驚いてうめいたものの、彼を押しやることも、キスをやめさせることもなかった。それどころか、おずおずと彼の肩をつかみ、キスのしかたを伝授されるがままになっていた。経験が少ないのは明らかだがのみこみは早く、探るようだったキスはたちまち情熱的な抱擁になった。キスをつづけながら、ドゥーガルは腰から片方の乳房へと手を伸ばしてつかんだが、濡れた布に覆われていた。うなり声をあげて彼女を支えていた手を離し、じゃまな布を引っぱろうとした。張りつく布を押しあげて、ようやく乳房があらわになった。その瞬間、キスを解いてわずかに体を離し、あらわになった恵みをじっと見た。

彼に持ちあげられた体勢を保つには、息を弾ませながら肩にしっかりつかまって、腰に脚をからませなければならなかったが、ドゥーガルはそんな彼女の体勢にはほとんど気づかずに、やわらかな愛らしい乳房を見つめていた。「美しい」とつぶやいて顔を下げていき、バラ色の乳首の片方を口に含むと、寒さで硬くなったつぼみを吸って、舌で温めた。

ミュアラインが叫び声をあげて愛撫に身をのけぞらせると、そのせいで彼女の熱い核の部分が、ぬるみつつある水のなかで彼の張り詰めたものにこすれた。ドゥーガルはうめいて、濡れたシュミーズから手を離し、彼女の臀部をつかむと、自分の体に沿わせるように上下させた。たちまち濡れた布が落ちてきて頭を覆ったが、気にしなかった。激しく乳首を吸い、小さなつぼみに舌をからませながら、彼女の体を持ちあげてはおろす。親密な愛撫でふたりとも頭がおかしくなりそうだった。やがてミュアラインが彼の頭を布から解放し、せがむように髪の毛と片方の耳を引っぱった。

ドゥーガルは要求に応えて乳首を解放し、顔を上げてふたたび唇を奪った。だが今度は、彼女もじっとキスされているのではなく、がむしゃらに舌をすべりこませてきて、彼の舌を確認すると、興奮にむせびながら吸いはじめた。

それが興奮の声なのか、舌で窒息しそうになっているのかはわからなかったが、今とは別のものを吸っている彼女を想像したため、ドゥーガルの興奮の度合いは一気に高まり、さらに彼女を高く持ちあげて、熱くそれに応えた。そのためふたりの体にはさまれていた屹立が解放され、まえにせり出して、彼女がおろされるとその腰骨に激しく当たった。

痛みよりも衝撃のほうが強かった。いかに危険なことをしていたかに気づいた。彼女はシュミーズしか着ておらず、その裾は彼のシャツの裾同様、ふたりのあいだで水に浮いていた。さまたげになるものは何もない。そうするつもりがなくても、ひとすべりで純潔を奪えてしまう。そう気づいたドゥーガルは、互いの下半身が離れるようにして彼女を抱えたまま凍りついた。

「ドゥーガル」キスを解かれたミュアラインは、抗議するようにうめいた。また体をすり寄せてこようとする彼女を、ドゥーガルは息を整え、自制心を取り戻そうとしながら押しとどめた。

「黙って」彼はつぶやき、水からあがって彼女から離れようと、くるりと岸辺のほうを向いた。それが愚かな考えだったと気づいたのは、水の支えがなくなって、落とされるのを危惧した彼女が、からめた脚に力をこめてしがみついてきたときだった。何度も体をこすりつけられて、ドゥーガルは歩くのをやめ、彼女の胸に顔を埋めてうめいた。

これは実にまずい考えだったと思い、何度か深呼吸してから言った。「きみを下におろすよ、お嬢さん」

「でもそうしてほしくないわ」彼女は抗議した。「気持ちいいんだもの。好きよ、これ」

そのことばで決意がゆらいだ。もし彼女が明瞭にことばを発していたら、その場で純潔を奪っていたかもしれない。だが、ミュアラインははっきりとものが考えられない状態だった。ふたりのためになることを考えるべきだ。レディ・ミュアライン・カーマイケルとちゃんと結婚して、心ゆくまで何度も愛を交わそうという決意はすっかり固まっているとはいえ、明日の朝目覚めた彼女に娼婦のように扱われたと責められるようなことをしてはならない。彼女の兄は妹を娼婦にしようとしていたのだから。

「おれも好きだよ、お嬢さん。だが……」

「それならなぜやめるの？ わたし、何かまちがったことした？ どうすればいいか教えてくれれば——」突然水のなかに落とされて、ことばは驚きの声にかき消された。ふたりともを救うための苦肉の策だった。たまらなく魅力的な娘をまえにして、ドゥーガルは自分と彼女、両方を相手に戦うことはできなかった。

なんとか立ちあがろうとするミュアラインを浅瀬に残して、すばやく岸辺に戻ったドゥーガルは、ブレードをつかんで広げると、水に背を向けてひざまずき、ひだを折りはじめた。一度肩越しに振り返って、彼女が安全に水から上がったことをたしかめたが、すぐにすべての意識を前方に戻した。ドレスを着る時間を与えたら、彼女を野営地に連れ帰ろう……そして、ブキャナンに着いて無事結婚するまで、ふたりきりにはならないようにしよう。彼女の兄と同じ目で見ていると思われないように。

ミュアラインは水から上がり、自分の体を抱きしめながら、ひざまずいてプレードのひだを折る、ドゥーガルのよそよそしい背中を不安そうに見つめた。どうすればいいかわからなかった。彼女には何もかもすばらしく思えたのに、彼を怒らせてしまったらしく、どうすれば修復できるのかわからない。彼女のふるまいがまずかったようだ。自分でも、兄が望むべき尻軽女のようなふるまいだったと思うし、おそらくドゥーガルは……。

突然さまざまな思いが頭のなかで渦を巻き、目を閉じて水辺のほうを向いた。ああ、なんてこと、おそらくドゥーガルはわたしをまるで娼婦のようだと思ったんだわ。ことあるごとにモントローズのためにこの身を売ってきたのだと。さもいやそうに水のなかに落とされたのも無理はない。

あたりを見まわし、水にはいるまえにドレスを脱ぎ捨てた場所を見つけた。急いでそこに行ってドレスをつかみあげ、ふと迷う。びしょ濡れのシュミーズの上にこれを着ることはできないが、急速に酔いが覚めつつあり、ここで裸になるのは気が進まなかった。それどころか、突然ドゥーガルから、たしかに目にしたその嫌悪のまなざしから逃げたくてたまらなくなった。

急ぎひとりで野営地に戻り、木陰か馬たちや自分の牛の陰で着替えて横になって、ドゥーガルが戻ってきたら、寝たふりをしていよう。そして、残りの旅のあいだ彼を避けていよう。

ミュアラインはプレードのひだをたたむ彼を残して、そっと空き地をあとにした。

朝になったらどうすればいいだろう。サイと話をするため、マクダネルに向かうのだろうか。ミュアラインはそうすべきかどうか、わからなくなってきた。もしかしたら、まっすぐ修道院に行って、持参金がなくても受け入れてくれるかどうか、きいてみるべきなのかもしれない。結婚に向いていないのはたしかなのだから。オーレイとの結婚にこの身をささげるというつかの間の考えも、今となっては不可能だ。ドゥーガルとあんなことをしたあとで、オーレイと結婚できるわけがない。ドゥーガルからわたしの身持ちの悪さについて聞いたら、オーレイだって結婚したくはないだろう。

だが、ほかの人と結婚できる可能性もなさそうだ。ドゥーガルがしてくれたことをだれかに、ほかのだれかにさせるなんて――ミュアラインはかすかに首を振った。自分があんなことを彼にさせたなんて信じられなかった。まるで何もかもが――

ミュアラインは歩きながら、ドレスの生地を体に押し当てて顔をしかめた。まったく正常で自然なことだったのだと思いたかったが、何も考えていなかったというのが真相だった。彼にかき立てられた感覚と、どこからともなくわいてくるかに思えた高まる欲望のせいで、頭は消耗してしまっていた。記憶にあるのは、圧倒されるほどの情熱だけだった。だが、彼にキスされてもいなければ愛撫されてもいない今、あのとき感じた炎と欲望は、汚れた安っぽいものに思えた。

震えるため息をついてそう認めたとき、背後で枝の折れる音がして、さっとあたりを見まわした。ドゥーガルが身支度を終えて追ってきたにちがいない。彼を避けようと心に決めたミュアラインは、いきなり走りだして、野営地の隅にいる馬たちのそばに来るまで走りつづけた。

キジを焼く火のそばに座って談笑している男たちを見つけると、そっと馬たちのあいだにはいって、野営地と自分を隔てるカーテン代わりにしながら、すばやくシュミーズを脱いでドレスを着た。シュミーズを乾かすために枝に掛け、背筋を伸ばして馬たちのあいだから出た。

ミュアラインが近づくと、男たちは全員黙りこんだ。彼女の顔つきをうかがったあと、こうきいてきたのはコンランだった。「何も問題はなしかな、お嬢さん？」

ミュアラインは無理に笑みを浮かべた。「ええ。ただ、あまり気分がよくないの。横になる必要がありそう」

「そう」コンランはやさしく言ったが、今では心配そうだった。心配されたくないし、やさしくされたくもないミュアラインは、それ以上何も言わず、ただ横になって目を閉じ、計画どおり眠ったふりをはじめた。

「もういいかな、お嬢さん？」いらだった口調にならないようにしながら、ドゥーガルが問いかけた。しばらくまえにプレードを身につけ終えていたが、腕を組んでかたくなに背中を向けたまま、ミュアラインにプライバシーを与えていたのだ。シュミーズを脱いでドレスを身につけ、見苦しくない格好になったら出発できるよう合図してくれるものと思っていたが、時間がかかっているようだ。問いかけに対する返事もない。眉をひそめ、その場で重心を変えながら言った。「ミュアライン？」

もう一瞬たりとも待てないと思って振り向いた。信じられない思いでだれもいない空き地に視線をめぐらせ、悪態をついて大股で森のなかにはいると、軽く走りながら野営地に向かった。半分ほど進んだところで、前方に動くものを認めた。ミュアラインと叫ぼうとしたが、そうはせずに、進む速度を少し上げた。すると、追いかけていた人物が突然走りだしたので、こちらが近づいてきた音に気づいて、追わせるために突然走りだしたのだろうと思った。

もうすぐ野営地というところで、彼女は急に左にそれて走り去った。眉をひそめながらも、ドゥーガルは反射的に追いかけた。いったいどこに行くつもりなんだ？　気絶しやすいのだから、ひとりで野営地に戻るのだって危険なのに、森のなかに走り去るとは……。

ドゥーガルはその考えを脇に置いて、スピードを上げることに集中した。彼女がこれほどがんばって走るとは思っていなかったので、そのときまで本腰を入れて走っていなかったのだ。すぐに速度を落として止まると思っていた。だが、彼女はそうせず、ふたりのあいだの距離は広がっていた。負けたくなければ――

　そんなことを考えているあいだも、ずっと先にいる人影は大きな木の向こうにまわって、視界から消えた。あいさつ代わりの馬のいななきが聞こえ、ドゥーガルはさらに走るスピードを上げた。一瞬ののち、走り去る馬の蹄の、まちがえようのない音がつづいた。ドゥーガルが追いついて木の向こうにまわるころには、泥にしるされた蹄の跡以外何も残されていなかった。

　悪態をつき、きびすを返して野営地に急ぎながら、ミュアラインがいつ、どうやって馬のなかから一頭をこっそりあの場所に連れてくることができたのか、なぜ逃げるのかを考えようとした。もしや、滝でふたりのあいだに起こったことのせいで動揺したのでは……。いや、起こりつつあったことに終止符を打って、彼女を尊重していることを証明したのだから、何も恐れることはなかったのでは？　それに、馬はすでにあの場所で待っていた。空き地に行くまえから逃げる計画を立てていたということだ。いったいどうして――

　だが、野営地に着くと、火のそばで眠っているらしいミュアラインが目にはいり、考え事も足も突然止まった。

「ドゥーガル？」

　なんとかミュアラインから視線をそらしてコンランを見た。だが、困惑が顔に現れていたのだろう、弟は眉をひそめて兄が突然立ち止まった野営地のはずれまでやってきた。

「何か問題でも？」コンランは兄からミュアラインへと目を移しながらきいた。

「彼女はいつからここにいる？」兄は質問に質問を返した。

コンランは片方の眉を上げて、ミュアラインのほうを見た。「そんなにまえじゃない。数分まえかな。なぜだ？」

「おれはてっきり――彼女が――」ミュアラインに視線を戻し、彼女が着ている明るい黄色のドレスに気づくと、彼の声は小さくなって消えた。滝まで着ていったのと同じドレスだ。先ほど彼が狩に行っているあいだに、ずたずたになったドレスからこれに着替えたのだ、と思い出す。だが、森のなかで追いかけた人物は黒っぽい服装だった。ミュアラインではなかったのだ。そのことに気づいて眉をひそめた。森のなかで追いかけたのはだれだったんだ？　それに、ミュアラインがついさっき戻ったばかりなら、彼が追っていた人物からそう遠くないところにいたことになる。その人物は彼女を追っていたのだろうか？

「彼女がどうかしたのか？」ドゥーガルは先をつづけないので、コンランがせっついた。

ドゥーガルは深く息を吸いこんで首を振った。それより、だれかが野営地のすぐ近くにいたことのほうが気になった。自分たちのだれにも気づかれない程度に遠くて、必要なときはすぐに到達できる程度には近い場所に、馬をつないでおいた人物のことが。ドゥーガルは自分の直観に従うべきだということをずっと昔に学んでおり、あのとき直観はひたすらわめいていた。そして、この三年間にミュアラインの家族がつぎつぎに亡くなったこと、最後にけがをしたとき、振り向いたとたん何かで頭を殴られたと彼女が訴えていることが思い出された。気を失って倒れ、頭を打ったあとなので、みんな混乱しているのだろうと思っていたが、そもそも気を失ったのではないと彼女は言い張った。もしそれがほんとうだったとしたら？殴られたのだとしたら？

「荷物をまとめろ」彼はいきなり命じた。「このままブキャナンに向かう」

「今から？」コンランが驚いてきき返し、馬に向かって歩きだしたドゥーガルを追った。「もう一日の半分がすぎている。ブキャナンに着くころには真夜中だぞ。月が出ていなくて、日没後も歩くことになれば、朝まで着けないかもしれない」

ドゥーガルは足を止め、口もとを引き締めながらもう一度考えた。朝まで待たずにいま出発すれば、より長く困難な旅になるだろう。だが、うなじの毛はたしかに警戒しろと逆立っている。何かがおかしいという、いやな予感がしていた。できるだけ早くミュアラインを安全なブキャナンの城壁の向こうに連れていく必要がある。

息を吐き出し、ミュアラインを見やったあと、コンランの腕をつかんで馬たちのほうにいざなった。ミュアラインに聞かれるかもしれないところで説明したくなかった。彼女には心配や、怖くてたまらない思いをさせたくなかった。幸せに微笑んでいてほしかった。

遠ざかっていく男たちの声が聞こえなくなり、ミュアラインはみじめにつばをのみこんだ。

ドゥーガルは彼女の態度にひどく気分を害したので、早くブキャナンに連れていって、やっかい払いをするのが待ちきれないらしい。そこに着いたら、彼女をマクダネルへ送る役目はオーレイに託すのだろう……もちろん、彼女のふるまいについて伝えたあとで。コンランを引きずっていったのは、おそらくそのことを話すためだ。そしてコンランは当然ジョーディーとアリックに話す。そう思って悲しくなった。異父兄の思惑どおり尻軽女のようにふるまったことを全員に知られてしまったら、どうして彼らと顔を合わせることができるだろう?

恥ずかしさに身をよじりながら、つかの間目を開いて、火を消すまえの焚き火のそばにまだ座っているふたりの男性のほうに、すばやくこっそり視線を向けた。ジョーディーとアリックのことが好きだった。全員のことが好きだったし、彼らに身持ちの悪さを知られ、手きびしく非難されるのかと思うと、今からいてもたってもいられなかった。

ヘンリーに乗って去るべきかもしれない。ここからマクダネルまではそう遠くないはずだ。一日馬に乗ればブキャナンに着き、そこからマクダネルまでは半日だと男たちは言っていた。向かっていた方角にひたすら進めば、道に迷うことはないのでは?

ミュアラインは顔をしかめた。彼女は方向音痴なのだ。しかも、これまで自分たちの行き先に注意を払っていなかった。必要になるとは思っていなかったのだ。実は今もほんとうに必要だとは思っていなかった。男たちは安全にサイのところに送り届けると約束したのだから、責任を持ってそうしてくれるだろう。つまり、残りの旅のあいだ、彼らの非難のまなざしに耐えなければならないということだ。

「ミュアライン？」

コンランの声に気づいて体を固くし、目を開けると、彼がそばにしゃがんでいた。その表情には非難の色も嫌悪感もなかったが、以前にはなかった緊張感のようなものが認められた。

「起きて準備をしたほうがいい。じきに出発する」コンランは静かに言った。

ミュアラインはなぜなのか尋ねようかと思ったが、受け入れがたいことを言われたり、目を合わせまいとしながらうそをつかれるのが怖かった。代わりに、まじめな顔でうなずくだけにして起きあがった。ドゥーガルが火のそばでジョーディーとアリックを相手に静かに話していたが、立ちあがろうとしたとき、コンランが手を差し出してくれたことで、ありがたいことに気をそらすことができた。

「出発まえに個人的な用事をすませたい？」彼女が立ちあがると、コンランは尋ねた。

ミュアラインは黙って首を振った。

「そうか、よかった」と言うと、彼はあたりを見まわした。残りの兄弟たちは馬のところに向かっている。彼はぎこちない笑みを見せた。「今回はおれと馬に乗ってもらう」

ミュアラインは必死でひるむまいとした。ドゥーガルがもう自分と馬に乗りたくないと思うのは想定内だったが、それでも応えた。あごを上げてよそよそしく言った。「わたしはへンリーに乗るからいいです、ありがとう」

「コンランと馬に乗るんだ」

　ドゥーガルの声にミュアラインは固まったが、振り向かなかった。

「わたしは——」

「日のあるうちに急いで馬を走らせなければならないんだ。牛はのろいし、きみが乗ればその体重ぶんさらにのろくなる。日暮れまではコンランと乗れ」そこで一瞬間をおいてからつづけた。「どうしてもひとりで乗りたいと言うなら、そのあとはきみの牝馬に乗ってもいい。夜になればどうせ速くは進めないからな」

「わたしの牝馬？」彼女は驚いて彼を見た。

　ドゥーガルはうなずき、硬い笑みを浮かべた。「今ではきみのものだ」

　突然のことばに、ミュアラインは彼を見つめるしかなかった。兄は二頭の馬を手に入れるために、妹の体を差し出そうとした。実際は純潔を失ったわけではないが、滝のもとでのちょっとしたやりとりで、牝馬を手に入れたということなのだろう。それともこれは支払いの一部で、馬の代金としてこれ以上のことを要求されるのか。馬は受けとれないとも、何も言えないうちに、ドゥーガルは背を向けて焚き火のほうに向かい、すぐさま火を消す作業に取りかかった。

「大丈夫かい？　何か問題でも？」コンランが心から心配している様子できいた。

ミュアラインはぎこちなく首を振り、馬のところに連れていってもらった。これはすべて自分がもたらしたことなのだと思いながら。

8

「夫になるかもしれない人に会いにシンクレアに行ったのに、どうすれば同じ目的でそこに来ていたほかの娘たちと親友になれるのか、教えてくれよ」

ジョーディーの質問に、ドゥーガルはコンランの膝の上にいるミュアラインのほうに目をやったが、すぐに目をそらすことになった。弟のそばで心地よさそうにしている彼女を見たくなかった。もし自分を信用せずに不適切なことをしていなかったら、彼女はあそこにはいなかったのだ。だが、滝での過ちのあとでは、ミュアラインに近づきすぎないことが肝要だろう。妻として自分のものにするまでは。だから今、彼女はコンランと馬に乗っているのだ……そのせいでどうにかなりそうだった。

「そうだよ、ほんとうなら、みんな敵同士なわけだろう」アリックが話にはいってきた。

「それなのに、あなたたちは友だちになった。花嫁自身とさえ」彼は首を振った。「とてもありえないよ」

「彼女たちを敵とは思っていなかったわ」ミュアラインは静かに言った。その声を聞いて、ドゥーガルはまた彼女に視線を向けた。なんとか話を引き出そうとする弟たちに対し、彼女が一語より多いことばで答えたのは初めてのことだった。野営地を発ってからこの二時間というもの、ミュアラインはやたらと静かだった。弟たちはそのことに気づいたらしく、しきりに質問したり話しかけることで、ことばを引き出そうとしていたのだ。ようやく少しは効果があったようだ。

「どうして敵と思わずにいられたの?」アリックがひどく驚いてきいた。「みんな同じ男をめぐって張り合っていたのに」

「張り合っていたわけじゃないわ」彼女は冷静に言った。「到着したとき、彼はすでに結婚していたんだもの」

「そうだね。シンクレアが花嫁を連れて到着したとき、あなたたちは驚き、がっかりしたにちがいない」ジョーディーが言った。

「たしかに驚きはしたけど、それほどがっかりはしなかったわ。あそこにいた娘さんたちを見て、どうせ自分が選ばれるとは思っていなかったし」

その発言にドゥーガルは眉をひそめ、ミュアラインにすばやく視線を向けた。ほんとうにそう思っているなら、この娘は明らかに自分を過小評価している。頭に目のついている男なら、だれでも彼女に惹かれていただろう。だが、怒りの声をあげて、こう言ったのはアリックだった。「そんなわけないよ! もしレディ・ジョセフィンと結婚していなかったら、シンクレアはきっとあなたと結婚していたと思うな。実のところ、あなたに会ってからは、イングランド女と結婚したことを後悔したにちがいないよ」

ミュアラインはその意見に引きつった笑みを浮かべて指摘した。「サイもあそこにいた娘さんたちのひとりだったのよ」

「そうだった」アリックは眉をひそめた。今の意見がサイの耳にはいるかもしれないと心配しているのだろう、と思ってドゥーガルは愉快になった。それでも、末の弟は馬上で背筋を伸ばし、サイの怒りを買うのを承知で言った。「でもおれならサイよりあなたを選んだ」

「それはそうよ、あなたとサイはきょうだいだもの」ミュアラインは冷ややかに指摘した。「それに、あなたはあそこにいたほかの娘さんたちを見ていないでしょ。わたしよりずっと美しい娘さんたちがたくさんいたのよ」そして、だれかが反論するより先につづけた。「もちろん、見かけと同じくらい中身も美しい人ばかりじゃなかったけど」

「サイとレディ・ジョセフィンを殺そうとした娘みたいに?」ジョーディーが皮肉っぽく言った。「サイの話だと、とんでもない毒婦だったらしいね」

「そのことばは好きじゃないわ。でも、この場合は同感よ。彼女はとんでもない毒婦だった」ミュアラインはしかつめらしく言い、ドゥーガルの弟たちはくすくす笑った。

「きみとサイが友だちになるのはわかるけど、ふたりがシンクレアの花嫁とも友だちになるというのは、無理があるような気がするなあ」笑いが治まると、コンランが言った。

「エディスを忘れているわ。今では彼女もいい友だちよ」ミュアラインはそう指摘して、つづけた。「ジョーンについては……」思わずことばを失って肩をすくめる。「好きにならずにはいられなかった。ジョーンは愛らしくて賢くてチャーミングで、ほんとうに心が広いの。ほら、知ってるでしょ、彼女のおじさまが結婚のお祝いに反物をいくつもくださったとき、彼女はわたしたち全員にドレスを作るようにと生地を選ばせてくれたのよ。みんなが彼女の夫目当てで来ていることを知っていながら」ミュアラインは明らかにそのことに感心している様子で首を振ったが、すぐにやめ、首を振ったせいで痛みが出たのか、額の傷に手をやった。

「頭の傷がまた痛むのか？」ドゥーガルより先にコンランがきいた。

「いいえ、大丈夫よ」ミュアラインは無理に微笑んで言い、頭から手をおろした。うそが下手な人だ、とドゥーガルは思った。アリックにもらった薬液の効き目がなくなってきているのは明らかだった。それどころか、何時間もまえに切れていたのだろう。出発してからしばらくのあいだ妙におとなしかったのもそれで説明がつく。

　心配そうに眉をひそめ、ドゥーガルは行く手につづく道を眺めて、自分たちのいる位置と、ここからブキャナンまでのあいだの道々に何があるかを、ざっと検討した。出発が遅かったので、夕食は旅をつづけながら馬上でとる予定だったが、ミュアラインに痛みを感じさせておくわけにはいかない。馬を止めて夕食をとることにすれば、アリックはローリーから託された薬液をもう少し作ることができるし、それを飲んでミュアラインが少し落ちつけば、そのまま旅をつづけることができる。

「この先に野生の花が美しい草原がある」コンランが言い、ドゥーガルに問うような視線を向けられると、こうつづけた。「止まって食事をする場所を探しているのかと思ってね。草原のそばにはいい小川があって、馬も水を飲める」

ドゥーガルはうなずいたが、弟が心得顔でにやりとしたのを見て目を細めた。それについて深く考えるまえに、ミュアラインがさっと向きを変えて彼とコンランを見比べた。

「止まる?」彼女は驚いてきき返した。「だめよ! このままでもブキャナンに着くのはかなり遅くなるんでしょう。止まったりしたらさらに遅れるだけだわ」

「そうだが、頭が痛むんだろう」彼はぶっきらぼうに言った。「アリックの薬液をまた飲まないと」

ミュアラインは一瞬迷っているようだったが、痛みに顔をしかめながらも首を振った。小さな動きでもつらいのだろうが、がんとした表情で言った。「いいえ。わたしなら大丈夫よ。ブキャナンに着いたらまた飲ませてもらうから。それまでがまんするわ」

ドゥーガルが答えるまえに、アリックが自分の馬で寄ってきて言った。「がまんする必要はないよ。出発することになったとドゥーガルに聞いたとき、もう少し必要になりそうだと思って、念のためにあと一回ぶん作っておいたんだ。はいどうぞ」

「ありがとう、アリック」ミュアラインはつぶやき、ほっとして微笑んだ。滝以来初めての笑顔だが、それが末の弟だけに向けられているのを不満に思いながら、ドゥーガルは彼女が革袋を受けとるのを見守った。その動きでコンランの膝から落ちそうになったが、コンランが腰をつかんで落馬から救った。ドゥーガルは弟に感謝しながらも、思わず体じゅうをこわばらせていた。弟を強く殴りたいと思わずにもいられなかった。別の男の手が彼女に触れるのを見たくなかったのだ。たとえそれが弟であっても。

なんという強烈な反応だろうか？　ドゥーガルは心にしのびこんできたその感情に顔をしかめた。彼女のことが好きで、弟たちが彼女に向ける注意に嫉妬しているのはまちがいない。すでにこの娘と結婚する決意を固めているのだ。それを確認するために、これ以上の証拠が必要だろうか？

ドゥーガルは首を振りながら、ミュアラインがアリックにわたされた薬液の革袋を手に、コンランの腕のなかに落ちつくのを見守った。さっそく革袋のふたを開けて口もとに運び、しきりに飲んでいる。それだけで、頭痛がいかにつらいかがわかった。心配になって、アリックに聞いてみた。「一度にそんなにたくさん飲んで大丈夫なのか？」

「うん、大丈夫だよ」アリックが明るく説明した。「体に悪いものは何もはいっていないから。まあ、ウイスキー以外はってことだけど。一気に飲むのは無理でも、馬に乗っているあいだじゅうちびちび飲んでいればよくなるよ」ドゥーガルが疑うように片方の眉を上げると、

「まあ、かなり酔っぱらいはするけど、それ以外は問題ないから」

ドゥーガルが首を振ってミュアラインに視線を戻すと、がっかりしたように小さなため息をついて革袋をおろしたのでほっとした。薬液がすぐに効くことを願っていたのだろう。コンランも同じことを思ったらしく、彼女にやさしく声をかけた。「まえにアリックに薬をもらったときは、痛みがやわらぎはじめるまで三十分かかっただろう」

「そうね」ミュアラインはため息をついて同意した。唇を皮肉っぽくゆがめて認める。「二倍の量を飲めば、二倍の速さで効くと思ったんだけど」

コンランは驚いて小さく笑ったが、その考えには首を振った。「そううまくはいかないと思うよ」

「そうよね」彼女は悲しげに同意した。

同情するように微笑みながら、コンランは言った。「おれに寄りかかって少し休んだらどうだい？」

ミュアラインは明らかにその申し出にそそられたらしく、一瞬迷って彼を見つめたが、すぐに首を振って、また革袋に口をつけた。

ドゥーガルは口もとをこわばらせてそのやりとりを聞きながら、薬液を飲みつづけるミュアラインを無言で眺めていた。頑固な娘だ。ローリーの薬液はとんでもなくまずいことを、ドゥーガルは経験から知っていた。彼女の表情を見るかぎり、例外はないようだ。だが、彼女は飲みつづけた。できるだけ大量に胃に収めようと決意しているらしい。

先刻彼女がいかに酔っていたか、そのために滝のそばでいかに禁忌をかなぐり捨てたかを思い出したドゥーガルは、彼女と馬に乗っていないことを感謝した。少なくとも自分にはそう言い聞かせたが、飲めば飲むほど彼女がコンランにしなだれかかっていることに、気づかずにはいられなかった。彼女がそうすればするほど、ドゥーガルは歯ぎしりをした。コンランを信じていないわけではないが、それでもミュアラインが弟にべたべたするのが気に入らなかった。

ミュアラインが革袋を落としそうになってあっと声をあげ、彼のもの思いは途切れた。コンランが革袋を受け止めたが、彼女がまわらない舌で「ありがとう」と言って手を差し出すと、ドゥーガルが身を寄せて弟の手から革袋をひったくった。

「ちょっと」ミュアラインが抗議した。

「もう充分だろう」ドゥーガルは重々しく言って、革袋にふたをした。それを投げてアリックに返してから彼女に目を戻すと、高圧的な行動に腹を立てて彼をにらむのではなく、コンランにもたれて居眠りをはじめていたので、驚いて眉を上げた。

ドゥーガルは眉をひそめて彼女を見たあと、アリックを見た。「その薬液にはいったい何がはいっているんだ?」

「発熱を抑えるゴボウとコリアンダーとフキタンポポ、頭痛に効くカモミールに、痛みに効くカノコソウ、セイヨウノコギリソウ、薬草採集家の喜び（シンプラーズ・ジョイ）を少し」アリックは肩をすくめた。

「ローリーはあと二種類あげてたけど思い出せないや」

「ウイスキーもだろう？」ドゥーガルが言った。

「いや、味をごまかすために、混ぜた薬草をウイスキーのなかに入れただけだよ。ひどい味だから」アリックは顔をしかめて言った。すぐに表情を明るくしてつづける。「でも、ウイスキーも痛みに効くみたいだね」

ドゥーガルはぐるりと目をまわし、ミュアラインに視線を戻した。コンランの腕のなかで眠ってしまったようだ。おそらくウイスキーのせいだろう、と思った。たしかに今は痛みを感じていないだろうが、いずれウイスキーによる頭痛に見舞われるだろう。

ため息をついて手を伸ばし、彼女を抱きあげてコンランの膝から自分の膝に移動させると、顔が見えるように横向きにした。そうすれば目覚めたときわかるからだ。

コンランが無言で見守っているのに気づいていたが、見返しもしなければ、行動の説明もしなかった。そもそも、彼女を馬に乗せてやってくれとコンランにたのんだのはドゥーガルだ。今は自分と乗るほうがいいと判断しただけのこと。それに、ミュアラインとの結婚を決意したことは、すでにコンランに話してあった。今や彼女は彼のものなので、弟の探るような視線は無視し、馬の速度を上げさせて、日が沈んで暗くなり、危険が増して速度を落とさなければならなくなるまえに、できるだけ距離を稼ぐつもりだった。

ミュアラインは背中に激しい衝撃を感じて、鋭く息を吸いこみながら目覚めた。だれにたたかれたのだろうと肩越しに振り向くと、コンラン・ブキャナンが困惑気味に見つめていた。彼といっしょに馬に乗っていたのは覚えているが、いま彼女を横向きに膝に乗せているのは――

見ると、肩を抱いてくれているのはドゥーガルだったので、驚いて目をぱちくりさせた。どうしてまた彼と馬に乗っているの？　考えていると、コンランがどなり声を発したので、またあたりを見まわした。さっきまで前方を見ていた彼は、彼女が振り向いたので視線を向けたのだろう。今は恐怖にも似た面持ちで彼女の背中を凝視している。下に目を転じると、背中の下の方から突き出ているらしい矢羽根が見え、コンランが大声で危険を知らせた。

それを耳にしたドゥーガルは、反射的に速度を落として、あたりの様子をうかがおうとした。そのとたん、コンランにどなられた。「止まるな、ドゥーガル！　急げ！　おれたちはねらわれている！」

指示に従って前傾姿勢になり、馬の尻を強くたたくと、馬はたちまち勢いよく走りだし、ドゥーガルは悪態をつきながら、さらに強く手綱をにぎりしめた。自然と彼女を抱える腕にも力がこもり、そのせいで背中の矢羽根が押されたのだろう、殴られたような衝撃のせいで不思議と何も感じていなかったミュアラインは、ここに来ていきなり焼けるような痛みを感じた。

ミュアラインは叫び声をあげてドゥーガルの麻のシャツとプレードをにぎりしめ、落ちないようにしがみつきながら、痛みがやわらぐ体勢をさがそうとした。だが、そんな体勢はなかった。もしあったとしても、見つけることはできず、あきらめて彼の胸に顔をうずめ、のどを裂かんばかりにあふれる悲鳴を抑えようとした。そのまま何分かたち、まわりで鳴り響いていた蹄の音が、断続的になってきたことに気づいた。

顔を上げるともう夜明けで、跳ね橋をわたっているところだった。前方を見ようと首をひねると、城の幕壁が見え、一行はそのまま中庭にはいった。

ブキャナンだわ、と思ってほっとした。馬に乗りながらかなりの時間眠っていたようだ。ドゥーガルの胸に向き直り、そこにまた顔をうずめた。到着してほっとしたものの、燃えるような背中の痛みは楽にならなかった。だがこれで手当てをしてもらえる。

そう考えてミュアラインは顔をしかめた。矢を取り除くには、かなりの痛みに耐えなければならないだろう。それまではほっとすることもできない……しかも意識は保ったままだ。今こそ役に立つというのに、いつもの気絶癖はどこに行ってしまったの？　いぶかっていると、彼らを呼ぶ男たちの声がしたので、顔を上げてまたきょろきょろした。

ドゥーガルは厩ではなくまっすぐ城の正面階段に向かい、そこで手綱を引いた。建物からわらわらと人が飛び出して、階段を走りおりてきた。全員が心配そうな顔をしている。何人かはとてもよく似ていた。みんな長身でたくましく、長い黒髪に、ミュアラインと旅をしてきた男たちと似た顔立ちをしている。サイの兄弟は七人いるはずなので、走ってくる人たちのうち三人は、まだ会ったことのない兄弟、オーレイとローリーとニルスだろう。ほかはいとこか、それ以外の親族にちがいない。

男性のひとり、整った顔を境界線のように二分する傷痕を髪で半ば隠した人物が、ほかの者たちのまえに出て、心配そうに彼女を見た。背中とそこから突き出ている矢に視線が向くと、口が固く結ばれた。サイの長兄オーレイらしきこの人物は、肩越しに振り返って命じた。

「薬草類を持ってこい、ローリー」

ローリーは長兄よりわずかに背が低く、傷痕はなかった。髪が長いのは同じだったが、こちらはうしろでひとつにまとめ、後頭部でゆるく束ねていた。年下の男はうなずいてきびすを返し、階段を駆けあがって城のなかに消えた。

オーレイはドゥーガルに向き直り、両腕を掲げた。「彼女をこっちに」

ドゥーガルは手綱を放してミュアラインに自分のほうを向かせ、馬の横腹からおろそうとしたが、彼女の不安そうな顔つきに気づいて中断した。矢がぶつかる危険をおして彼女を別の人間に引きわたすわけにはいかない。この角度では、オーレイが矢に触れずに彼女を抱きとるのは困難だろうし、矢がオーレイに当たらないように向きを変えれば、ドゥーガルに矢が当たってしまう。

悪態をつきながら、彼女を膝の上に戻し、片手を彼女の両脚の下に入れて、もう片方の手を背中の上のほうの、できるだけ傷に触れることがなさそうな場所に当てた。すばやく片脚で馬をまたぎ、彼女を抱いたままそっと馬から降りた。かなりやんわりとした着地だったにもかかわらず、小さな衝撃で痛みが背中を突き抜け、ミュアラインは唇をかんで叫びたいのをがまんしなければならなかった。

「ごめんよ、お嬢さん」ドゥーガルはぶっきらぼうに言うと、彼女を痛みから守るように胸に押し当てて歩きはじめた。

ミュアラインはあたりを見まわしたわけではないが、彼は階段をのぼって城のなかにはいろうとしているようだった。やがて、わずかな風を感じて、だれかが走り抜けていったのがわかり、扉が開くギーという音が聞こえた。少しして目を開けると、城のなかに運ばれており、彼女は室内の暗さに慣れようと目をしばたたいた。

「この娘さんは?」出迎えの人びとの大半を外に残したまま扉を閉めて、オーレイが尋ねた。

「レディ・ミュアライン・カーマイケル、じきにレディ・ミュアライン・ブキャナン、おれの妻になる人だ」ドゥーガルがむっつりと言った。

ミュアラインは固まり、わずかにのけぞって、驚きに見開いた目を彼の顔に向けた。「あなたの妻?」と混乱しながらささやく。

「そうだ」彼はうなるように言い、彼女の頭を自分の肩に戻してつぶやいた。「楽にしていなさい」

「でも、妻はいらないって」ミュアラインはわけがわからずにもごもごと言った。

それを聞いてドゥーガルは驚いて眉を上げたが、答えるまえにだれかが尋ねた。「サイの友だちのミュアラインじゃないか？」

「そうだ、ニルス」ドゥーガルはにこりともせずに言った。「その人だ」

「何があった？」つぎにオーレイが尋ねた。

「矢を射られたらしい」ドゥーガルは淡々と言った。

どういうわけかそれがおかしみを誘い、ミュアラインは小さく息をのむような笑い声をあげたが、実際はうめきか鼻を鳴らしたようにしか聞こえなかった。

ドゥーガルは歩く速度を落として、心配そうに彼女を見おろした。「大丈夫か、お嬢さん？」

「矢が刺さっていること以外に？」彼女はゆがんだ笑みを浮かべてささやいた。

ドゥーガルはその返答に感心して唇をゆがめたが、そのまま歩きつづけ、彼女を抱えて階段まで数歩歩くと、そのまま階段をのぼりはじめた。

「気絶していないね」

アリックのことばに、ミュアラインは驚いて頭を上げた。彼はまだ外にいるものと思っていたのだ。だが、よく見ると、ジョーディーとコンランもいたし、オーレイだけでなく、ニルスと思われる最後のひとりもいた。

「ああ、たしかにそうだ、彼女は気絶していない」彼らのあとから階段をのぼりながら、コンランが暗い表情で首を振った。「なんとも気の毒なことだ」

「何よ？」ミュアラインはドゥーガルの肩越しに彼をにらみつけた。「四人ともわたしが気絶することにくどくど文句を言って、気絶しないように食べさせてたっぷり薬液を与えておきながら、気絶しないと気の毒なわけ？」

「ちがうんだ、お嬢さん」コンランがなだめるように言った。「今こそ気絶していたら楽なのにという意味だよ」

「そのとおりだ」ドゥーガルはつぶやくと、階段をのぼりきったところで立ち止まり、眉をひそめて彼女を見おろしながら言った。「なんとか気絶できないか？」

ミュアラインがあきれて彼を見あげると、オーレイがつぶやいた。「サイの部屋に行け、ドゥーガル。ローリーがそこで待っているはずだ」

ドゥーガルは兄をにらみつけ、階段を離れて左に向かった。「おれの部屋に行く。彼女はおれの妻になるのだから」

「そうだが、まだ結婚していないだろう」オーレイは反論した。「それに、彼女はサイの友人であるだけでなく、おれたちの妹の命の恩人だ。守るべき価値がある。だから、彼女の名誉を重んじるために、結婚するまではサイの部屋に泊まってもらう」

ドゥーガルは顔をしかめつつも、足を止めた。一瞬静止したあと、向きを変えて反対方向に向かった。ミュアラインを抱いてのぼってきた階段のまえを通りすぎながら、いらいらとつぶやく。「結婚するまえに彼女と同じ部屋ですごすとは言ってないぞ」

「ああ、そうだな」オーレイは肩をすくめて言った。「だが――」

「それに、おれだって彼女の名誉は重んじている」ドゥーガルは文句を言った。「コンランにきいてみるといい。やつが知っている」

「ああ」コンランがすぐに援護した。「兄貴は旅の最後には、彼女をおれの馬に乗せることまでしたんだ。彼女と馬に乗ったら、自分を抑えられなくなるかもしれないからと」

ミュアラインの目は閉じかけていたが、この知らせを聞いてぱっちりと開いた。それでドゥーガルは、最後に城に向かうとき、わたしをコンランの馬に乗せたの？　わたしのふるまいに気を悪くしたからではなく、わたしといると自分を信用できないから？　このすばらしい新情報で、恥ずかしさはだいぶ緩和された。

「でも、どうして彼女は気絶しないんだろう？」アリックがこぼした。明らかにそのことにこだわっているようだ。

「彼女が言ったとおり、おれたちは彼女に食べ物と薬液をずっと勧めてきた」コンランが指摘した。「その組み合わせが効いて体力がつき、気絶しなくなったのかもしれない」

「それなら食べ物と薬液を与えなければよかったな」ジョーディーが陰気に言った。ドゥーガルは廊下の突き当たりの部屋にはいっていく。「これから苦しむことになるんだから」彼の言うとおりだったので、ミュアラインは顔をしかめた。今こそ気絶癖が役に立つといつめったにないときなのに。これからおこなわれることを思えば、意識がないに越したことはない。

「ベッドに寝かせてくれ」

きびきびした命令が聞こえ、ミュアラインはローリー・ブキャナンを見た。オーレイが言っていたとおり、ローリーは最初から彼女がここに運ばれてくることを想定していたようだった。おそらくサイの部屋がいま使われていない唯一の部屋なのだろう。七人の兄弟とサイがいたら、ブキャナンに客用の余分な寝室があるとは思えないし、などと考えていたら、つぎの瞬間目をぱちくりさせていた。頬に赤みがのぼってくるの感じる。ドゥーガルが彼女をベッドに置く代わりに、抱いたままベッドの縁に座り、膝の上で横向きにさせたからだ。

一瞬の沈黙ののち、ローリーが咳払いをして言った。「ドゥーガル、彼女をベッドに寝かせてくれと言ったんだが――」

「おれがミュアラインを抱いていたほうが都合がいいだろう。おまえが手当てをするあいだ押さえておけるし」ドゥーガルは弟をさえぎって言った。

「ミュアライン？」ローリーは驚いてきき返し、顔をよく見ようと彼女に近づいた。「ミュアライン・カーマイケルなのか？　サイの友だちの？」

「ええ」彼女は小さな声で答えた。そういえば、ドゥーガルが彼女の名前を告げるまえに、ローリーは走って〝薬草類を取りに〟行ったのだった。

「会えてとてもうれしいよ」ローリーはまじめな顔で言った。「シンクレアで友だちになったきみやほかの娘さんたちのことは、サイから全部聞いている」彼はにやりとした。「きみは愛らしくて賢くて勇敢な、気絶する友だちだね？」

「勇敢？」ミュアラインは驚いてきき返した。自分をそんなふうに考えたことはなかったし、なぜサイがそう言ったのかわからなかった。

「サイとジョーンの命を救ってくれたそうだね」オーレイが称賛のまなざしでやさしく彼女を見つめながら言った。「感謝するよ」

「ああ」ニルスが近づいてきて、会話に加わった。「サイの話では、きみがいなかったらふたりとも死んでいたし、サイは殺人者にされていただろうということだ。妹の命と名誉を守ってくれてありがとう」

「いえ、そんな……」ミュアラインは赤くなり、たいしたことではないと手を振ろうとしたが、ドゥーガルの腕が体にまわされているのでむずかしかった。それでも彼女は言った。「逆の立場なら、サイもきっとわたしと同じことをしたと思うわ」

「ああ、それはそうだろう」オーレイは重々しく同意した。「だが、立場は逆転していない。だから礼を言わせてほしい。きみほど歓迎される客はいないよ」

ミュアラインは心からのことばにぎこちなく微笑んだが、ドゥーガルがかみつくように言ったのでびくっとした。「みんなここから出ていってくれ。彼女には手当てが必要だし、おまえたちが死骸に群がるカラスの一団のように群がっていては、ローリーは手当てができない」

ミュアラインはその表現にたじろいだが、兄弟たちはドゥーガルの爆発ににやにやするばかりだった。眉を上げてにやりとしながらこう言ったのはオーレイだ。「ひとりじめしたいのか、兄弟？」

ドゥーガルがのどの奥でうなるのをミュアラインはたしかに聞いたと思ったが、確認する間もなくローリーが突然どなった。「出ていってくれ！　今すぐひとり残らずここから出ていくんだ。あんたもだよ、ドゥーガル。階下(した)で好きなだけどなるなりけんかするなりしてくれ。この娘さんが出血多量で死ぬまえに手当てをする必要があるんだ。いいから出ていけ！」

年下の者たちはすぐに扉に向かった。年長のオーレイとドゥーガルだけが初めのうちは動かずにいたが、やがてオーレイはまじめな顔でうなずき、意を決してドゥーガルを見ながら告げた。「わかった。おれたちも階下に行くよ。そうだな、ドゥーガル？」

ドゥーガルが口を開け、拒否するのだろうとミュアラインが思っていると、ローリーがきっぱりとこう言って彼の口を封じた。「よかった。全員がこの部屋を出ていくまで、手当てはじめないつもりなんでね」

ドゥーガルはすぐさま口を閉じ、立ちあがって、ミュアラインをそっとベッドの縁に座らせると、彼女のあごに手を添えて、微笑みを浮かべたつもりなのだろう、実際はしかめ面に近い表情でこう言った。「おれは階下にいるよ、お嬢さん。必要なときは呼んでくれ」

目を見開いてうなずくと、額にキスをされたので、ミュアラインは驚いて目をしばたたいた。ドゥーガルは体を起こし、出ていこうと背を向けた。部屋を横切る彼を見送りながら、ミュアラインはたったいま経験したことのせいでろうばいしていた。あの人は妻を迎えるつもりはないと言った。ブキャナン兄弟と旅をするようになってから、何度も自分に言い聞かせていたことだ。そのことはしっかりと心に刻まれ、最後の午後と夜は、滝での自分のふるまいを恥じ、あの人に愛想を尽かされてしまったと思いながらすごしたのだ。その人が今、わたしと結婚するつもりだと告げ、コンランの馬に乗せたのは、わたしといっしょにいると自分が信用できないからだと打ち明けたなんて。信じられない。

「どうして彼女はまだ気絶しないんだろう」オーレイがドゥーガルを連れて部屋をあとにするとき、廊下からアリックのつぶやきが聞こえた。

「わたしだってわからないわ」ミュアラインはため息をついてささやいた。

扉の閉まる音に気づき、近づいてくるローリーを不安げに見つめた。彼の表情は暗く、申し訳なさそうだった。申し訳なく思うことはまだ何もしていなかったが、矢を取り除いたり傷を洗浄することについてある程度知っているミュアラインには、すぐにそうなるとわかっていた。気絶する癖が治ってしまったとなると、ひどくつらい時間になりそうだ。

「彼女の兄はほんとうに馬と引き換えに妹を差し出したのか?」ニルスが疑わしそうに、そして嫌悪感もあらわに尋ねた。

召使がまえに置いたエールをひと口飲んで、ドゥーガルはうなずいた。大広間に来てから、ミュアラインと出会ったいきさつをずっと説明していたのだ。

テーブルについた瞬間、オーレイは質問をはじめた。ドゥーガルは答えながらも、ローリーが背中から矢を取り除くあいだ、ミュアラインが苦痛に耐えているにちがいない、階上の部屋のことが気になってしかたがなかった。弟が胸のほうに矢を押し出すか、背中から引き抜くか、どちらかの方法を取ることは、経験から知っていた。どちらも痛みをともなうが、押し出す場合は一瞬の強い痛みですみ、引き抜く場合は時間がかかるので、それだけ苦痛は長引く。ミュアラインは大声で叫ぶはずだが、階上からはなんの音も聞こえてこなかった。

おそらく気を失っているのだろう、そうであってほしいと思った。

「ああ。ダンヴリースは、馬の代金に見合うだけ彼女を手もとに置いていい、すんだら返してくれと言ってきた」ドゥーガルがニルスの質問になかなか答えないので、コンランが言った。「ドゥーガルが断ると、それなら待ってくれ、妹とすごすためならよろこんで金を払う友だちがいるから、それで馬の代金を払うと言った」

「最低野郎だな」オーレイがつぶやいた。

「たしかに」ニルスが同意する。「いまいましいイングランド人め」それが恥ずべきことであるかのように、彼らスコットランド人にとっては実際そうなのだが、イングランドを強調して言った。

それぞれがエールを飲む間を取ったあと、オーレイが眉をひそめて尋ねた。「それで、彼女が隣人の手にわたるのを防ぐために、彼の申し出を受けたのか？」

ドゥーガルは力まかせに飲み物を置いて、兄を見た。金属製のカップがテーブルの上でカランと音をたてる。自分はそんな不道徳なことをしたと思われているのか、ミュアラインはそんなことに同意したと思われているのか、と思うと激しい憤りを感じた。「そんなことをするはずないだろう」

オーレイはなだめるように片手を上げて、冷静に言った。「でも、彼女を連れて帰ってきたじゃないか」

ドゥーガルは誤解していたことに気づいて矛(ほこ)を収めた。ゆっくりと息を吐くと、うなずいて、ダンヴリースの領地をあとにしてから彼女に出会ったいきさつをざっと説明した。

「それで、彼女の身を守るために連れてきたのか？」オーレイがきき、ドゥーガルが重々しくうなずくと、さらに尋ねた。「結婚しようと思ったのも、彼女の兄が恥知らずにも妹を利用するのを防ぐためか？」

「もちろん」彼は階上を見あげながらつぶやいた。だが、異父兄から救うためだけにミュアラインと結婚するわけではなかった。それほど自己犠牲的ではない。もちろん、あの娘の安全を守るためにできることはなんでもしただろう。なんといっても彼女は妹の命の恩人なのだから。だが、結婚は究極の手段だ。

「かわいそうな娘さんだ」オーレイはつぶやき、そのあとでつづけた。「おまえがよろこんでもらってくれて、彼女は幸運だな」

ドゥーガルはうなっただけで、階上を見つめつづけた。自分たちが部屋をあとにしてからどれくらいたっただろう？

「幸運なのはドゥーガルだよ」ジョーディーが反論した。「ドゥーガルが彼女にご執心だとコンランから聞かなかったら、おれが彼女と結婚したのに」

「おれだって」アリックも言った。

ドゥーガルはどちらかがミュアラインと結婚するという考えが気に入らず、そう言ったふたりをにらんだ。だがそのとき、オーレイがまじまじと自分を見つめているのに気づき、また階上を見あげた。

「それで、彼女を馬に乗せてきたんだな」オーレイが言った。「だが、どうして背中に矢を受けることになったんだ？」

これにドゥーガルはまた眉をひそめた。そのことについてはじっくり考える時間がなかったのだ。森を出て城の周囲の空き地に出たとき、つねに横やうしろで馬に乗っていたコンランのほうを見ると、相手は眉を上げた。「何があった？　だれが矢を放ったか見たか？」

「いや」コンランは言った。怒りで声が張り詰めている。「順調に進んで、森を出たと思ったら、ドゥーガルの膝の上でミュアラインが驚いて声をあげた。見ると、彼女の背中から矢が突き出ていたんだ」彼は不快な記憶に首を振ってつづけた。「矢がどこから飛んできたのか振り返って見たが、だれもいなかった」

「おれも見ていない」ドゥーガルの視線を受けてアリックが言った。「きっと森に隠れていたんだよ」

「ああ」ジョーディーも同意した。「城壁まであとわずかのところで幸運だった」

「だれがおまえを殺そうとしているんだ？」オーレイが尋ねた。

ドゥーガルは驚いて兄を見た。「おれを？」

「そうだ」彼は静かに言うと、こう指摘した。「彼女はおまえと馬に乗っていた。つまりねらわれたのはおまえで、誤って彼女に刺さったということかもしれない。ミュアラインに死を望むような敵がいるとは考えにくい。それに、おまえの話からすると、彼女の居場所はだれも知らないわけだし」

「彼女の兄がおれたちをつけていたのかも」アリックが指摘した。「矢を放ったのはあいつかもしれない」

ドゥーガルはその考えに首を振った。「彼女に矢を射ってもダンヴリースの得にはならない。死体になってしまったら、貸し出して金を稼げないからな」

「あ、そうか」アリックは眉をひそめて言った。

「すると、オーレイが正しいことになるな」困った様子でコンランが言った。「あの矢はドゥーガルをねらったものだったのかもしれない」

「それで？」オーレイは眉を上げた。「おまえの死を望んでいるのはだれなんだ？」

殺したいほど自分を憎んでいる人物に心当たりはなく、ドゥーガルは首を振りはじめたが、階上から突然悲鳴が聞こえてきたので、あごを殴られたように動きを止めて上を向いた。


「息をしていいよ、お嬢さん。もう終わったから」

ミュアラインは小さくむせび泣くように息を吐き、ローリーが矢を取り除く作業をしているあいだ、顔の下に置いていた毛皮の束に突っ伏した。予想どおりのつらさで、叫んだりローリーをたたかずにいるには、とてつもない意志の力を必要とした。そんなことをすればよけいに時間がかかり、苦しみが長引くだけだと思えばこそ、動かずに耐えることができたが、痛みに耐えながら体全体が震えていた。

ありがたいことに終わったんだわ、と思ったら、何か冷たいものを傷に注がれて、突然激しい熱さを感じ、あまりの痛みにびっくりして叫んでしまった。まるで背中の皮膚が燃えているような感覚だった。少しして、傷を洗浄するために何か注いだのだろうとようやく気づいた。そういうものはいつもとんでもなくしみるものだ。

「ごめんよ」ローリーがつぶやいた。心からの謝罪に聞こえた。「先に言っておくべきだった」

痛みが引いていくなか、ミュアラインは首を振りながら、空気を求めてあえいだ。

「これから軟膏を塗るよ。そうすれば痛みを感じなく――」そこで声が消えた。突然扉が開き、ドゥーガルがオーレイ、コンラン、ニルス、ジョーディーを引き連れて乱入してきたからだ。しんがりのアリックが部屋にはいるころには、ドゥーガルはベッドまでの距離の半ばまで進んでいたが、弟に引き止められてなんとか立ち止まった。

「どうした?」ドゥーガルがどなった。その目はミュアラインを見据えて動かない。「大丈夫か?」

「ええ。ちょっとびっくりしただけ」彼女はささやいて、弱々しく微笑んだ。背中をすっかりあらわにしたまま寝ていることがひどく意識された。矢を取り除くために、ローリーがドレスの生地を切り取ったのだ。これで二着のドレスがだめになってしまった。二着しか持ってきていないのに。そう思うと気が滅入った。

ドゥーガルをはじめとする兄弟たちを無視して、ローリーが痛み止めの軟膏を傷に塗りはじめると、ミュアラインは目を閉じて腕のなかに突っ伏した。ごくやさしい塗り方にもかかわらず、軟膏は最初しみたが、痛みはすぐに消え、何も感じなくなった。そういえば、軟膏の無痛効果についてローリーが話している途中で、ドゥーガルたちが乱入してきたのだった。軟膏はとてもよく効いた。

がまんできないほどの痛みが引くと、ミュアラインは目を開けて頭を上げた。ドゥーガルをはじめとする兄弟たちが立ったまま、傷の手当てをするローリーをぞっとしつつも魅せられたように見つめていた。それを見て彼女は変だと思った。もともとの傷は小さめで、刺さった矢の矢尻の先の大きさしかなかったはずだが、ローリーは矢を掘り出さなければならなかった。彼が使ったアロースプーンは彼女も見たが、ナイフもあったようなので、スプーンに合わせて傷を広げなければならなかったのだろう。実際のところはよくわからない。痛みは最初から最後まで恐ろしいほどだったからだ。

「どれくらいひどいの？」彼女は心配になってきいた。

ローリーは背後で作業をつづけていたので姿が見えなかったが、ドゥーガルとほかの兄弟たちはいっせいに彼女の顔を見た。しばらくみんな無言だった。やがて、ドゥーガルが咳払いをして、自分を押さえているオーレイとコンランとニルスとジョーディーを、犬がノミを振り払うようにして振り払うと、彼女に近づきながら言った。「それほどひどくないよ、お嬢さん」

ひどいうそつきね、とミュアラインは顔をしかめながら思った。ベッドの横で立ち止まった彼は、あらためて彼女をよく見た。わずかにひるんだあと、弱々しい笑みを浮かべてつづける。「全然ひどくない」

「さあ、彼女が生きていて、元気で、おれにいじめられていないことがもうわかっただろう」ローリーが静かに言った。「みんな出ていって、ふたりだけにしてくれ。傷に包帯を巻かなくちゃならないんだ」

ドゥーガルはローリーをにらんだが、すぐにまたミュアラインに微笑みかけて言った。

「すむまで廊下で待っている」

「好きなだけ待っていればいいが、今夜はここに来ないでくれよ」ローリーはきびしく言った。「出血が多かったから今は休息が必要だ。じゃまはさせない」

「おれは——」ドゥーガルは言いかけたが、そこで弟たちにまたつかまり、部屋から引きずり出されることになった。弟たちもドゥーガルと同じくらい彼女の無事な姿を見たいと思い、先ほどは兄を止めながら自分たちも同じ思いだったのだろうか。あれこれ思い悩む必要がなくなって、不安は緩和されたのだろうか。ミュアラインには知る由もなかったが、事情はどうあれ、弟たちはドゥーガルをさっさと部屋から引きずり出した。

「おれが部屋を出たらすぐにドゥーガルは戻ってくるだろう」兄弟たちが出ていって扉が閉まると、ローリーは冷静に言った。

その予言を聞いて、ミュアラインはかすかに微笑んだ。「それほど気にしていないみたいね」

「ああ」ローリーは認め、わけを説明した。「きみに睡眠薬を飲ませて、それが効くのをたしかめてから出ていくつもりだからね。ドゥーガルが戻ってきてもこなくても、きみの休息がさまたげられることはない」

睡眠薬を拒否するつもりはなかった。疲れきっていたので、眠るのにそれは必要ないだろうが、眠ったままでいるためには必要かもしれないと思ったからだ。

9

扉が開き、ドゥーガルは眠っているミュアラインの顔から無理やり目を離してそちらを見たが、そこにいるのがオーレイだとわかると、すぐにまた視線を戻した。ローリーがようやく部屋に入れてくれたとき、彼女は眠っており、以来二時間というもの身じろぎもしないので、ドゥーガルはやきもきしていた。今は睡眠がいちばんの薬だとわかってはいるが、ぜひとも目覚めてほしかった。一、二分でもいいから、話ができるように。到着してすぐ彼女と結婚するつもりだと宣言したが、実際にはその問題についてまだちゃんと話し合っておらず、結婚する気があるのか確認していないことがひどく気になっていた。

心のどこかでは、結婚の絆によって異父兄から守ってもらえることを、よろこんでくれるはずだという確信があった。だが一方で、彼女は城と称号を持つ長兄のオーレイと結婚したほうがいいのでは、という気もしていた。滝での彼女の反応は、そのまえに飲んだウイスキー入りの薬液のせいにすぎないのかもしれないのだ。話をして彼女が何を望んでいるのかたしかめなければ。あるいは、だれを望んでいるのか。

「ドゥーガル？」ベッドの反対側の、さっきまでローリーがいた椅子に座って、オーレイが静かに言った。

「うん？」彼はミュアラインから目を離さずにうなり声を返した。

「弟たちと話していて、ちょっと気になったことが――」

「さっきも言ったように、おれの死を望んでいて、矢を放ったかもしれない人物はだれも思いつかない」ドゥーガルはいらだたしげに言った。ローリーがミュアラインの傷に包帯を巻くのを廊下で待っているとき、そのことについてはオーレイと弟たちにうんざりするほどきかれていた。

「ああ、それはわかっている。だが、いま心配しているのはそのことではない。おれが言いたかったのは、ダンヴリースのことだ」オーレイは静かに説明した。

ドゥーガルは気になってミュアラインから目を離し、眉をひそめてオーレイを見た。「どういう意味だ？」

「彼はおそらくミュアラインを探している」オーレイはまじめに指摘した。

「だろうな」ドゥーガルは認めた。

「ここにさがしに来るまでどれぐらいかかると思う？　彼女とサイは友だちなんだぞ」彼は指摘した。

「サイはもうここに住んでいない」ドゥーガルも指摘した。

「そうだが、彼は知らないかもしれない」オーレイは重々しく言った。「それに、彼女が家出したとき、おまえたちはダンヴリースにいた。そのことで――」

「おれたちは彼女の逃亡に関わっていない。彼女はひとりで城から逃げてきて、路上でおれたちと出会ったんだ。そう言っただろう」ドゥーガルはすぐに反論した。

「だが、そのことも知らないかもしれない」オーレイは言った。「おまえたちが結婚するまえに彼が来たら、結婚を拒否して彼女を連れ帰るだろう」

「連れ帰らせたりしない」ドゥーガルは怖い顔で言うと、ミュアラインに視線を向けた。ベッドのなかの彼女はひどく顔色が悪く、弱っているように見えた。彼は口を引き結んで立ちあがった。ミュアラインとドゥーガルの結婚は、ダンヴリースにとってなんの得にもならない。いちばんいいのはダンヴリースが来るまえに結婚することだ。「アリックに神父を呼びにいかせよう。おれたちはすぐに結婚する」

彼はベッドをまわって行こうとしたが、オーレイがまえに立ちはだかって彼を止めた。

「彼女は意識を失っている。おそらくローリーが与えた睡眠薬のせいだろう。日中はずっと眠っているだろうし、夜のあいだもだ」

「それならおれが代わりに誓いを言う」ドゥーガルは言い、兄をよけようとした。

「マッケナ神父は意識のない女性とは結婚させてくれないぞ、ドゥーガル」移動して弟の行く手を阻みつづけながら、オーレイはむっつりと言った。

「状況を説明すれば――」

「神のご意思だと言われるだろう」オーレイが強い口調でさえぎった。

兄の言うとおりだと思って、ドゥーガルは顔をしかめた。マッケナ神父はひどく敬虔なのだ。ミュアラインが目覚めていて、ちゃんと状況を把握していると神父が納得するほど意識がはっきりしていなければ、結婚させてはくれないだろう。残念ながら、そうなると今すぐというわけにはいかなそうだ。だが、ダンヴリースはもうここに向かっているかもしれない。それどころか、いつ城門に現れてもおかしくないのだ。

「大丈夫だ」とオーレイが言って、考え事をしていたドゥーガルの注意を引いた。「おれと弟たちで作戦を立てた」

「話してくれ」ドゥーガルは低い声で言った。

ドゥーガルがローリーにわたされた強壮剤をリンゴ酒に入れてかきまぜていると、小屋の扉が開き、コンランが顔を出して言った。「みんな馬に乗ったぞ。これから出発だ」

彼はぼんやりとうなずいたあと、弟を見た。「彼女に力をつけさせるために、もっとこの薬がほしいとローリーに伝えてくれ。たった今、残りの薬を使い切ってしまったんだ」

コンランは驚いて眉を上げた。「もう？　大量にもらっていたじゃないか。まさか全部使ったわけじゃないよな？」

「いや、全部使った」ドゥーガルはむっつりと言った。

コンランは眉をひそめると、小屋のなかに足を踏み入れ、扉を閉めて兄のいるテーブルまで来た。ドゥーガルがかき混ぜているどろりとした液体を見おろし、唇を引き結んでから尋ねる。「こんなに……濃かったか?」

ドゥーガルは混合液をにらんでから白状した。「リンゴ酒に二倍量の薬を入れていたんだ。昨日の夜からはさらに二倍にした」

「ふうん」コンランはつぶやいてから尋ねた。「大丈夫なのか?」

「害はないはずだ。力をつけさせて早く治るようにするものだから」ドゥーガルは眉をひそめてそう言うと、欲求不満のうなり声をあげてからぶちまけた。「彼女は四日も眠ったままなんだぞ、コンラン。揺すって起こさないと薬を飲ませることもできない。なんとかして力をつけさせるものが必要だ。そもそもやせすぎだし、今や目のまえで衰えていくばかりだ」

「そうだな」コンランは兄の肩に手を置き、その手に一瞬力をこめた。「薬はもっと持ってくるし、ローリーに様子を見にこられるかきいてみるよ」

「ありがとう」ドゥーガルはつぶやいた。

コンランはうなずき、また外に出るために振り向いて歩き去った。ドゥーガルはじっと立ったまま耳を澄まし、ほかの者たちが馬に乗って小屋から離れていく音が聞こえると、顔をしかめて薬液入りのリンゴ酒をテーブルに置いた。そして、ミュアラインが休んでいるベッドの横の椅子に行って座った。

一族の狩猟小屋であるここに連れてきて以来、ミュアラインはかれこれ四日も眠っていた。最初はローリーが与えるようにと言い張った睡眠薬のせいだった。だが、二日目以降ドゥーガルが薬を与えるのをやめても、まだ死んだように眠っていた。最後に起こしたとき、痛みの具合を尋ねると、ずいぶんよくなったとつぶやくように答え、与えられた薬液を飲んで、またすぐに眠ってしまった。昨夜包帯を取り替えたときは、傷がふさがりかけているのがわかった。それでも彼女は眠ってばかりで、薬液を飲むあいだだけしか起きていられないようだった。

ドゥーガルはいよいよ心配になってきた……頭のなかでつねに祈ってはいたが。心配なのは体のことだけではない。彼女が長いあいだ眠ったままでいればいるほど、ダンヴリースに見つかって、結婚の可能性が消えるのではないかと心配だった……そして、そこからさらに別の心配が生まれた。ミュアラインに自分と結婚するつもりがあるのかどうか、ドゥーガルはまだ知らなかったのだ。彼女は自分を望んでいるのだろうか？　もし望んでいなかったら？

ため息をついて椅子に寄りかかり、肌寒さに気づいて顔をしかめた。この日の朝、近くの湖でひと泳ぎしようと外に出たときは、嵐が来そうだった。二時間後の今は、暖かくなるどころか、さらに冷えてきていた。小屋は森のなかにあるので、日差しがさえぎられ、部屋は火がないと寒かった。

立ちあがって炉に近づくと、そばに積んである薪が二本しかないのがわかって、顔をしかめることになった。もっと薪が必要だ。小屋を温めるためと料理をするために。ミュアラインのほうをうかがうと、ぐっすりと眠っており、目を覚ましそうになかった。一分もあれば急いでいくつか薪を持ってこられるだろうと思い、扉の外に向かった。


ミュアラインは眠たげに寝返りを打って、横向きになった。上掛けがすべり落ち、肩が冷たい空気に触れた。今朝は寒い。

無意識にシーツと毛皮を引きあげ、その温かさにくるまってから目を開けた。見慣れない景色に混乱して目をぱちくりさせる。ダンヴリースの自分の寝室ではないし、カーマイケルのでもない。広い部屋で、あたりを見まわすと、テーブルと椅子、貯蔵用の樽と箱がいくつかあり、料理ができる炉があった。彼女が寝ているベッドの反対側にある炉のそばには、木の椅子がいくつか置かれていて、二階につづく階段もある。

何ひとつ見覚えがないので、ミュアラインは眉をひそめて起きあがろうとしたが、その動きで背中の傷が引っぱられて鋭い痛みが走り、ここではない場所で何があったのかをたちまち思い出して、たじろいで動きを止めることになった。痛みは矢が刺さったときに比べればたいしたことはなく、一日か二日たったときの痛みと同じくらいだったが、傷はたしかに存在を主張していた。

痛みが最初に襲ったときに吸いこんだ息を吐きながら、慎重な動きでゆっくりと体を起こし、ベッドの脇に座って裸足の足を冷たい木の床につけた。そして少し力を抜いて、もう一度あたりを見まわした。ここは狩猟小屋だ。少なくともそう見える。父親の狩猟小屋に似ていた。いや、今はいとこのものだ、と思って悲しくなった。とにかく、壁にはこの小屋を使った狩人たちがとらえたと思われる獣の頭が飾られていた。牡ジカやイノシシやオオカミたちに、あらゆる角度から見おろされている。

狩猟小屋にいるとわかると、つらい馬の旅がぼんやりと思い出された。痛みで目覚めると、またドゥーガルに抱かれて馬に乗っており、ブキャナン家の狩猟小屋に連れていくところだと言われた。治るまで兄から身を隠すためらしい。そして、革袋にはいった液体を飲むように勧められた。それ以上のことは覚えていなかった。あとは、何度かこの部屋で目覚め、ドゥーガルにひどい味の薬を何度も飲まされ、その都度低い声で励ますように話しかけられた、という記憶の寄せ集めがあるばかりだ。何もかもはっきりしないが、思い出したことで、空腹とのどの渇きに気づき、あの少し古くなった味のするリンゴ酒を持ってきてもらえないかと、ドゥーガルを求めてあたりを見まわした。

ローリーに矢を取り除いてもらって以来、目覚めるたびにドゥーガルが魔法のように現れていたのに、そうはならなかったので、ミュアラインは唇をかんで、彼が小屋のどこかにいればたてるはずの音に耳を澄ました。もしかしたら階上にいるのだろうかと、顔をしかめながら階段のほうを見やったが、なんの音もしなかった。そもそも、ほんとうにここにいるのよね？　馬でここに連れてきてベッドに寝かせると、自分の世話は自分でするようにと、わたしを置いて帰ってしまったわけではないわよね？

その疑問に、ミュアラインは顔をしかめた。なぜそうしてはいけないの？　ドゥーガルはわたしに責任があるわけではない。親族でもない。そして、家と兄から逃げ出したのはわたしなのだ。たしかにそれで、わたしの貞節は守られたが、それは彼が気にかけるようなことではなかった。

「よし」彼女はささやき声で言うと、ゆっくりと立ちあがった。困ったことに、体重をかけた瞬間、脚が震えはじめた。まるで赤ん坊みたいに弱々しい。そう思うと少し不安になった。どれくらい長く眠っていたのだろう。

ベッドは布製の天蓋つき四柱式寝台で、ベッドを囲むカーテンはいま開いている。倒れるのを心配して、ミュアラインはベッドの頭のほうにある柱をつかんだが、ふくらはぎをのぼってくる冷気で、着ているものに意識が向いた。足は裸足で、あとは手首やくるぶしまで隠れる薄いナイトシャツ一枚という姿だった。これでは薄い布の下を這いのぼってくる部屋の隙間風を防げない。

自分の革の上靴らしきものがベッドの下からのぞいているのを見つけ、恐る恐る膝をついてつかんでみると、たしかに革の上靴の片方だったのでほっとした。ブキャナンから運ばれてくるときに履かされて、着いたときに脱がされたのだろう。そうこうしているうちにベッドの下にはいってしまったにちがいない。

見つけた上靴をベッドの上に置き、さらにゆっくりとかがんで両手両足をつくと、ベッドの下をのぞいた。もう片方の上靴を見つけたとき、扉の開く音がした。冷たい風が床をかすめ、扉が閉まるかちりという音がしたあと、風はやんだ。背後を気にしながら、ゆっくりと床に座ってあたりを見まわしたが、だれもいなかった。

扉が開いたのは気のせいだったのだろうと思ったとき、階上でかすかな衣擦れの音がした。もう片方の上靴をつかむ間も惜しんで体を起こしたが、それでもかなりの時間がかかったので、小屋にはいってきた人物は、彼女が体を起こすまえに階上に行ってしまったようだった。

ミュアラインは顔をしかめ、一瞬呼びかけてみようかと思ったが、すぐに彼女が階上にいないことに気づいておりてくるだろう、と思い直した。それに、もう片方の上靴も手に入れなければならない。その作業に取りかかろうと、さらにゆっくりとかがんでベッドの下に手を伸ばしたとき、また風が吹きこんできた。

「ベッドを出ていったい何をしている？」

ミュアラインはドゥーガルのどなり声にびっくりして、何も考えないまま急いで体を起こしたので、あいにく背中はそれについていけず、驚いたやら痛いやらで悲鳴をあげることになった。

「まったくきみという人は、ミュアライン」やさしくうなるような声で言いながら、ドゥーガルはベッドをまわってきて、慎重に彼女を抱きあげた。さっきまでいたシーツと毛皮の上に置いてつづける。「縫い目が開いてしまうぞ。大けがをしたんだ。もっと気をつけないと」

「気をつけてたわ」背中を見ようとするドゥーガルに向きを変えられながら、彼女はいらいらと言った。「あなたが驚かせるから――やめて!」ぎょっとして叫ぶと、彼が持ちあげたナイトシャツの後部をつかもうと体をひねり、あらたな痛みを生んだ。

「じっとしていなさい」彼はつぶやき、彼女の手をつかんでうつ伏せに寝かせた。こうするとたしかに痛みはやわらぐが、傷を調べるためにナイトシャツを肩まで引きあげられるのは、気まずくてたまらなかった。裸のお尻とその上下、ほぼすべてがあらわになっていることを強烈に意識しながら、ミュアラインはシーツに顔をうずめ、うろたえながらうめいた。傷の手当てをするあいだ、ローリーに裸の背中を見られるのはかまわない。だがドゥーガルとなると別問題で――

ある考えが浮かんで心の嘆きは突然中断され、首をひねって肩越しに彼をにらんだ。「だれがドレスを脱がしてこのナイトシャツを着せたの?」とどなる。

「包帯を巻き終えたあと、ローリーが侍女たちを呼んで着替えさせたんだ」ドゥーガルはうわの空で答えたあと、つぶやいた。「包帯から血はにじんでいないが、傷口を見て確認しないと……」

彼の声が消えていくのを聞いて、ミュアラインがどうしたのだろうと肩越しに見ると、彼は裸のお尻を目にして固まっているようだった。ひたすら熱心に穴があくほど見つめている。そして突然、おいしいパスティ（具入りのペストリー）でも目にしたように唇をなめ、かぶりつこうとするように顔を寄せはじめたので、ミュアラインはかたわらのシーツと毛皮をできるだけたっぷりつかんで引っぱり、それでお尻と脚を隠した。

ドゥーガルはすぐに目をしばたたいて体を起こした。「悪かった」彼はつぶやいて、つかんでいたシャツの裾を放した。背を向けてうなるように言う。「新しい包帯を取ってくる」

ミュアラインは包帯を変えてほしくないと告げようと口を開けたが、すぐにため息とともに閉じた。せっかくお尻が隠れたのに、またあらわにされるのはほんとうに気が進まなかった。でも今は彼の言うとおりにして、早いところ終わらせてしまったほうがいいと考え、赤くなっているにちがいない顔をまた毛皮にうずめて待った。

ドゥーガルが広い部屋のなかを動きまわる音を黙って聞いていたが、やけに時間がかかっているようなので、ミュアラインは首をひねって目を開け、何をしているのだろうとうかがった。彼は炉のそばにいた。見ていると、集めた苔や樹皮の上に薪を積みあげ、鉄製の発火装置を使って火をつけた。やがて彼が体を起こし、テーブルのひとつに置かれた袋のところに包帯と軟膏を取りにいくと、ミュアラインは目を閉じて、炉の火で部屋が暖くなるのを待った。

「いつ目覚めた？」処置に必要なものをすべて持ってベッドに近づきながら、ドゥーガルがきいてきた。

「ついさっきよ」ミュアラインは静かに答えたあと、こう言った。「ここはあなたの一族の狩猟小屋？」

「ああ」彼はつぶやいて、持ってきたものをベッド脇のテーブルに置いた。そして、ベッドの縁に座って告げた。「古い包帯を切ってはずす必要がある。そのためにはナイトシャツを肩までたくしあげなければならないんだが」

ミュアラインはおとなしくうなずいて、薄い布がゆっくりと持ちあげられるあいだ息を詰めた。腰から下はシーツと毛皮で安全に隠されていたが、それでもこんなふうに裸の背中を見せるのは変な感じがしたし、傷を調べるために彼がうなじのあたりまで布を上げ、それを片手で押さえたときは顔をしかめた。彼女はためらったあと、布を頭の上まで引っぱり、腕と肩の上部だけを隠して、残りの布をあごの下にたくしこんだ。これで彼は布を押さえていなくてもよくなった。

「これから包帯を切る」ドゥーガルが知らせた。「うっかりきみを切りたくないから動かないように」

ミュアラインはもごもごと返事をして静止した。冷たい金属の刃が肌に当たるのを感じる。

一瞬ののち、包帯の布がベッドの両側にはらりと落ちるのがわかった。静寂のひとときのあと、背中を調べているドゥーガルに、彼女は尋ねた。「縫い目は――?」

「問題ない」彼は質問を最後まで聞かずに答えた。「軟膏を塗るよ。ローリーからふたつわたされているんだ。ひとつは傷を治す軟膏、もうひとつは感覚を麻痺させる軟膏だ」

ミュアラインはまた黙ってうなずき、肌に感じる冷たい軟膏の衝撃を待ったが、少し間をおいて彼が背中に軟膏を伸ばしはじめたときは、温かくて彼の手がとてもやさしかったので、わずかな痛みしか感じなかった。塗るまえに両手のあいだで軟膏を温めたとしか考えられず、その思いやりに驚いた。

「つぎは感覚を麻痺させる軟膏だ」彼はそう言うと、また少し間をおいてから、温かくすべる指で背中をなでた。彼がやっていることは、負傷した日にローリーがしたこととまったく同じなのに、ミュアラインはドゥーガルの軽い愛撫に反応している自分に気づいた。ローリーのときにはなかったことだ。

「よくなった?」少しして、彼がきいた。

「ええ」ミュアラインはささやき声で言った。

また沈黙が流れたあと、ドゥーガルは咳払いをして言った。「包帯を巻き直すから起きあがって」

ミュアラインは固まった。咳払いをしたのに、彼の声はかすれていて、話していると妙にそそられた。そのうえ起きあがるのかと思うと、なんとも奇妙なうずきが体を走り抜けた。思わずナイトシャツを頭の上からもとに戻しかけたが、彼が前後に包帯を巻くあいだ上でシャツを押さえておかなければならないことに気づいた。両手を上げると背中の皮膚が引っぱられて痛いに決まっている。

「お嬢さん、きみが寝ていたあいだもう何度もこれをやっているんだ。恥ずかしがることは何もない」彼はまじめに言った。

ミュアラインはため息をつき、彼の手を借りて起きあがった。腰から下をシーツと毛皮でくるんで、少なくともいくばくかの威厳を保たせてもらえたのはありがたかった。ナイトシャツの布地で胸を隠すのに忙しくて、自分ではできなかっただろうから。

彼女が体を起こすと、ドゥーガルはすぐに傷を覆う作業に取りかかり、腰の下のほうからひと巻きごとに上に向かいながら、繰り返し包帯を巻いていった。

「そんな上のほうまで巻かなきゃならないの？」乳房の下側にまで包帯がわたされると、少し息を切らした声でミュアラインは尋ねた。ナイトシャツはじゃまにならないように少し上にずらしてある。いま布で隠れているのは乳房の上半分だけで、ドゥーガルの片手が誤ってまるい乳房の下側に当たると、彼女は唇をかんだ。

「よく知らないが」ドゥーガルは両手を彼女にまわして手にした包帯をもう一方の手に持ち替えながら、かすれた声で耳もとにささやいた。「これがローリーのやり方だ。広い範囲に包帯を巻いておけば、縫い目が開きにくくなるのかもしれない」

「そう」彼女は弱々しく言った。繰り返される行為のあいだ、耳もとにかかる息と、手の甲が感じやすい乳房の下側に何度もこすれるやわらかな感触に、体が反応してしまう。包帯はあとどれくらい巻くのかしら？　両手をうしろにまわしてはまえに戻す行為が繰り返されるあいだ、彼女は狂おしく思った。

「ドゥーガル？」彼女は小声で言ったあと、唇をかんで目を閉じた。彼の手がちょうど乳房の下で止まり、互いの肌が触れ合っていたからだ。

「うん？」低くうなるような声だった。滝で聞いた声だ。その記憶が、彼の何気ない行為で彼女のなかに生まれた火口に火をつけた。ミュアラインは力なく首を振ると、彼のにおいを吸いこみながら、顔を傾けてその頬に唇を押し当てた。

ドゥーガルは包帯を落とし、すぐに自身も顔を傾けて彼女の唇をとらえた。包帯から手が離れたことはミュアラインにもわかった。まえで押さえて胸を隠していたナイトシャツの下に突然彼の両手がもぐりこんできて、肌に直接触れたからだ。

唇が重なるとミュアラインは安堵のため息をついたが、彼が乳房の下側を手のひらで包みながら、親指と人差し指で乳首をつまみはじめると、それはうめき声に変わった。その感覚にたちまち彼女はふたつに引き裂かれた。さらに首をひねってキスを深めながら、愛撫する手に乳房を押しつける。この体勢だと首が少しつらかったので、ドゥーガルがキスを中断して、乳房への愛撫をつづけながら、首と耳をかんだりキスしたりしはじめたときはほっとした。だが、しばらくするとまたキスしてほしくなり、片方の腕をナイトシャツから出して、彼の頭のうしろに伸ばしながら、唇を合わせるために顔を傾けようとさえした。まさにそうしようとしたとき、ドゥーガルは彼女を離して立ちあがった。

一瞬、滝でのときのように、行為をおしまいにするつもりなのかと思ったら、彼は向かい合うようにベッドの上に座り直して彼女の両腕をつかんだ。そして、胸に抱きしめようと引き寄せはじめたが、途中で動きを止めた。その視線の先には、片腕からぶら下がるナイトシャツと、そのせいであらわになった部分があった。少しのあいだそこに視線をとどめたあと、一瞬彼女の顔まで上げ、また胸に戻す。トレーからどのパスティを選ぼうか悩んでいる小さな男の子のようだ。結局、貪欲な若者である彼は全部を取った。両方の乳房を両手のひらで包み、片方ずつキスしたあと、それをにぎりながら、顔を上げてまた唇を求めたのだ。

ミュアラインは彼の愛撫に体を押しつけ、熱心にキスに応えた。舌が侵入してくると、よろこんで受け入れ、膝をついたまま少しずつまえに進んで、必死で彼に近づこうとした。シーツと毛皮がずり落ちて、膝のまわりにたまっていることはなんとなく気づいていたが、それが何を意味するのかはちゃんと理解しておらず、突然ドゥーガルに片方のお尻をつかまれて、膝立ちにまで引きあげられたときでさえそうだった。

その行為のせいでキスは中断されたが、愛撫から解放された乳房へと唇がおりてくるのを許すことにもなった。乳房のかなりの部分が口に取りこまれ、激しいほどに吸われたあと、乳首を残してまたすべり出てくると、ミュアラインはあえいで彼の上腕をつかんだ。彼はさらに乳首の先端に舌を走らせながら、軽く歯を当てた。

「ああ、ドゥーガル」ミュアラインはうめき、何かが脚のあいだに触れると驚いて息をのんだ。ぱっと目を開けて下を見たが、見えるのは乳房の片方をかまうドゥーガルの口と、もう片方に当てられた手だけで、もう片方の手は見えなかった。また体の中心に触れられ、反射的に脚を閉じようとしたが、どういうわけか彼の膝があいだにはいって、脚を開かせていた。そしてまた、今度はもっとはっきりと、濡れた肉に指をすべらせて、欲望と興奮の叫びを絞り出させながら、愛撫を繰り返した。

ドゥーガルはもてあそんでいた乳首を離して上を向き、乳房に当てていた手も首からさらに上にすべらせて後頭部に当て、キスをするために彼女の頭を引きおろした。ミュアラインは必死でキスに応え、愛撫に反応して腰を突き出していたが、階上で衝撃音がして、ふたりとも固まった。つぎの瞬間、ドゥーガルはベッドからおりて「ここにいろ」とどなると、階段を駆けあがった。

ミュアラインは荒い息をしながらぽかんと彼を見送ったあと、ゆっくりと腰を落として座った。上階を歩くドゥーガルの足音が聞こえて初めて、自分が裸で座っていることに気づいた。唇をかみ、どういうわけか腕から抜けてベッドの上の自分の横に落ちていたナイトシャツをさっとつかむ。片方の腕から抜いたのは覚えていたが、どうやってもう片方の腕から抜いたのかはわからなかった。そのことについては深く考えず、とにかく頭から被ってでおろすように身につけ、ベッドの縁に移動した。

起きてドゥーガルのあとを追い、何も問題がないかたしかめるべきだろうかと考えていると、上から衝撃音が聞こえてきた。ごくりとつばをのみこんで、不安そうに身じろぎをし、武器になるものはないかとあたりを見まわしていると、また衝撃音がした。だが、目を向ける間もなく天井がきしみ、戻ってくる足音がした。階段の上にドゥーガルが現れて、おりてきたときは大いにほっとした。

「なんだったの？」彼のいらだたしげな表情に気づいて、眉をひそめてきいた。

ドゥーガルは階段をあとにしながら首を振った。「兄弟のだれかが、階上のよろい戸を開けたままにしていたらしい。風でばたばたしていたから閉めてきた」彼は説明すると、彼女が裸ではないのに気づいて立ち止まった。

ミュアラインはどうすればいいかも、何を言えばいいかもわからず、照れくさそうに自分を見おろした。ナイトシャツを着たのは、階上にだれかいるのかもしれないと思ったからにすぎない。だが、だれもいなかったとわかった今は、じゃまされるまえにふたりでしていたことをつづけたかった。残念なことに、ミュアラインはそれを知らせるすべを知らなかった。知らせるべきかどうかも。自分たちは結婚すると彼はオーレイに告げていたが、それは自分たちがしていたようなことをしてもいい、あるいはするべきだという意味なのだろうか？尻軽女だと思われるだろうか、もし——

「腹がへっただろう」

ぶっきらぼうな声に顔を上げると、ドゥーガルは背中を向け、炉の上でぐつぐついっている鍋のところに向かったので、もう歓びを教えてはもらえないのだとわかって、ミュアラインはため息をついた。それがいちばんいいのだと自分に言い聞かせながら、慎重に立ちあがり、最初に立ちあがったときよりも脚がふらついていたので、ゆっくりとテーブルに向かった。

ドゥーガルは濃くて温かいスープらしきものがはいった木皿を手にして炉から振り返り、彼女がテーブルについているのを見ると動きを止めた。かすかに顔をしかめたので、ミュアラインはベッドから出たせいで叱られるのかと思ったが、つぎの瞬間しかめ面は消え、テーブルに来て彼女のまえに木皿を置くと、自分用の木皿を取りにいった。そして、スプーンふたつとリンゴ酒のマグもふたつ運んでくると、自分もテーブルについた。

「いいにおいね」彼女はスープにスプーンを浸してつぶやいた。「あなたが作ったの？」

ドゥーガルはゆがんだ笑みを浮かべてうなずいた。「獲物をとらえて肉をきれいにしたのは若いやつらだが、残りはおれがやった」

「若いやつらって？」彼女は知りたがった。

「ジョーディー、アリック、コンランだ」彼は説明した。「やつらもいっしょにここに来た」

ミュアラインはうなずき、彼らはどこにいるのだろうと思って、あたりを見まわした。階上にいるはずはない。いればドゥーガルがあがっていくまえによろい戸を閉めていただろうから。

「食料を補給するためにブキャナンに戻ったよ」とドゥーガルが言っていた。「それと、ダンヴリースが来たかどうかをたしかめるためにね」

「そう」ミュアラインはつぶやくと、兄のことは考えたくもなかったので、飲み物を手に取ってひと口飲んだ。とたんに吹き出し、のどに引っかかった草のかけらのせいで咳こんだ。

「くそっ！」ドゥーガルは飛ぶように立ちあがると、急いでテーブルをまわってきたが、彼が背中をたたこうとして手を振りあげるのを見たミュアラインは、咳こみながらも金切り声をあげて警戒し、手を上げて彼を止めた。ドゥーガルはたちまち固まった。幸い、そのころには咳の発作も治まってきていた。彼女は息をつく間を取ってから、目をまるくして彼を見やった。

「いったいわたしのリンゴ酒に何を入れたの？」

「ローリーの薬液の一部だ。体力が戻る助けになるかと思って」彼は説明し、自分のリンゴ酒を取って彼女に差し出した。

ミュアラインは飲み物を受けとって用心深くすすったが、用心する必要はなかった。彼の飲み物は薬草入りではなかったからだ。彼女のまずいリンゴ酒よりずっとおいしくもあった。

「薬液を入れすぎたようだ」ドゥーガルはつぶやき、さらに説明した。「ちょっと心配だったんだ。眠ってばかりいるようだったから」

ミュアラインは緊張を解いて彼に微笑みかけた。「ずっとわたしを看病してくれてありがとう」

「いいんだ」ドゥーガルはうなるように言い、自分の席に戻った。

彼が不意にスープを飲みはじめたので、ミュアラインは自分も飲むことにした。たしかにおいしいスープだった。料理のできるブキャナン兄弟はアリックだけではないようだが、あまりにもおいしくて、飲むのに夢中だったので、わざわざそれを伝えはしなかった。スープはおいしかったし、飲みはじめたときは空腹だったのだが、半分も飲まないうちにスプーンを置くことになった。

「口に合わないのか?」彼が眉をひそめて尋ねた。

「いいえ、ちがうの!」と請け合ったものの、誤解されるかもしれないと気づき、顔をしかめて彼女は言った。「とてもおいしいわ。もうお腹がいっぱいなだけよ」スープの残りを見おろしてつづける。「すごくおいしかったから、わたしとしてはもうこれ以上無理というくらい飲んだわ」そして、彼のほうをうかがって言った。「料理がとても上手なのね。だれに教わったの?」

自分のぶんを平らげたドゥーガルは、中身が半分残った彼女の木皿を自分のまえに引き寄せ、スプーンを手にして答えた。「両親だ。父がおれや兄弟たちを狩に連れ出すとき、母とサイもよくいっしょに小屋に来ていた。だが、召使は連れてこなかった。おれたちがとらえた獲物を母が料理して、みんなで食事の準備と後片づけを手伝った。家族だんらんの時間だな」思い出に小さく微笑みながら、彼は説明した。スプーンでたっぷりスープをすくってつづける。「母が亡くなると、父が料理係になって、オーレイとおれにも教えてくれた」彼はスプーン一杯のスープを飲みこんで言った。「栄養のある食事の作り方を学ぶのは召使の仕事と思われがちだが、戦場に召使を同行させることはほとんどないから、男は自分の体を維持する方法を知っておいたほうがいい、と言ってね」

ミュアラインはうなずいたあと、薄く微笑んで指摘した。「お母さまがサイに料理を教えたとは言わなかったわね」

「挑戦はしたよ」ドゥーガルは皮肉っぽく言ったあと、打ち明けた。「でも、サイは料理があまり得意じゃなくてね。忍耐力がないから」

「まあ」ミュアラインはくすっと笑い、彼がスープを飲み干すのを見守った。

ふたつ目の木皿を押しやった彼は、迷ったすえに立ちあがってしぶしぶ言った。「きみをベッドに戻して、休ませるべきだね。きっと疲れているだろうから」

ミュアラインは疲れていたが、相手の気が進まない様子に気づき、彼女が眠ってばかりいると言ったときの顔つきを思い出して、すぐに首を振った。「いいえ。平気よ」

「ほんとうに？」ドゥーガルが驚いてきいた。

「ええ。それに、長くベッドにいすぎたわ。背中以外にもあちこち痛くなってきた」

「そうか」ドゥーガルは彼女が疲れていないことをよろこぶべきなのか、あちこち痛いことを心配するべきなのか、わからない様子だった。一瞬、ふたつの感情が戦っているような顔をした。

ミュアラインはこう尋ねることで彼を決断から救った。「ここにチェスの道具はないわよね？」

「あるよ」ドゥーガルは微笑んだ。「やるのかい？」

ミュアラインはうなずいた。「夜に父とよくやったわ」

この知らせに微笑みながら、ドゥーガルは階段の下の箱のところに行き、ひざまずいて開けた。やがて、チェス盤と袋を持ってテーブルに戻ってきた。袋にはいっているのは、彫りの美しいチェスの駒だった。ミュアラインが小さな人形(ひとがた)の彫刻を愛(め)でているあいだ、ドゥーガルはすばやくふたりぶんのリンゴ酒のお代わりを取りにいき、チェス盤の準備を手伝うために戻ってきた。ほどなくふたりはゲームに夢中になった。

「お母上もチェスを？」

ミュアラインはドゥーガルのその質問に驚いて顔を上げたが、首を振って、彼が駒を進めるチェス盤に視線を戻した。「いいえ。母はチェスが好きじゃなかった」

「ほう」ドゥーガルは椅子に寄りかかって彼女の一手を待った。

ミュアラインはルークを移動させて尋ねた。「あなたのお母さまは？　チェスをなさったの？」

「ああ」ドゥーガルは微笑んだ。「うちにはチェス盤がふたつあって、よくちょっとした試合をしたよ。四人でやって、勝ったふたりが対戦するとかね」

それを聞いたミュアラインは、幼いサイやドゥーガルや兄弟たちが、両親とチェスをする姿を想像して微笑んだ。眉をひそめながら顔を上げて尋ねる。「サイはお母さまのことをあまり話さないの。あなたがいくつのときに亡くなられたの？」

「母が亡くなったのはつい四年ほどまえだ」彼は静かに言った。

「まあ、ごめんなさい。尋ねるべきじゃなかったわね。わたしは――」

「お嬢さん」彼はそっとさえぎった。「もう四年たったんだ。母がいないのは今もつらいが、いい母親だったし、思い出して語るべき人だと思う」

「そう」これまで聞いたなかで、もっとも思慮深くてもっともすばらしいことばだわ、と思いながら、ミュアラインはささやいた。咳払いをして、話題を変えるために、アリックにローリーの薬液を提供されたとき、ローリーは一族の治療師なのだと説明されて以来、ずっと気になっていたことを尋ねた。「お母さまが病気になったときは、ローリーが看病をしたの？」

「いいや、サイだ」ドゥーガルは重々しく言うと、顔をしかめてつづけた。「看病する時間はそれほどなかったがね。サイにも看病のしかたがわかっていたわけではないし。おれたちもみんなわからなかった」

「ローリーでも？」

「ローリー？」彼はそうきかれて驚いたらしく、やがて首を振った。「そのころまだローリーは治療術に興味を持っていなかった。だが、あいつは母と仲がよかったから、母の死がとても応えたらしい。それで治療術に興味を持つようになったんだ」彼は思い出して顔をしかめた。「名のある治療師はことごとく城に呼ばれた。だが、だれひとり治療法を知らなかった。最後にはおれたちはみんなそばに立って、母が死んでいくのを見ているしかなかった。全員が無力さと無用さを感じていたよ」彼は悲しい記憶を振り払うように身じろぎをしてから言った。「ローリーはもうそんな思いをしなくてもいいように、治療術を学ぶことにしたんだと思う」

「そうだったの」ミュアラインはつぶやき、手で隠しながらあくびをこらえた。

ドゥーガルは軽く微笑んでさらに言った。「ローリーは興味を持つととことん極める男でね。二年半ものあいだイングランドとスコットランドじゅうを旅して、最高の治療師たちから学んだ。今ではむずかしい病状やけがとなると、あいつが呼ばれる」

ミュアラインはドゥーガルの弟自慢にかすかに微笑み、彼が駒を進めるのを見守った。またあくびが出そうになるのをこらえながら、彼女は尋ねた。「お父さまも同じときに倒れられたの?」

「いいや」ドゥーガルの表情がこわばり、少しそっけない言い方になった。「父は戦で死んだ」

「ごめんなさい」ミュアラインはつぶやき、自分の番になったので、ビショップを動かした。母親に比べ、父親の死について話題にするのは彼にはまだつらすぎるらしい。

「いいんだ」ドゥーガルはつぶやき、小さくため息をついてから言った。「父はオーレイが傷を負ったのと同じ戦で死んだ」

「まあ」ミュアラインは納得した。心から。オーレイは顔を二分する傷をひどく気にしていると、サイは話してくれた。そういう事情なら、父親のことや、その命を奪い、オーレイの美貌と自信を奪った戦について、弟たちが話題にするのをドゥーガルは嫌がるだろう。彼はつぎの一手を打ちながら、それが正しいことを立証した。

「オーレイはあの戦以来、傷痕のことで苦労している。それについて話したがらないし、おれたちはみんなその意思を尊重している。さもないと兄は……」

「みじめな気持ちになる?」彼が口ごもると、彼女はそっと言った。

「ああ」彼は認めた。「そのことについて話すと、何日も険悪なムードになるから、話題にしないようにしている。チェック」彼はゆっくりと笑みを浮かべてつづけた。「チェックメイト、かな」

　ミュアラインは驚いて、目をまるくして盤を見おろした。たしかにチェックメイトだった。

「なかなか強いね」ドゥーガルが褒めた。

　ミュアラインはそのことばににやりとして、首を振った。「勝つのは気分がいいでしょうね」

「いや、おれのほうが有利だった、きみは疲れているんだから」彼はすまなそうに言った。

「途中からあくびをこらえていたし」

　彼女は反論しようと口を開けたが、またあくびが出てあごが引っぱられ、手で隠さなければならなかった。あくびが治まると、顔をしかめて言った。「ええ。そうね。眠ることにするわ。でも、一時間ばかりね。そのあとでまたチェスで勝たせてあげる。それか、もしあればナインメンズモリス（ローマ帝国時代に生まれたふたり用のボードゲーム）をしてもいいわ」

「そうしよう」彼はそう請け合ったあと、「それでも圧勝するのを楽しみにしているよ」とからかった。

　ミュアラインはそう言った彼をにらんだ。彼が立ちあがったとき、抱きあげてベッドまで運んでくれるのではないかと半分期待した。だが、彼はそうせず、そのつもりもなかったようなので、彼女はベンチから立ちあがった。そして、きちんと巻かれていなかったために足もとに落ちた包帯を、驚いて見おろした。

ドゥーガルは小声で悪態をついて顔をしかめた。「包帯が途中だった」

それは質問ではなく、ミュアラインが同意するまでもなかった。彼は落ちてこないように包帯の端を留めるまえにやめてしまっていた。それどころか、包帯を離した手で乳房に触れるまえに、最後まできちんと巻いたのかどうかさえわからなかった。すると、はっきりと温かな気持ちになり、興奮した肌に触れる彼の手の感触を思い出した。

ドゥーガルは包帯を見たあとベッドを見やったが、自問自答するように首を振ってから宣言した。「テーブルで巻いたほうがいいだろう。話さなければならないこともあるし」

ミュアラインは眉をかすかに上げ、テーブルとベッドではどうちがうのだろうと思った。話ならベッドで包帯を巻きながらでもできる。それとも、ベッドは誘惑が多すぎて危険ということだろうか。だが、それについて尋ねることはせず、着ているナイトシャツを見おろした。包帯を取り替えるためには、これを持ちあげるか、腰までおろさなければならない。乳房とお尻はもう見られているが、腰より下の前面はまだ見られていないし、ご大層な態度でそこをさらす覚悟はできていないので、彼がかがんで包帯を拾ったとき、彼女は急いでナイトシャツから肩を抜き、シャツが腰まで落ちるにまかせ、片手で押さえた。

体を起こして彼女のしたことを見たドゥーガルは固まった。目を見開いたあと、その目をいくらか輝かせながら、裸の乳房を見つめる。初めて彼女の乳房を見たときの反応と似ていなくもないが、今回のミュアラインはあのときと同じ心境ではなかった。少し気まずく、恥ずかしかった。少なくとも、ドゥーガルが突然膝をついて彼女の腰をつかみ、引き寄せてあらわになった乳首の片方をとらえるまでは。

彼が乳首を吸いはじめると、ミュアラインは下唇をかんで彼の肩につかまった。たちまち体が愛撫に反応する。両の乳首は胸の上で硬い小石のようになっており、彼が片方から離れてもう片方に注意を向けたときにそれがわかった。

すべてはいささか唐突で、それ以上に圧倒的だった。まだキスで火をつけられてもおらず、彼にされていることにうめきながらも、ミュアラインはそのキスを待ちわびていた。

ドゥーガルの両手が腰から離れてお尻に向かい、ぎゅっとつかむと、ナイトシャツがすべり落ちてその手を覆い、前のほうはおへその下までたれた。乳房のまえの彼の位置からは見えなかったはずだが、見えた瞬間、彼の口は熱っぽくお腹に向かいはじめ、腰まで来ると、シャツのすぐ上の肌に舌を走らせた。

ミュアラインは大きく口を開けて彼の頭をつかみ、舌でからかわれると、くすぐったいような興奮させられるような感覚に反応して、小さく腰をくねらせた。彼の両手が少し下に移動すると、シャツの布がいっしょに落ちて、肌に燃える跡をつけながら口がそれを追いかけた。

「ドゥーガル」彼女はわけがわからなくなって叫んだ。突然脚が激しく震え、立っていられないのではないかと思った。今は行為をせがむためだけでなく、体を支えるためにも彼にしがみついていた。彼の手が動いて腰をつかまれ、持ちあげられたときはほっとした。これでシャツはすっかり脱げてしまったが、少なくとも倒れる危険はなくなったわ、と彼女は思い、お尻の下に硬い木を感じると、驚いてぱっちりと目を開けた。

彼はベンチではなくテーブルの縁に彼女を座らせると、自分はそのまえのベンチに座り、脚のあいだに顔をつっこんで味わった。最初は衝撃と恥ずかしさに打ちのめされたが、それにつづく興奮にたちまち忘れ去られた。ああ、なんてこと、彼は――。「ああ、すごい！」彼女は叫び、食事をするようにかがみこんでいる彼の頭をもう一度つかんだ。

ミュアラインには彼がいったい何をしているのかわからなかったが、なめたりかんだり吸ったりし、舌と歯と唇で彼女のなかの情熱を残らずさぐりあてることで、爆発寸前まで追い詰めているのはまちがいなかった。ふたりのあいだにある両手が上に向かって乳房をもむと、彼女は彼の頭につかまるのをやめて、乳房の上の手に自分の手を重ね、励ますようににぎった。両脚を彼の背中にまわしてかかとを埋め、自分から求めていることも半分意識しながら。

片手を引っこめられたと思ったら、その手が脚のあいだにすべりこみ、口といっしょに彼女を歓ばせはじめたので、テーブルの上でのけぞった。休みなく動いている口のそばで肌を軽くなでた指は、その下に消え、ミュアラインは何かが押しこまれるのを感じた。

「ああっ」ミュアラインは叫び、木のテーブルの上のお尻を動かして、圧迫感を迎え入れようとした。圧迫感は弱まったかと思うとまた戻ってきて、今度はさらに奥まで押しこまれた。もっとほしくてあえぎながら、両手をテーブルに置いて、体全体をまえに押し出し、内なる興奮のダムが決壊して叫び声をあげた直後、何かが壊れて痛みを感じた。何が起こったのかはちゃんと理解していた。処女膜が破られたのだ。でも、思ったより痛みは少なく、わずかにうずく程度で、絶頂の波の上にいる今は感じられないくらいだった。

ミュアラインがまだその波に乗っているときに、ドゥーガルは彼女の脚のあいだで体を起こし、両手でお尻をつかんで彼女のなかにすべりこんだ。指を入れたときとまったく同じというわけにはいかなかった。今度ははるかに大きかったので、一瞬ちゃんとはいらないのではないかと思ったが、驚いたことに彼女の体はなんとか彼を受け入れた。それでも、体がつながったときは、ふたりとも少しのあいだ動きを止めた。

ドゥーガルは両手を彼女の顔に移動させて、キスができるように上を向かせた。これまでのキスが官能的でそそられるものだとすれば、今回のキスはまさに飢えたようにむさぼるキスだった。彼は舌の抜き差しをつづけながら腰を引き、彼女の体から彼自身を少し引き出してはまた突き入れた。

体から解き放たれた緊張感が一気にまた戻ってきて、ミュアラインはキスをしながら長いうめき声をあげた。彼女はまた崖っぷちに追い詰められた。自分からそれを求めて脚を彼に巻きつけ、かかとを彼のお尻に埋めて密着度を深め、両手で彼の両脇をつかんで爪痕をつけながら、もっと速く、もっと激しくとせがんだ。ドゥーガルは初めこそこの無言の求めに抵抗して、ゆったりと動いていたが、じらしているると思われているのがわかると、キスをしたままくぐもったうなり声をあげ、突き入れる速度を上げはじめた。彼がキスをやめて勝ち誇った叫びをあげると、ミュアラインも体をけいれんさせながらいっしょに叫んでいた。

10

ドゥーガルは小さなため息をついて目を開け、小屋のなかに視線をめぐらせた。ここにはいい思い出がたくさんあった……そこにまたひとつ思い出が加わった。ずっと忘れられない思い出が。ゆっくりと見おろすと、ミュアラインは……眠っていた。気の毒に、疲れさせてしまったようだ。彼女はここで命に関わるものだったかもしれない傷の回復に努めているというのに、おれは――

傷のことを思い出して、考え事は消えた。すぐに傷を見ようと頭を傾けた。幸い彼女のほうが背が低い。彼の胸に顔をうずめてもいるので、姿勢を変えずに傷を見ることができた。問題はなさそうだとわかり、唇から安堵の息がもれた。

一瞬ドゥーガルは、彼女が唐突にナイトシャツを脱ぎ捨てるまえにやろうとしていたように、もう一度包帯を巻こうかと思ったが、考え直した。そんなことをすれば彼女を起こしてしまうし、疲れさせてしまう。それに、空気に当てたほうが傷は早く治るだろう、と自分に言い聞かせた。だが、処女を奪ったことを謝るのは気が進まないという事実は、どうすることもできない。

謝らなければならないなら、誠実さをこめたほうがいいだろう。問題は、悪かったとはまったく思っていないことだった。処女を奪ったことで、ふたりはまちがいなく結婚しなければならなくなったわけだし、進んで応えてくれたということは、彼女も異論はないということであってほしい、とドゥーガルは願っていた。これはまちがいなく、ともに生きる未来にとっていい兆候だ。この娘はヤマネコのようにすぐに興奮したし、とても情熱的だった。彼女にひどく引っかかれているのは見なくてもわかった。脇腹に血が流れているのが感じられたからだ。

ゆっくりと慎重に動いて、彼女の尻の下に両手をすべりこませ、テーブルから持ちあげた。背後のベンチを蹴ってどけようかと一瞬考えたが、ミュアラインを起こしてしまうといけないので、やめておくことにした。代わりに、ゆっくりと横に移動してベンチとテーブルのあいだから出ると、円を描くように向きを変えて、ベッドへと歩きはじめた。三歩進んだところで、やはりミュアラインを起こしたほうがいいのかもしれないと思った。ドゥーガルはまだ彼女のなかにはいっていたため、歩くと摩擦が起きて、眠っていると思っていた体の一部が目覚めはじめたからだ。

ベッドまで半分ほど進んだとき、ミュアラインが眠そうにうめいて、腰にまわした脚に力をこめた。さらに一歩進むと、彼の胸に顔をこすりつけて、そばにあった乳首を口に含んだ。

その行為にドゥーガルは歩みを止めた。乳首などこれまで触れられたことさえなかった。その行為に自分が反応するとは思っていなかったが、彼女に歯を当てられたり吸われたりしている今、たしかに反応していることを意識しながら、もう一歩進んだ。

ふたりの体がこすれてミュアラインはうめき、乳首を軽くかんでから唇を離すと、上を向いて唇を求めた。

キスのせいですでに腫れている彼女の唇を見て、ドゥーガルは軽く微笑み、頭をさげて唇を重ねながら、さらに一歩進んだ。すると、彼女の舌に唇を割られて、驚きのあまり膝をつきそうになった。ミュアラインはいつもひたむきにキスに応えていたが、彼女のほうから仕掛けてきたのは初めてで、彼の心臓はその行為に興奮するあまり胸から飛び出しそうだった。

ああ、そうとも、この娘はたしかにすばらしい妻になるだろう。そう確信し、ベッドまでの残りの距離はもっと速く大股で進んだ。ベッドに着くと、彼女をおろす代わりにドゥーガル自身がベッドに腰掛け、彼女を膝の上に座らせて、キスを解いた。そして、自分は仰向けになりながら、馬乗りになった彼女の両腕をつかんで支えた。

目覚めたミュアラインは目をぱちくりさせて彼を見たが、この体勢に明らかに混乱しているようだったので、ドゥーガルは微笑み、かすれたうなり声で指示した。「おれに乗るんだ、お嬢さん。おれの体を使って愉しんでくれ。速く動いてもいいし――」鋭く息を吸いこんだせいで、ことばはそこでとぎれた。彼の上で彼女が突然尻を動かしたのだ。

「どうすればいいの？」彼女は鋭いささやき声できいた。「教えて、何を――」

今度はミュアラインが大きく息を吸いこむ番だった。ふたりがつながっている部分に彼が手をすべりこませ、愛撫をはじめたのだ。ミュアラインはそれ以上の指示を求めなかった。腰に手を当てている彼の腕をつかみ、尻を上下に動かしたり、回転させながら前後にすべらせたりを交互におこないながら、愛撫に合わせて体を動かしはじめた。

ドゥーガルは愛撫と腰に当てた手で彼女の動きを制御しようとしたが、それは野生の馬を移動させようとするようなものだった。ミュアラインは彼の導きなどおかまいなしに、言われたとおり彼の体を使って、興奮を追い求めた。問題はその動きが巧みすぎることだった。興奮がどんどん高まり、このまま彼女がやめなかったら、自分のほうが先にゴールに着いてしまうのではないかと不安になった。

なんとかやめさせようと、愛撫をやめて両手で尻をつかんだが、彼女はまえのめりになり、角度を変えて、みずからをこすりつけてきた。ドゥーガルにとって事態は悪化した。作戦を変更して、つのる興奮をやりすごすために、不快なことを考えようとした。残念ながら、目のまえで乳房が上下に揺れているのを見ながら不快なことを考えるのはむずかしかった。

絶頂を迎えるのを避けようと、ドゥーガルが強く舌をかもうとしたとき、ミュアラインが彼の上で突然激しく動きはじめ、彼のものを強く締めつけ、脈打ちながら、歓びの声をあげた。ひどくほっとしたドゥーガルは、すぐにこの乗り物の操縦権を奪った。ほんの二回強く突きあげただけで、避けようとしていた絶頂が、ごちそうのテーブルに殺到する王とその従者のように押し寄せた。ことが終わると、ミュアラインは彼の上に倒れこみ、早くもぐっすり眠っていた。

ドゥーガルはくすっと笑って両腕を彼女にまわし、傷に触れないように気をつけて、眠る彼女を抱いたままそこに横たわっていた。

眠そうにあくびをして、ベッドのなかで寝返りを打つと、膝が何かひどく硬い物に当たって、ミュアラインは眉をひそめた。ぱっちりと目を開け、〝ベッド〟を見つめる。膝が当たったのは、ひどく大きな立てた膝で、ベッドはドゥーガルの体だった。ミュアラインは腰と片脚を本来のベッドに横たえ、頭と上体を彼の胸に預けていた。もう片方の脚は彼の脚に掛かっている。ひどくみだらな体勢だった。

さっと目を上に向け、早い午後の日差しのなかで彼の顔を見た。この角度からではよくわからないが、眠っているようだ。少なくともそれはありがたかった。彼が目覚めていて、プレードじゅうによだれをたらすのを見られていたら、ひどく気まずかっただろうから。実際ほんとうによだれをたらしていた。頬の下が湿っているのでおそらくそうなのだろう。そう思って顔をしかめる。わたしが素っ裸だったのに、この人は服を脱ぎもしなかったんだわ。それって不公平じゃない？

「お嬢さん？」

ミュアラインは体を固くしてまた顔を上げ、恐る恐る彼を見た。なぜだかはわからなかったが、彼の口調には何か気になるものがあった。不愉快なことを言おうとしているのではないか、という気がした。

「すまない、お嬢さん。もっとまえに話すつもりだったんだが、そのときは――」彼は顔をしかめてから、ほとんど謝罪するように言った。「こうなったら結婚しなければならないのはわかっているだろう」

ミュアラインは不安そうに彼を見つめた。ことばの割に少しもすまなそうに聞こえないからでも、彼の声に満足げな調子を聞きとった気がするからでもなかった。そのことばそのものに不安になったのだ。

「いずれにせよ、結婚することになっていたんだと思ったけど。あなたはオーレイにそう言って――」

「あれを覚えているのか？」ドゥーガルが驚いてきいた。

「ええ」彼女はつぶやき、覚えていてはいけなかったのだろうかと思った。あのときはそのつもりじゃなかったとか？

「ショック状態だったから覚えていないかと思ったよ」彼は苦笑いをして言った。

「そう」とつぶやいて、ミュアラインはうつむいた。今は何を考えればいいかわからなかった。彼女が覚えていないと思ったから、彼はああ言ったのだろうか？　全然本気じゃなかったってこと？　ああ、神さま、わたしはいったい——？

「すまない」彼は繰り返した。顔をしかめているのは、見なくてもわかった。「おれではきみの希望にそぐわないのはわかっている」

彼女はびっくりして顔を上げた。「どういう意味？」

「オーレイは長兄だ。彼が称号と城を継いだ」ドゥーガルはそう言うと、肩をすくめてつづけた。「おれと結婚しても、掘っ建て小屋に住まなくてはならないというわけではない。傭兵として働き、オーレイの副官として働き、馬の飼育を商売にしたおかげで、この数年でかなりの蓄えができた。立派な屋敷を建てるつもりだ。だが、それには少し時間がかかるから、屋敷の建設中はここで暮らすか、オーレイたちといっしょに住むことになるかもしれない」

ミュアラインは首をかしげ、眉をひそめて彼を見た。「そんなことをわたしが気にすると思うの？」彼に答える暇を与えずにつづける。「称号と城で人を選ぶような、そんな薄っぺらな人間だと思うの？」

「そういう女は多い」彼はおだやかに指摘した。

「そうね」彼女はむっつりと同意し、両手と両膝をついて体を押しあげ、ゆっくりと座ると、吐き捨てるように言った。「でも、そういう女たちは、すべてを失った妹を苦しめてよろこび、自分のほしいものを持ってきた最初の人間に妹を売るような兄の言いなりになって、一年もすごしたりしないわ」

嫌悪感に舌打ちすると、ミュアラインはベッドからおりて、すばやくナイトシャツのところに行き、それを身につけた。「わたしは称号を持つ男性と城に住んでいたのよ、ドゥーガル。でもみじめだった。家庭を作るのは建物じゃない。そこに住む人が作るのよ。わたしは――」

いきなり目の前に彼が現れ、ぎゅっと両手をつかまれると、彼女は驚いて口ごもった。

「すまない」そう言うのは三度目だったが、今度は心から言っているようだった。「怒らせるつもりはなかった」

「あなたがしたことだけど」ミュアラインは静かに言った。「正直に言うわね、ドゥーガル。この部屋ですごした今日という日は……」手を振って室内を示し、悲しげに肩をすくめる。「これまで生きてきたなかでいちばん幸せな日よ」真剣な顔で彼を見つめてつづけた。「わたしを心から愛してくれた家族とともに、カーマイケルで暮らした年月を含めてもね。子供時代は幸せだったし、最後の数年と愛する人たちをすべて失ったことが、記憶に影を落としているかもしれないけど、今日ほど輝いていたときはなかったわ、ただあなたとチェスをして、話をして……」

彼女は頬を染めて口ごもった。

ドゥーガルはかすかに微笑んで言った。「ベッドで遊んで？」

「二度目はベッドじゃなかったけどね」彼女は冷ややかに指摘したが、胸に抱き寄せられるとされるがままになった。

「一度目のまちがいだろう?」彼が訂正する。

「いいえ。一度目のときはベッドで、あなたがよろしい戸を閉めるために二階に駆けあがったのよ」ミュアラインは彼の胸に向かってもごもごと言った。

「ああ、そうだった」彼はつぶやき、背中をさすってうっかり傷に触れるといけないので、ナイトシャツの上から彼女の尻をなでた。「それは勘定に入れていなかった。あのときは最後までいかなかったから」

ミュアラインは抱かれながら肩をすくめ、さらに強く抱きついて、乳房を胸に密着させ、腿の付け根を下腹部に押しつけた。彼女が頭をのけぞらせ、両手を彼の首にまわして顔を引きおろし、キスを求めてきて初めて、彼は自分の愛撫が彼女を興奮させていることに気づいた。その行為に自分も興奮していたことも。ああ! 彼女を求めずにはそばにいることもできないのか。こんな親密な触れ方をしたらどうなるか、わかりそうなものなのに――

「だめだ、ミュアライン」ドゥーガルは唇が触れ合うまえに静止してささやいた。彼女の尻をつかんでいた手を離し、腕をおろさせる。「そんなふうに腕を伸ばしたら、縫い目が引きつる。それに、もう一戦したらひりひりしてしまうよ。まだしていなくても」眉をひそめてそう言い添え、さらに尋ねた。「どんな感じだい? ひりひりする?」

「少しね」彼女は白状した。「でもあなたがほしいの」

あからさまなことばに驚いて、ドゥーガルはぽかんと彼女を見つめた。ミュアラインが今日まで処女だったのはたしかだ。最初はキスのしかたも知らなかったというのに、覚えが早いし、男女の営みのこととなると恥じらうことがないようだ。過去に何度か出会ったことのある、よそよそしくて臆病な堅物ではなく、彼女をこういう娘に育ててくれたご両親に感謝しなければならないな、と不意に思った。

「ねえ、ドゥーガル？」彼女は彼にすり寄って、首にキスしようと背伸びをした。彼はそそられ、いや、そそられるどころではなかったが、彼女に痛い思いをさせたくはなかった。それに、回復するのに一週間もかかったりしてはたまらない。

「のどは渇いたかい？」彼女がまた疲れるまで気をそらそうと、突然彼は尋ねた。

ミュアラインは身を引き、目をぱちくりさせて彼を見た。「のど？」

「ああ、おれは渇いた」彼は言った。「ベッドに座っていなさい、リンゴ酒を持ってこよう。そのあともしかしたらふたりで……」そこでことばを途切らせた。

ミュアラインはにっこり微笑んで向きを変え、スキップでベッドに戻った。

ほんとうにスキップをしているぞ！　ドゥーガルは仰天した。まるでいいものがもらえることになっている子供のようだ。本来なら自分もあとからベッドに行き、彼女と体を重ねて、愛の行為をするべきなのだ。彼の体は叫んでいた……もう一度そうしたくてたまらないと。

ドゥーガルは首をひと振りして不意に向きを変え、マントルピースに向かった。スープを飲んだあと、チェスをするためにテーブルを片づけたとき、薬液入りのリンゴ酒をそこに移動させておいたのだ。それをつかんで新しいマグに半分ほど注ぎ、新しいリンゴ酒で薄めてから、自分のためにも注いだ。そして、両方を持ってベッドに戻った。

「さあ、どうぞ」彼はローリーの薬液入りのリンゴ酒を彼女にわたして言った。そして、自分の飲み物を掲げてひと口飲み、彼女も飲むのを待った。すると、彼女が飲み物でのどを詰まらせそうになり、つかんで胸まで引きあげていたシーツと毛皮を離したので、ナイトシャツを着ていないのがわかった。どうして裸の肩を見すごすことができたのだろう？ そう思いながら、彼女が何口か飲むのを見守った。彼女は三口飲んだあと、かすかに鼻にしわを寄せて文句を言った。「苦い」

「まだ少しローリーの薬液を混ぜてある」ドゥーガルはまじめな顔で説明した。「力がつくそうだ。飲んでしまいなさい。そうしたらマグを片づけてそばに行くから」

そう言っただけで、彼女は残った飲み物をごくごくふた口で飲み干し、空になったマグを笑顔で差し出した。

ドゥーガルは空のマグをテーブルに運んで置くと、ベッドのほうに向き直った。

「あなたはわたしのすべてを見たのに、自分はプレードもはずしていないって知ってた？」ミュアラインが指摘した。その表情には明らかにいたずらっぽさが見てとれたが、疲れの兆候はなかった。

　先ほどの疲労は消えたようだ。それがいいことなのか悪いことなのか決めかねていたとき、不意に彼女のことばに思い当たり、下を見た。もちろん彼女の言うとおりで、テーブルではプレードの裾を持ちあげただけだし、彼女をベッドに運んだときも服を着たままだった。

「こんなの不公平だわ」ミュアラインはつづけた。

　実は、彼もそう思っていた。彼女の視線を受け止めながら、ドゥーガルは肩のブローチに手を伸ばしてはずした。たちまちプレードが落ちた。床の上のプレードから出ると、半分ほどベッドのほうに歩いて立ち止まり、シャツを頭から引き抜いた。

「ああ、ドゥーガル」シーツと毛皮を残したまま、ゆっくりと膝を進めてベッドの縁までにじり寄りながら、ミュアラインはささやいた。

「なんだ？」疲れの兆候はないかともう一度彼女を見てから、彼はベッドに近づいた。

「とても美しい胸をしているのね」彼女はもごもごと言った。

　だが、気づかないわけにはいかなかった。彼女が注意を向けているのは胸でないことに。実際はそれよりずっと下を見ていた。当然だろう。おそらく男の体をじっくり見るのは初めてだろうから。もちろんあちこちで垣間見たことはあるだろうし、新婚初夜に何を見ることになるのかは、なんとなくわかっていただろう。ひとりきりになれることがめったにない城に閉じこめられていたのだから、無理もない。だが、じっくり観察したことはないはずだ。

今しているように、突然大きくなったその部分を見つめたことは。こいつは自身が花で、彼女の目が太陽だと思っているかのようだ、と思って、ドゥーガルはひそかにため息をついた。また彼女とまぐわうことになって、痛い思いをさせるのは気が進まなかった。

彼女が手を伸ばしているのに気づいたドゥーガルは、その手を逃れてベッドの縁に座った。ミュアラインはすぐにそれに倣い、その隣に座った。

「慎重におこなわなければならない」彼はまじめに説いた。

彼女は急いでうなずいたが、あまり注意を払ってはいないようだった。少なくとも、彼のことばには。

彼女のあごをつかんで持ちあげながら、彼は言った。「きみがひりひりしないように、ゆっくり、そっとやらないと」

「わかったわ、ドゥーガル」ミュアラインはまじめにささやくと、世にもしおらしく彼の胸に頭をもたせかけたが、手は腹から下腹部へとおりていった。彼は息を止めていたが、その手が男性自身に触れずに脚で止まると、ゆっくりと息を吐き出した。一瞬、彼女が同意して、すぐさま行為に突入するのではないかと思ったのだ。ミュアラインにはそういう悩ましい傾向がある、と彼は気づいていた。サイとジョーンの命が危ないとなると、飛びこんでいって助けたり、ダンヴリースで兄から逃げるために、上階に飛んでいって荷造りをしたり——

小さないびきが聞こえてきて、ドゥーガルのもの思いは消えた。硬直したまま、頭を下に向けてミュアラインの頭のてっぺんを見たあと、わずかに首をひねって顔を見た。ほっとしていいのか、落胆のうめきをあげればいいのかわからなかった。彼女は彼の胸にもたれて眠っていた。まるで……ひどいけがの回復途中で、治るために睡眠を必要としている人のように。

ドゥーガルは首を振り、そっと彼女から体を離すと、うつ伏せに寝かせた。そして、シーツと毛皮を静かに腰まで引きあげてから体を起こした。そのとき、包帯を巻き直していないことに気づいた。上掛けで覆って傷に刺激を与えたくはなかったが、そうしないと風邪をひいてしまうかもしれない。

感覚を麻痺させるローリーの軟膏のほうがいいだろうと思い、さっき置いたベッド脇のテーブルからそれをつかんだ。瓶から少量を取り、両手をすり合わせて温めてから、やさしく傷の上に広げた。これでもう痛みには苦しめられないだろうと満足すると、シーツと毛皮を引きあげて掛けてやってから体を起こした。そして、そこに立ったまま彼女を見おろした。ミュアライン・カーマイケル。もうすぐミュアライン・ブキャナンになる。おれの妻になるのだ。そう思ってにやりとした。

11

小屋のある空き地に馬たちがはいってきた音が聞こえた。ドゥーガルはぱっと目を開けて、もたれかかっていたベッドの頭板から体を起こし、そっと足を床におろした。ほとんど夜じゅう起きていた。最初はミュアラインを見守りながら、そのあとは夜になっても戻ってこない兄弟たちのことを心配しながら。あきらめてベッドのミュアラインの隣に腰をおろしたのが何時だったかはわからないが、座ったまま眠ってしまったらしい。よろい戸の隙間から差しこんでいる光から判断すると、今は午前の半ばから昼近くだろう。立ちあがって足早に扉に向かい、怖い顔で兄弟たちを迎えに出た。

「どうしてこんなに時間がかかったんだ?」手綱を引いて馬から降りはじめた兄弟たちに、かみつくように言った。

「ダンヴリースがブキャナンにいた」それですべて説明がつくかのように、コンランが言った。ある意味そのとおりだった。戻るのがいくら遅れようと、たしかにそれは理由になる。

「やつに見られたのか?」コンランが鞍からはずした袋を受けとりながら、ドゥーガルは眉をひそめてきいた。

「いいや」コンランが安心させた。「城壁の見張りが近づいてくるおれたちに気づいて、見張りのひとりが、近づかないようにと馬で知らせに来てくれた。おれたちは森のなかで野営して、やつらの一行が今朝出発してから城に向かったんだ」

「そうしてよかったよ」アリックが自分の鞍から袋をおろし、近づきながら話にはいってきた。「おれたちはまだ戻っていないと、オーレイはやつに話していた。やつがそこにいるあいだにおれたちが馬で乗りこんでいたら、うそに気づかれて、兄貴とミュアラインはどこだと詰め寄られていただろうな」

「だからオーレイはおれたちに気をつけているよう見張りに命じて、城に近づくなと知らせてきたんだ」ジョーディーが淡々と言って、話に加わった。やはり自分の袋を持っている。彼はドゥーガルに向かって言った。「オーレイはサイがマクダネルと結婚したことを話したよ。ダンヴリースはつぎにそこをさがしてみるけど、おれたちが戻ったときもしミュアラインがいっしょだったら、知らせてくれと言っていたらしい」

ドゥーガルはその考えに鼻を鳴らした。ダンヴリースに知らせることは決してないだろう。法的手つづきがすんで彼女と結婚したあとも、知らせるつもりはなかった。もはやダンヴリースはミュアラインの人生の一部ではないのだ。

「ミュアラインはもう目覚めた？」袋を抱えながらアリックがきいた。「彼女にドレスを持ってきたんだ」

「おれが出てきたときはまだ眠っていた」ドゥーガルはもごもごと言い、弟たちが持っている袋に目をやった。「アリックの袋の中身がドレスだとすると、ほかのふたつには何がはいっているんだ？」

「ドレスだよ」コンランとジョーディーが同時に言った。ドゥーガルが驚いて彼らから大きな袋に目を移すと、コンランは肩をすくめて言った。「ミュアラインがどれを気に入るかわからないだろ。だから、全部持ってきて、選んでもらうことにした」

「持ってくるはずだったパンとチーズとワインはどうした？」ドゥーガルは信じられずに尋ねた。弟たちが腹のことを忘れるなんて、めずらしい日もあったものだ。「肉は狩で手にはいるが、肉だけではすぐに飽きるぞ」

「大丈夫だ」コンランがなだめるように言った。「食料を乗せた荷車があとから来る」

「ドレスの残りもね」ジョーディーがおもしろがって言った。ドゥーガルがぽかんと彼を見つめると、彼は肩をすくめて指摘した。「サイが残していったものと、母上のものとで、ドレスはたくさんあるからね。おれたちだけではそれと食べ物も運んでくることはできなかったんだ」

「ほぼずっと荷車と離れずに来たんだけど、小屋が近くなると速歩で先に来た。先にミュアラインにドレスを着てもらって、荷車が着いたら荷物を運びこむ手伝いができるようにね」

アリックがドゥーガルの横をすり抜けて、小屋に向かいながら言った。

「彼女、一分ぐらいは目覚めたか？　それとも、おれたちがいないあいだずっと眠ってた？」ジョーディーが急いでアリックを追うと、さらにそのあとを追いながら、コンランが尋ねた。

「目覚めたよ」ドゥーガルはすぐに言った。「食事をして、チェスをした……ほかのゲームも」と尻すぼみになる。

「へえ、それはよかった」コンランは言った。

ドゥーガルはうなっただけで、急いで小屋にはいった。あたりを見まわすと、アリックがまだ眠っているミュアラインをベッド脇からのぞきこんでいた。

「よくなっているようだね」彼は大きめのささやき声で言った。「頰に赤みがさしている」

「ああ」若者の隣に立ったドゥーガルは、アリックの言うとおりだと気づいて微笑んだ。

「運動がよかったようだ」

「テーブルまで歩くことと、座ってチェスを一、二試合することと、歩いてベッドに戻ることが運動とは思えないけど」ベッド脇の兄弟に加わったコンランがおもしろがって言った。

ドゥーガルはコンランのことばにまったく動じていないつもりだったが、ひるんだか、内心が表れるようなことを何かしたらしく、つぎの瞬間コンランは鋭く息を吸いこんでいた。

「うそだろう！」彼はうろたえて叫んだ。「彼女はけがをして弱っているんだぞ！」

「なんのことだ？」ドゥーガルは罪のないふりをしてきき返した。

「やったんだな！」コンランが非難した。「この汚れた悪魔め！　せめてけがが治るまで待てなかったのか？」

「やったって、何を？」アリックが知りたがった。

「おれたちのミュアラインとまぐわったんだよ」アリックとちがって話についてきているらしいジョーディーが冷ややかに言った。

「まさか」アリックはすぐさま言った。「彼女がそんなことさせるわけないよ。まだ結婚していないんだから」

「もしかして、眠ってるあいだに？」コンランがどなり、ドゥーガルが腕を引いてその顔にこぶしを打ちこむと、よろめきながら何歩かあとずさった。だが、体勢を立て直した瞬間、コンランはドゥーガルに飛びかかった。そして、大混乱がはじまった。


ミュアラインはガシャンという音で目覚めた。ぱっと目を開けると、さまざまな痛みやうずきに襲われ、顔をしかめた。ほとんどは、何日もうつ伏せで、寝返りも打てずに眠っていたせいだった。だが、いちばんひどく痛むのは背中の傷だった。ローリーの軟膏がもっと必要だ。

そんなことを考えていると、またガシャンと音がしたので何事かと思った。眉をひそめながら首をひねってうしろを見たミュアラインは、信じられずに目を見開いて固まった。四人の男たちがこぶしを振りあげながら小屋の床を転げまわって、さまざまな家具にぶち当たっていたのだ。彼らは椅子を倒しながら炉のほうに転がっていったかと思うと、今度は別の方向に向かっていき、テーブルをひっくり返した。

「なんなの、これは」彼女はつぶやき、ゆっくり両手と両膝をつくと、ベッドの上に座って彼らを見つめた。見つめることしかできなかった。こういう状況で何をすればいいのか見当がつかない。カーマイケルでの生活はこれほど……なんというか……荒くれてはいなかった。兄たちが城のなかで取っ組みあったことはない。そもそもけんかをしなかった。意見が合わないときは、父が兄たちを中庭に連れていき、怒りが治まるまで互いに、そして城の兵士たち全員と組み打ちをさせた。転げまわって家具にぶつかり、壊すことなどなかった。そんなことをしようものなら、母は兄たちの髪をすべて引っこ抜いていただろう。父の髪もだ。父が母の言いなりだったというわけではない。夫婦の主導権をにぎっていたのはまちがいなく父だった。だが、家庭を支配していたのは母で、そのやり方はきびしかった。この手のふるまいは許されなかっただろう。

でも、見ているぶんにはおもしろいわ。男たちがまた炉のそばの椅子のほうに転がっていくのを見ながら、ミュアラインは思った。そのなかのひとりがとても気になっているとか、それ以外の人たちもかなり好きだとか、だれもけがをしてほしくないと思っている場合はそのかぎりではないが。ほんとうにこの人たち、このばかげた行為で殺し合いをしかねないわ、と思っていると、扉をたたく音がしたので目をやった。男たちに視線を戻したが、ののしり合ったり騒音を出しているせいでノックの音が聞こえていないようなので、ミュアラインは重々しくため息をついて、ベッドからすべりおりた。部屋を横切りながら、前日の震えがすっかり消えているのを知ってひどくほっとした。弱っていると感じるのはつらかった。今はすっかり治ってしまったらしい、あの気絶癖よりもずっと応えた。そんなことを思いながら扉を開けると、そこにいたのはニルス・ブキャナンだった。

「あっ……レディ・カーマイケル」ニルスの視線はためらいがちにナイトシャツに向けられたあと、彼女の顔にとどまり、てこでも動くまいとした。

「こんな格好でごめんなさい。着るものが何もなくて」両手で必死に体を隠そうとしながら、ミュアラインはもごもごと言った。こんな姿で応対に出るのはひどく不適切だとわかってはいるし、着るドレスがないというわけでもないのだが、どっちにしろ高い襟がついた長袖のナイトシャツのほうが、ドレスよりも露出部分が少なかった。残念ながら、自分にそう言い聞かせてみたところで、肌が赤く染まるのは避けられなかったが。

「弟たちはきみにドレスをわたさなかったのか？」ニルスは眉をひそめて尋ねたとき、彼の背後にひとりの年配の男性が現れた。

「ドレス？」ミュアラインは興味を引かれてきき返した。

「ああ。それを持って先に行ったんだよ。きみにわたしして、おれたちが到着するまえに身支度ができるようにね。そうすれば、男ばかりのなかにいても気まずくないだろうと」

「まあ」と言ったとき、またガシャンと音がしたので、ミュアラインはおなじみのドゥーガルと三人の弟たちのほうを見た。部屋の周囲に置いてある衣装箱のひとつに激突した四人組がベッドのほうに転がっていくのを見ながら、ミュアラインは説明した。「目が覚めたらこの状態だったんです。ドレスのことは忘れているんだと思います」

年配男性がニルスの横に進み出て、部屋のなかの兄弟を見つめた。そして、首を振って言った。「甥たちを許してもらいたいものですな。たいていはいい青年たちなのですが、ときどきばか者になる」

「甥たち？」ミュアラインは驚いて男性に向き直った。

「ええ、わたしはアキール・ブキャナン。この若者たちの父親の、末の弟です」彼はそう言うと、積み重なって床を転がりまわり、早口で悪態をつき、まだこぶしを振りまわしている男たちに向かって手を振った。「いや、あなたが甥たちとブキャナンに着いたとき、わたしはちょうど出かけていてね。ドゥーガルがあなたとの結婚を決めたと聞いて、ニルスと食料を運びがてら、あなたに会うためにここに来ることにしたんですよ」

「まあ、うれしいわ」ミュアラインは心から言った。「ドゥーガルの家族に会えるのは大歓迎です」

「すぐにあなたの家族にもなるんだよ、お嬢さん」アキールはまじめに言った。

「そうですね」ミュアラインはそう言いながら微笑んだ。また家族が持てるのだ。ドゥーガルと結婚すれば。

「甥たちが持ってきた袋があるはずです」アキールは黙りこんだ彼女を会話に引き入れようとおだやかに言った。「ふたつはあそこにあるようだ。そのベッドのそばに」

ミュアラインが振り向いて部屋のなかを見ると、今度はすぐにそれが見つかった。アキールの言うとおり、ベッドのそばの床に置かれていた。扉に向かうときにつまずかなかったのが不思議だ。もしつまずいていたら、扉をたたく音がしていても、立ち止まって何がはいっているのか見ていただろう。

「ニルスに取ってきてもらったほうがいい」扉から離れて袋を取りに行こうとした彼女の腕をつかんで、アキールが止めた。「あなたが行けば、甥たちにけがをさせられるかもしれない」

「ええ、たしかに」ミュアラインがつぶやくと、ニルスがすぐにその場を離れ、ときどき転がってくる怒れる男たちのかたまりをよけながら、すいすいと部屋のなかを進みはじめた。ベッドのそばのふたつの袋をつかみ、扉のほうに戻ろうとしたが、また弟たちをよけるために右に移動したとき、三つ目の袋を見つけたらしく、横歩きをしてそれもつかむと、扉に急いだ。

「はい、どうぞ」ニルスは少し息を切らしたような声で、袋を差し出しながら言った。

「ありがとう」彼に微笑みかけて袋を受けとり、あまりの重さに驚いた。これほど重いということは、大量のドレスが詰めこまれているにちがいない、と思って眉をひそめ、小屋のなかを、つぎに階段を見やった。「着替えるためには二階に行かないと――」

「貸しなさい」アキールはニルスから受けとったばかりの袋ふたつを取りあげた。それを片手で抱え、もう片方の手で彼女の肘をつかむ。「わたしが連れていってあげよう。このばかものどもがあなたのじゃまをしないように」そして、ニルスを見て指示した。「井戸からバケツで水を汲み出しておいたらどうだ。少なくともバケツ四杯は必要だろう」

ニルスはうなずくと、急いで外に出ていった。

水を何に使うのかと尋ねたかったが、アキールはミュアラインをせかして部屋を横切り、階段に向かいはじめたので、ききそびれた。部屋を横切るのはダンスのようだった。アキールはすばやく彼女を二歩進ませたかと思うと、いきなり止まって、通りすぎる甥が振りまわす脚をよけ、つぎに彼女を左に二歩進ませて、飛んでいったアリックが奥の壁に激突して床に倒れると、また立ち止まった。ブキャナン兄弟の末っ子が体を震わせ、立ちあがってまた戦いに飛びこむのを見届けると、叔父はミュアラインとともに急いで階段までの数歩を進んだ。

そこまで来るともっとゆっくり進むことができたが、このときすでに少し息が切れていたので、ミュアラインは愕然とした。自分はまだ回復途中なのだということが思い出された。ベッドから出たのもまだこれで二度目なのだ。

彼女が息を切らしているのに気づいたアキールは、そのまま行かせるのではなく、彼女が手にしていた袋を取りあげ、先に階段をのぼらせながら言った。「その袋もわたしが階上に運ぼう。ゆっくり階段をのぼるといい。まだ本調子ではないのだから」

「ありがとうございます」ミュアラインはまた言うと、できるだけ速く階段をのぼりはじめたが、とても速いとはいえなかった。のぼりきるころには、望みは座ることだけになっていた……新鮮な空気もほしい。その順番でなくてもいいが。階段をのぼるというなんでもない行為のために心臓は早鐘を打ち、息を切らして汗までかいており、なんだか情けなくなった。

アキールは踊り場に着くと、彼女のまえに出て二階の部屋の扉を開けた。部屋にはいって大きなベッドの上に袋を置き、こちらを向いて会釈をすると、扉に向かいながら言った。

「着替えているあいだに、わたしはニルスを手伝ってもっと水を汲むよ。甥たちの腹のなかの火を消すにはバケツ四杯でたりると思ったが、もっと必要になりそうだ」

ミュアラインはもう一度お礼を言おうと口を開いたが、彼に手を上げて止められた。

「お嬢さん、もう一度礼を言われたら、わたしは屈辱を覚えるよ。あなたはもうすぐ家族になるのだし、こんなことはなんでもない。ここでゆっくりしていなさい。経験から知っているのだが、甥たちは一度かっとなったら冷静になるのに時間がかかる。やつらをまともにするには、井戸まで八往復しなければならないかもしれないな」

ミュアラインはかすかに微笑み、彼が扉を閉めるのを見届けると、数歩先にあるベッドの縁に座りこんだ。ああ、なんて情けない。胸に手を押し当てて、激しい鼓動が治まるのを待ちながら、ミュアラインは思った。昨日ドゥーガルの愛撫を受けたときも同じくらいどきどきしていた。あのときは、どきどきが止まってほしくなかったけれど。心臓が胸から飛び出してしまうのではないかと思ったが、その状態がつづいてほしかった。とてもいい気持ちだったからだ。

思い出すと体が震え、新鮮な空気を入れようと、窓に近づいてよろい戸を開いた。階下の炉のおかげで小屋は暖かかったが、階上は暑くて息苦しいほどだったし、階段をのぼったせいで汗をかいていた。

よろい戸を開くと、あたりは薄暗く灰色だったが、ミュアラインは気にしなかった。窓から頭を出して、冷たい新鮮な空気を吸いこむ。そして、窓枠にもたれて、もうしばらく空気が流れこむにまかせた。速まっていた鼓動が治まり、汗も少し引いたようなので、窓に背を向けようとしたところ、窓枠の石のあいだに布の切れ端がはさまっているのに気づいて動きを止めた。調べてみようと思い立ち、はさまっていた場所からなんとか引っぱり出した。まだ濡れているということは、暴風雨があったのだろう。そのあいだじゅう眠っていたにちがいない。雨や風の音にはまったく気づかなかったのだから。

手のなかで布をひっくり返しながら、ベッドに戻ろうとした。布は厚く、高価そうで、石の割れ目に引っかかって破れたらしく、ぎざぎざだった。着古されてもぼろぼろになってもいないので、何年もここにあったというわけではないだろう。ドゥーガルの兄弟が風を入れるために窓枠に座って、立ちあがるときにプレードが破れてしまったとしか考えられなかった。だが、ドゥーガルの兄弟がつけていたプレードとも、ドゥーガル自身のプレードとも柄がちがった。切れ端は黄色と緑と赤の格子柄だ。ドゥーガルがつけているのは青と緑の格子柄で、オーレイとニルスがブキャナンでつけていたプレードも同じ生地だった。ほかの兄弟たちのプレードは青と赤と黒の格子柄だ。どれも一致しない。でも、もしかしたらだれかがここに着いてからプレードを取り替えたのかもしれない。床を転げまわっている兄弟たちが何を着ていたかは気づいていなかった。

ミュアラインはベッドに戻り、布の切れ端をアキールが置いた袋の横に投げた。そして、袋を開けると、布のことは忘れてしまった。だれのものだろうと、別にどうでもよかった。もとの場所に縫いつけてあげられるわけではないのだから。プレードはひだを寄せて身につけるものなので、なくなっている部分があっても気づきもしないかもしれない。

思ったとおり、どの袋にも数着のドレスが詰めこまれていた。引っぱり出してみると、どれもひどくしわくちゃになっていた。急いですべてのドレスを袋から出し、ざっと見ていちばんしわが少ないものを選んだが、それでもかなりしわくちゃだった。だが、それについてはどうしようもないので、ナイトシャツを引っぱって脱ぐと、そのなかでいちばんましなダークブルーのドレスを着た。残りのドレスは窓際に運び、湿った空気でしわが伸びるのを期待して、よろい戸に掛けた。

部屋を出て階段の上に立ち、階下の部屋を見わたした。どうやらアキールは甥たちを落ちつかせたようだ。少なくとももう階下の床を転げまわってはいない。それどころか、その場にもいなかった。部屋は無人だった。

きっと外に出て、アキールが言っていた食料を荷車からおろしているのだろう、と思い、手すりをつかんで階段をおりはじめた。最初の一段をおりたところで、勢いよく扉が開いて、ドゥーガルがはいってきた。彼の弟たちと叔父、そして食料を運んできたもうひとりがつづく。全員が箱や袋を抱えており、ミュアラインはその量に目をまるくして足を止めた。まったく、いったいいつまでここにいるつもりなの？　そう思いながらつぎの一歩を踏み出そうとしたが、ドゥーガルがそれを見つけて「止まれ！」とどなったので、思わず固まった。

ドゥーガルは肩に衣装箱をのせたまま階段を駆けあがってきて、彼女を階段の上まであと戻りさせた。そして、寝室に戻るよう促した。

「選べるドレスはこのなかにもある」と言って、ベッドの足もとに衣装箱を置いた。

「そう」なかを見てほしいのだろうと思い、ミュアラインは衣装箱に近づこうとしたが、腕をつかまれたので足を止めた。

「あとで見ればいい」と言って、また階段の上に導く。

彼女はいらだちと困惑を感じながら彼を見た。「それならなぜわたしがおりようとしていたときに止めたの？」

ドゥーガルは傷に触れないように気をつけながら彼女を腕に抱きかかえ、階段をおりはじめた。「きみが風のなかのろうそくの火みたいに揺れていたからだよ。まだ弱っていて、階段をおりられる状態ではない。よろけて階段から落ちて、首の骨を折ったらたいへんだ」

ミュアラインは顔をしかめるしかなかった。階段をおりはじめたとき、脚がぐらぐらしていたことに気づいていたからだ。ドゥーガルにテーブルまで運ばれ、そこにあったベンチの端におろされながら、自力でおりずにすんで、たしかにちょっとほっとしていた。

「さあどうぞ、お嬢さん」ドゥーガルがミュアラインを座らせるよりも先に、アキールがテーブルの彼女のまえにマグを置いて、ぶっきらぼうに言った。「飲みなさい。リンゴ酒だ。元気が出るぞ」

「ほら、ミュアライン、スープも飲んだほうがいいよ」アリックが言って、湯気のたつ木皿を彼女のまえに置いた。「これを飲めば力もつくから」

「チーズも少しどうだい」袋から取り出した大きな丸いチーズから少し切り取りながら、コンランが言った。

「パンもあるよ」ジョーディーが彼女のかたわらにパンのかたまりをドスンと置いて、ナイフを取り出した。

「リンゴも」ニルスがスープのまえにそれを置いた。

「これを全部食べたら、コックが作ったパスティをひとつ食べていいよ」ベンチの彼女の横に座って、持ってきた袋のなかを探りながらドゥーガルが言った。袋のなかからもっと小さい別の袋を取り出すと、開いて約束のパスティを見せた。

ミュアラインは勧められたものすべてを見た。そして、目をすがめて全員の顔を見ていった。「何があったの？」

男たちが無理に浮かべていた笑みはたちまち消えてしかめ面に取って代わり、敗北を認めてため息をついた男たちは、いっせいにドゥーガルを見た。何があったのかを話すのは彼の役目だという、無言の意思表示だった。

ドゥーガルは小声で悪態らしきことばをつぶやくと、ベンチの上で困ったようにもぞもぞしたあと、首を振った。「先に食べるんだ。そのあとで話す」

「でも、知りたいのよ」彼女は顔をしかめて抗議した。

彼は首を振った。「力をつけなければならないのに、動揺して食欲がなくなると困る。食べたら説明するよ」

「何を言われるのかやきもきしながらどうやって食べろっていうの？」彼女は言い張った。

「悪い知らせそのものを聞くほうがましよ、悪い知らせってなんだろうと心配するより。真実より心配事のほうが十倍も悪いわ」

「食べるんだ、ミュアライン、きみは——」

「ダンヴリースが昨日ブキャナンに来た」アキールが言った。

「なんてことを、叔父上」ドゥーガルがかみついた。

「話したほうがいい」アキールは肩をすくめて言った。「言い合いをしても彼女を動揺させるだけだ」

「そのとおりよ」ミュアラインはなだめるように言うと、ドゥーガルの腕をそっとたたきながら言い聞かせた。「それに、そんな動揺するような知らせじゃないわ。予想していたことよ。モントローズはサイが友だちだと知っているし、彼女が結婚したことは知らない。ブキャナンにわたしをさがしに来るのは当然よ」そこで間をおき、少し考えてから認めた。「でも、サイが結婚してマクダネルに住んでいることは知っているかもしれないわね。わたしへの手紙を横取りして読んでいたなら」

「そうだな」コンランが眉をひそめて同意した。「大事な知らせだからサイはきみに手紙を書いたに決まっている」

「つまり、おれたちが彼女の逃亡を助けたんじゃないかと思って、ブキャナンに立ち寄ったってことか」アリックがろうばいして言った。

「きっとそうよ」スプーンを手にしてスープに浸しながら、ミュアラインは冷静に言った。

「もしあなたたちが助けてくれなかったら、生きてイングランドを出られたわけがないもの。兄と兵士たちは道端で、山賊やその手の卑劣漢の餌食となった、わたしの死体を見つけていたはずよ」

「それなのにダンヴリースから逃げてきたのか」ドゥーガルが静かに言った。「命を落とす危険があるとわかっていながら」

ミュアラインは肩をすくめた。「まあね、死ぬことにならなければいいと思っていたわ。でも、たぶんそうなると思ってた」彼女は認めた。「だから侍女を連れてこなかったの。わたしが死ぬのはしかたないけど、彼女まで死なせるわけにはいかないと思って」そこまで言うと、スプーンを置いてドゥーガルのほうを見た。「それで思い出したけど、結婚したらすぐに侍女のベスを呼び寄せたいの、ドゥーガル。ダンヴリースではイングランド人たちにつらく当たられていたし、わたしが逃げたことに対する怒りを、兄が彼女にぶつけないとは言い切れないもの」

「わかった」ドゥーガルはため息をついて同意したが、すぐに付け加えた。「だが、話さなければならないことはもうひとつあるんだ」

「そうなの?」ミュアラインはスプーンをおろして彼に集中した。

「コンランと弟たちは食料を運びがてら神父も連れてくることになっていた」

ミュアラインは部屋にいる男たちを見まわした。「神父さまはいないみたいだけど」

「ダンヴリースが去るのを待つあいだ、弟たちはブキャナンを囲む森のなかで野営しなければならなかった。今朝ダンヴリースが引きあげたので、馬を乗り入れて食料を集め、神父を連れてこようとしたら……」ドゥーガルは顔をしかめた。「神父は消えていた」

彼女は驚いて眉を上げた。「消えた？　必要としている人のところに出かけていただけじゃないの？　カーマイケルの神父さまはよく病気の人や死を待つ人の家を訪問していたわ」

「そう思って、あちこちきいてまわったんだ。でも、だれもそういう状態の人を知らなかった」アリックが反論し、顔をしかめてつづけた。「それに、ダンヴリースと兵士たちが帰ると同時に消えるなんてあやしすぎる」

「モントローズが神父さまを誘拐したと思っているの？」彼女は驚いてきいた。「どうしてそんなことをするのよ？」

「ドゥーガルがあなたと結婚できないように」アリックが明らかなことのように言った。

当惑のあまり首を振りながら、ミュアラインは指摘した。「でも、兄はわたしたちが結婚することを知らないのよ。結婚するなんて思ってもいないんじゃないかしら。兄はわたしをドゥーガルに差し出して、断られたんだもの」

「結婚相手として差し出したわけじゃない」ドゥーガルは陰気に言うと、手を振ってすべてを却下するように言った。「神父に何が起こったかはあとで考えよう」彼女の両手を取って、すまなそうに言った。「だが、今すぐ結婚するつもりだったのに、神父がいなくてはそうもできない」

「そうね」ミュアラインは理解して言った。延期になればがっかりするのだろうと思われていたらしい。彼女は苦笑いをして言った。「大丈夫よ、ドゥーガル。待ちましょう」

それを聞いてドゥーガルは顔をしかめた。「大丈夫じゃない。おれはきみと結婚したいんだ」

彼女はそのことばに目をぱちくりさせて顔を赤らめたが、彼の手をたたいて言った。「できるわよ。神父さまはきっと見つかるわ」

「ミュアライン、そうじゃないんだ」ドゥーガルは眉をひそめて言った。

「何がそうじゃないの？」彼女はわけがわからずに尋ねた。

「おれたちは待つことになる」彼が彼女の体を見おろし、その手をにぎりしめて、〝待つ〟ということばを強調すると、ミュアラインは突然理解した。ドゥーガルの兄弟たちは昨夜からずっといっしょにいて、ここから離れるつもりはないらしい。おそらくもうふたりきりにはなれないだろう。昨夜情熱的にむさぼったあのくらくらするような感覚は、正式に結婚するまでお預けになる、それは好ましくないとドゥーガルは言っているのだ。

どういうわけか、彼の落胆のおかげで、その問題はずっと受け入れやすくなった。ぎこちなく微笑みながら、ミュアラインは彼の手をにぎり返した。「大丈夫よ。きっとそれほど待たずにすむわ。神父さまを待たなければならないなら、待ちましょう」

ドゥーガルは彼女があっさり受け入れたことが気に入らないらしく、鋭く指摘した。「待つ時間が長くなれば、それだけダンヴリースに見つかって結婚自体を阻止される危険も増すんだぞ」

ミュアラインはそれを聞いて身をこわばらせた。「でも、兄はもうブキャナンを調べたのよ。戻ってくるはずないでしょう?」

「マクダネルにもドラモンドにもシンクレアにもきみがいないとわかったら、ブキャナンに戻ってくるだろうとは思わないのか?」ドゥーガルは真剣に問いかけた。「きみが逃亡したとき、おれたちは同じ地域にいたわけだし、彼より先に出発したにもかかわらず、まだ着いていないと告げられたんだぞ」

「そうね」彼女は不安そうに同意したが、すぐに明るい顔になって言った。「でも、マクダネルとドラモンドとシンクレアを調べるには、しばらく時間がかかるわ。マクダネルは近いかもしれないけど、シンクレアはかなり北だし、ドラモンドはほとんど東の端よ。それに、大人数での旅は急ぐことができない。兄がそれぞれの場所を訪ねるまえに、神父さまも現れるんじゃない?」

「ミュアライン、ダンヴリース自身がそれぞれの場所を訪ねる必要はないんだよ」彼はまじめに言った。「速く移動できる少人数の部隊を野営地からそれぞれの場所に送り出し、きみのことを問い合わせることができるのだから。通り道にある城に人をやって、旅の途中のきみやおれたちを見たかどうか尋ねることも」

「まあ、たいへん」ミュアラインはささやいた。旅の途中、だれも見なかったからといって、だれにも見られていないという保証はどこにもない、と説明される必要はなかった。それどころか、見られているのはほぼ確実だった。カーマイケルでは問題が起きたときのために、つねに兵士が道と領地の境界線を見張っていた。木の陰に隠れて、あたりに目を配る旅人から身を隠すこともあった。道を旅することもあれば、馬を駆って森のなかに走りこみ、やぶのなかに隠れて、自分たちの存在を知られないまま、旅人たちをやりすごすこともあった。

だが、彼らが横切ったり通ってきた土地の領主はすべて知り合いだ。娘と牡牛を連れたブキャナンの若者たちをだれかが見ているだろうし、それはモントローズの耳にはいるだろう。まだはいっていないとすればだが。すでに旅をしながら情報収集をしているかもしれない。

「もしまだ知らないとしても、明日の夜か、遅くてもその翌朝までに、モントローズは必要な情報をすべて手に入れるだろう」ドゥーガルが彼女の考えを裏付けるように言った。

「そしてブキャナンに戻ってくる」彼女は悲しみとともに気づいた。

「そうだ」彼は暗い表情でうなずいた。「きみを守るためには、早く結婚しなければ」

「ええ」彼女は弱々しく言った。

「さあ、これ以上思い悩んでもしかたがない」ドゥーガルが黙りこむと、アキールが言った。

「神父をさがして連れてくるようにと、オーレイがすでに何人かを送り出している。でも今は、ここにいるしかない」

「小屋からも出ないほうがいい」コンランが言い、ミュアラインが眉をひそめて彼を見たので、こう付け加えた。「うちの領地を偵察させるために、ダンヴリースが人を送りこんでいるかもしれないし、そのうちのだれかが小屋を見つけるかもしれない」

「ええ、そうね」ミュアラインは顔をしかめたままスープに目を向け、スプーンですくってすばやく口に運んだ。男性陣が心配していたように、知らせは食欲に影響を及ぼしていた。もう空腹は感じなかったが、話を聞けば聞くほどできるだけ早く体力を取り戻す必要がありそうだった。これから面倒なことが起こりそうだからだ。

もうひとさじスープをすくったとき、扉が開いた。みんなが目を向けると、ローリーが〝薬草の袋〟を持ってはいってきた。

彼はみんなの顔つきを見て眉を上げ、説明した。「ミュアラインの傷の様子を見に行くべきだとオーレイに言われてね」ドゥーガルのほうを見てつづけた。「そのあと少しここに滞在するべきだと。念のために」

ミュアラインは無言でスープに意識を戻しながら考えた。訂正、これはまちがいなく面倒なことになる。少なくともブキャナン兄弟はそう考えているようだ。こんなことともしれない場所にある小さな小屋のなかで、七人の男たちがミュアラインを守らなければならないと信じているのだから。驚くようなことではないのだろうが。

彼女と結婚するつもりだとドゥーガルがオーレイに話してくれて、ミュアラインはほっとしていたし、とてもうれしく感じてもいた。ドゥーガルが好きだった。とても。彼のたくましさと賢さを尊敬し、やさしさを好ましく思っていた……そして、キスと愛撫で感じさせてくれることも……ああ、わたしは幸運な女だわ、これまでの困難を思えば。

たしかに彼女はあまりにも楽天的すぎた。少し考えればだれでも気づいただろう。この三、四年の悲しみや悲劇を思えば、それほど簡単にいくわけはないと。

12

もぞもぞと横向きになったミュアラインは、そうしても背中が痛まないことに気づいてほっとした。うつ伏せで眠るのはもう飽き飽きだったし、あちこち痛むのでいやだったのだ。ため息をついて、片腕を頭の下に入れ、暗い部屋を見まわした。ドゥーガルが待つことについて強調したとき、彼女はそれでもいいと思ったし、正式に結婚するまでベッドをともにできなくて彼がひどく落胆しているらしいので、うれしくなりさえした。だが今はそう思えなくなってきていた。

ふたりは兄弟たちや叔父と話したり、笑ったり、チェスやナインメンズモリスをして、午後と夜をすごした。そのあいだじゅう、ドゥーガルはずっとミュアラインのすぐそばにいた。そのため、彼の腕や脚がときおり腕や脚をかすめ、ほかの人に何かをまわしたり、わたされた飲み物や何かを受けとったりするたびに、背後で上体を傾ける彼の胸が背中に当たった。

夜が終わるころには、せめて彼とおやすみのキスを交わしたい、ということしか考えられなくなっていた。ドゥーガルは上階の寝室の外の廊下で眠ることになっていたので、いっしょに上階に行くことになるだろう。きっとそのときキスしてくれるはずだと考え、それからずっとキスを待ち望んできた。体がキスを求め、互いの唇を押し当てて探り合う機会を欲していた。

だが、そのキスは与えられなかった。

もう休みますとミュアラインが告げた瞬間、ドゥーガルはそのことばをずっと待っていたかのように、勢いよく立ちあがった。だが、彼の叔父も立ちあがり、襲撃に備えて彼女を守る手助けをするため、自分もドゥーガルといっしょに彼女の部屋の外で床に寝ると宣言した。それを聞いたドゥーガルは、だれかを殴りたそうだった。ミュアラインとしては、ただもう泣きたかった。待つということがこれほどつらいとは思わなかった。

ため息をついて腹ばいになり、今度は扉のほうを向いて横向きになった。部屋に引きあげてからしばらくは、階下から笑い声や低い話し声が聞こえてきていた。ドゥーガルとアキールは彼女と同時に寝る体勢になったが、ほかの者たちはしばらく起きていることにしたらしい。だが、今は静まり返っている。彼女以外は全員眠っているようだ。彼女は落ちつきなく寝返りを打っていた。眠れず、のどの渇きを覚えていた。

のどが渇いているなんて皮肉だわ、と思って顔をしかめる。最初に起きたときドゥーガルにわたされた薬液入りのリンゴ酒を、ミュアラインは一日がかりで飲んだ。ローリーが傷を調べて包帯を巻き直しながら、この薬液は彼女にとても効くようだから、思ったより早く治りそうだと言わなかったら、それを拒否して薬液のはいっていないリンゴ酒を要求していただろう。だが彼女はそのまずい飲み物を飲むと決め、ひどい味なので、飲み干すのに一日じゅうかかったのだった。

今は口のなかがひどく渇き、命がかかっていたとしてもつばも吐けそうになかった。こうなったらまずい薬液入りの飲み物でもかまわない。睡眠薬が混ぜてあってもよろこんで飲むだろう。そのほうが眠れずに横たわって、ドゥーガルに思い焦がれているよりましだ。まったく、あの人はペストリーのようだ。おいしすぎてお腹いっぱい食べたくなる。

小声でぶつぶつ言いながら、シーツと毛皮を払いのけてベッドの上に起きあがり、床におりて扉に向かった。まず着替えようかとも思ったが、もう全員にナイトシャツ姿を見られている。それに、ドゥーガルも彼女と同じように眠れなくて落ちつかず、欲求をつのらせているかもしれない。もしそうなら、また強壮剤を混入できるように、自分が飲み物を持ってくると言い張るだろう。ほかの者たちが眠っている隙に、彼女の寝室にしのびこむ危険を冒したいと思っているのでなければ。

こんなことを考えたりふしだらなまねをする自分に動揺するべきなのだろう。おそらくあとになったらそう思うはずだ。だが今は、自分に触れる彼の手の感触や、キスのときの味が思い出されてならず、そういう行為を楽しむのはまちがっていると教会が説いていることなど、まったく気にならなかった。ドゥーガルがほしかったし、自分がこうなったのも神の思し召しなので、罪であるはずがないと思った。

できるだけ音をたてずに、扉を開けて廊下をのぞき見たが、まったく何も見えなかった。階下の火は消えつつあり、そこからもれるほのかな光は、ここまで届いていなかった。ドゥーガルとアキールが寝ている場所すらわからない。ためらったあと、廊下に一歩踏み出したところ、うっかりだれかを蹴ってしまい、すぐに立ち止まった。

「ごめんなさい」彼女はささやいた。

いびきが返ってきて、ミュアラインは顔をしかめた。ブキャナンに向かう旅の途中で聞いたことのあるいびきだった。ここに横たわっているドゥーガルは、わたしを求めているわけではないみたいね、と思ってむっとしていると、右手のどこかから別のいびきが聞こえてきた。ふたりの男性はぐっすり眠っていた。階下から聞こえてくる鼻が詰まったようなさまざまな音やいびきからすると、起きているのはやはり彼女だけのようだった。

小さく舌打ちして、ミュアラインはもう一度足を上げ、今度はつま先で探って床を見つけてから踏み出した。ドゥーガルは戸口に直接寄りかかっているようなので、そっと彼をまたごうとした。それには大股で踏みこまなければならなかった。なんとかまたぐと、ほっとため息をつき、階段のいちばん上と思われる場所まで慎重に移動した。手すりを求めてまえに両手を突き出し、つま先を伸ばして踏み出す先の床を探りながら。幸い、無事に階段のいちばん上を見つけることができた。

小さく安堵のため息をつくと、慎重に階段をおりながら、主室の床に伸びている男たちを目でさがした。コンランとジョーディーとニルスはベッドを使っており、コンランとジョーディーは頭を一方の端に、ニルスはそのあいだで頭を反対の方向に向けて眠ることで、全員がなんとか場所を確保していた。ローリーはテーブルのひとつに敷いた毛皮の上でまるくなり、アリックは別のテーブルで同じようにして寝ていた。冷たい石の床で眠りたがった者はひとりもいなかったようだ。骨まで冷えないようにするイグサもないのだから無理もない。少なくとも、アキールとドゥーガルが眠っている階上の床は、石ではなく木でできていた。

無事に階段をおりきって、兄弟たちが運んできた新しい樽からリンゴ酒を注ごうとしたとき、外で何か音がしたような気がした。一瞬動きを止めて背筋を伸ばし、よろい戸のおりた窓のほうをうかがいながら耳を澄ました。何も聞こえないようなので、リンゴ酒を注ぎはじめると、近くのよろい戸がいきなり開いて、火のついたものが室内に投げこまれた。それはテーブルのそばの石の床に落ち、こぼれた飲み物のように火が飛び散った。

ミュアラインがぎょっとして息を吸いこむあいだにも、さらにふたつの飛び道具が窓から投げこまれ、ひとつは炉のまえに、もうひとつはベッドのすぐ近くに落ちた。リンゴ酒が半分はいったマグを取り落として、ミュアラインは声を張りあげて「火事よ！」と叫んだ。

いちばん近いテーブルにいたローリーが、彼女に刺されでもしたように起きあがった。ぎらぎらした目であたりを一瞥（いちべつ）すると、勢いよく毛皮を払いのけて寝返りを打ちながら床におり立った。それを見たミュアラインはほっと胸をなでおろしたものの、ほかの者たちがまったく動かないことに気づいていた。

最初の火の玉がアリックのテーブルの下ではじけ、火が飛び散ったが、彼は鉄板の上で焼かれるソーセージのような状態でまだ眠っていた。ミュアラインは火がまだ届いていないテーブルの端に駆け寄って、彼の足首をつかみ、激しく揺すった。「起きて! アリック! 起きるのよ!」

「ここから出るんだ、ミュアライン」彼女をテーブルから引き離し、扉のほうに押しながら、ローリーがどなった。「こいつはおれにまかせて」

ミュアラインは言い返さずに、火が燃え移りはじめたベッドに駆け寄ると、ジョーディーの顔をひっぱたいて起きろとどなった。彼がびくともしないので、身を乗り出して今度はコンランをひっぱたいた。

「薬を盛られたんだ」ローリーが不意に隣に来てどなった。振り返ると、アリックはテーブルから消え、小屋の扉が開いていた。ローリーは末の弟を運び出して、戻ってきたのだろう。

「ドゥーガルとアキールを起こせるかどうか、見てきてくれ」コンランをベッドから引きずりおろしながら、ローリーが指示した。

ミュアラインはうなずいて向きを変えると、階段に急いだ。ベッドの三人のほうが危険だと思ったので、二階はあとまわしにしたのだが、今は階段を駆けあがった。動揺のあまり心臓が早鐘を打ち、数時間まえに同じ階段をのぼったときに覚えた疲労を、まったく感じていないことに気づかずにはいられなかった。

階下で燃え広がる火がこの場に大量の光をもたらし、男たちが寝ている場所も、どちらが

だれかも、難なく見分けがついた。ドゥーガルは扉のまえで眠りこんでいた。アキールは彼

の二歩ほど左手の階段の上にいた。先にドゥーガルを起こそうと、何度か激しくひっぱたい

たが、あきらめて彼の叔父に同じことをした。ドゥーガルはまったく起きなかったが、ア

キールは目を開け、うろたえても何やらもごもごと言ったので、ミュアラインはほっとした。

「起きて」彼女はその手を引っぱりながら言った。彼を立ちあがらせることができたら、

ドゥーガルを引っぱって起きあがらせるのに手を貸してくれるだろう。

「何事だ、お嬢さん？」彼はろれつのまわらない口で言った。目が閉じようとしている。

「起きなきゃだめ」彼女はどなり、痛みが役に立てばと手を伸ばして彼の耳をひねった。役

に立ったらしい。少なくとも、彼はひと声わめくと、いきなり起きあがった。

「くそっ、お嬢さん、何をするんだ？」まだろれつがまわっていないが、いくぶん頭がはっ

きりしてきたようなので、ミュアラインは彼を引っぱりつづけた。

「起きて。火事よ！」面と向かってどなりつける。

「火事？」アキールは立とうとしてもがきはじめ、ミュアラインの手を借りてなんとか立て

たものの、その姿勢を保つにはぐったりと彼女にもたれなければならなかった。残念ながら

この状態ではドゥーガルを運ぶ手伝いはしてもらえそうにないと判断し、ミュアラインは彼を階段まで連れていった。そこで立ち止まり、呆然と階下の部屋を見つめた。

階上にいた数分のあいだに、階下では火が燃え広がっていた。今や階段の下を炎がなめており、二脚のテーブルは燃え盛る薪の山と化し、炉のそばの椅子も、ベッドまでがそうだった。だが、ベッドにもうだれもいないのを見て、ミュアラインは安堵した。ローリーが兄弟たちを連れ出したようだ。

そう思うか思わないかのうちに、ローリーが扉を抜けて小屋のなかに駆け戻ってきて、燃える階段を見ていきなり立ち止まり、階上にいるミュアラインを見あげた。どうするか決めかねている様子だったが、首を振ると、炎のあがっている箇所を通りすぎて階段の下まで進んだ。

「彼は放っておいて飛びおりろ、ミュアライン。おれが受け止める」彼は感情もあらわな声で指示した。その声からは悲しみと無念さと決意が聞きとれた。彼は唯一の賢明な選択をしようとしているのだ。助けられると判断したただひとりを救うことで。

ええい、もうどうにでもなれ。そう思った彼女は、考える間もなく、アキール・ブキャナンの腕の下から出て彼を押し、階段を転がり落ちるにまかせた。

幸い、アキールは体をまるめてシュローヴタイド・フットボール（十二世紀からイングランドで行われてきたスポーツ。フットボールの起源とも言われる）のように階段の下まで転がっていき、火に背中を向けた状態で止まった。見たところ、けがはとくにないようだ。四肢が妙な角度になっているわけでも、頭に傷を負って出血しているわけでもないが、明らかにまた意識を失っていた。

「彼をここから連れ出して」彼女は叔父に駆け寄るローリーに向かって叫んだ。「わたしはドゥーガルを寝室の窓から外に出すから」

返事を待たずに、急いでドゥーガルのもとに戻った。彼とアキールはその上で寝るために毛皮を持ってきていた。ミュアラインはかがんで彼の足のほうの毛皮の端をつかんだ。そのまま壁から階段のほうに引きずって、頭が扉のほうを向くよう向きを変えさせた。重労働を終えて体を起こし、階段のほうを見て、毛皮にのせたまま引っぱって階段からおろそうかと一瞬考える。だが、彼の向きを変えさせるのに費やしたわずかな時間のあいだに、火は勢いを増し、階段を半分ほどのぼってきていた。彼が途中で止まって、火がついたりしたら困る。口を引き結び、彼の頭のほうにまわってそちらの毛皮をつかむと、寝室のなかに引きずりこみはじめた。木の床の隙間が、階下の火のせいで熱かった。もうあまり時間がない。そう思って少し焦り、なけなしの力でさらに急いで引っぱりながら、ドゥーガルを窓辺に引きずっていった。

そこで初めて、どうやって窓から外に出すかについて考えた。ドゥーガルは大柄な男性で、肩幅も広く、体じゅう筋肉が発達している。これまではそれを好ましいと思っていたが、今はまだ大人になりかけのアリックのように、もっと小柄だったらよかったのにと思った。

背筋を伸ばしてよろい戸を開け、暗闇のなかに目を凝らした。ローリーがいたとしても、ミュアラインには見えなかった。よろい戸を開けたまま、急いでドゥーガルの足もとに戻り、もう一度毛皮をつかんで、足が窓を向くようにした。そして足を放し、頭のほうに戻ってひざまずいた。

まえかがみになって両手を彼の肩に当て、上半身を窓のほうに向かって押すと、彼の膝が曲がった。お尻がまえに移動し、膝が持ちあがりはじめたが、腰からねじれて横に倒れてしまい、背中と肩はぴったり床についているのに、腰と脚は横に曲がった状態になった。

ミュアラインは体を起こすと、移動して彼の膝をつかみ、窓枠の上に脚を抱えあげた。脚は思ったよりずっと重かった。それでもなんとか窓枠を越えさせ、窓の外に足をたらした。そこで止まってつぎの動きを考える。うしろにまわって肩を持ちあげ、自分の胸にもたせかけて、窓の外に押し出すつもりだったが、とても無理なような気がした。残念ながら、ほかに考えはなかったし、考える時間がもったいなかった。

歯を食いしばって彼の頭のそばにひざまずき、まえに移動して耳の両側を膝ではさむと、両手で頭を持ちあげ、その下ですばやく膝を閉じた。そして、膝をついたままじりじりとまえに進みながら、彼の肩を膝に引きあげ、頭が胃のあたりに来るまで持ちあげた。彼の体が麻布のように折りたたまれるまでそれをつづけ、窓枠からたらした脚の前側に胸がくっつくと、頭がのけぞってだらりと肩にもたれかかってきた。

この時点でお尻が床から浮いていれば、窓枠の上に押しあげて、そのまま窓の外に出してしまうのだが、彼の脚は長くて、お尻はまだ床についたままだった。その床は今や耐えられないくらい熱くなっている。フライパンで焼かれる肉のような気分だった。

落ちついてこの状況について考えなければと、ミュアラインは窓とドゥーガルの体勢を見つめた。彼を窓枠にのせるにはてこが必要だ。彼を引きあげて外に出すためには、窓の外から同等の重量の何かで引っぱらなければならない。その何かが必要だ、今すぐ。

思いついたときは、たしかに無謀だと思った。だが、それしか思いつかなかった……そして、それには道具が必要だった。振り返ってベッドとそこにあるシーツを見たミュアラインは、ため息をついた。数分間を費やしてドゥーガルをこの姿勢にしたというのに、今度はまた平らに寝かさなければならないのだ。しかし、ほかにやりようがない。

歯を食いしばりながら、急いで彼の上体を戻し、頭をそっと床に横たえてから、ベッドに駆け寄った。ベッドからシーツをはがしながら扉を見やると、炎が階段のいちばん上まで来ているのがわかった。

部屋に煙が充満しつつあったので、走っていって扉をばたんと閉めてから、また窓に急いだ。そこなら新鮮な空気がはいってきて、煙を押し戻すので、ましな空気を吸うことができる。シーツを床に落とし、その上に足を置いて、床からのぼってくる熱からいっとき逃れた。

そして、シーツを割いて幅十五センチほどのひもをいくつも作り、それらをすばやく結び合わせはじめた。間に合わせのロープが充分な長さになると、もうつなげるのはやめ、急いでロープの先をドゥーガルの脇の下に通して胸にまわした。そこでよろい戸を見た。どちらも頑丈そうだが、念のためにそれぞれ引っぱってみた。右側の戸は引っぱると少し動いたので、左側のよろい戸に決め、ロープのもう一方の端をそこに掛けた。

自分が何をやっているのか、立ち止まって考えたりしなかった。やめろという声が聞こえてくるのを恐れたからだ。窓枠によじのぼり、間に合わせのロープの端をよろい戸の下から引き出して自分の脇の下に通し、胸に巻きつけた。

ドゥーガルのほうを見て、うまくいきますようにと無言の祈りを唱え、窓枠からうしろに一歩踏み出した。最初は順調に落ちていったが、やがて胸が軽く引っぱられ、ロープがぴんと張った。それでも彼女は落ちつづけ、その勢いでドゥーガルは寝室の床からよろい戸の上へと引きあげられた。彼がよろい戸のてっぺんまでのぼったのはわかったが、そこでいきなりふたりとも止まってしまい、間に合わせのロープが胸を締めつけ、脇の下の肉に食いこんだので、ミュアラインは痛くて悲鳴をあげた。

深く息を吸いこんで、地面まであとどれくらいあるかたしかめようと下を見た。すると、うろたえて目を見開くことになった。下にあったのは地面ではなく水だった。さっき窓から外を見たとき、この狩猟小屋のまわりに濠があることを、どうして心に留めておかなかったのだろう？　だが答えはわかっていた。日中は外を見ても、空が灰色で今にも雨が降りそうだと気づいただけで、下を見ることもなかったからだ。それに、少しまえに窓から外を見たときは、暗すぎて何も見分けられなかった。

水があると知っていたら……といっても、選択肢はなかったのだから、同じことをしていたにちがいない。でもその場合は、ドゥーガルを窓から外に出すことだけが問題ではないとわかっていたはずだ。これで、意識を失った彼の体を水から引きあげる心配もしなければならなくなった。ふたりで水に飛びこめば、よろい戸からぶらさがることもなかったのに……。

上からめりめりという音が聞こえてきて、考え事は中断された。よろい戸が壁からはずれて、彼女はまた落ちていた。

水に落ちたミュアラインは、すぐにつぎの問題に気づいて上を見た。ドゥーガルが彼女の上に落ちてこようとしていた。まずは彼女の足めがけて。


ドゥーガルは寝返りを打って仰向けになり、しつこく取りついていたらしい眠りのかぎつめを振り払いながら、伸びと大あくびをした。

「ようやく目覚めたか」

ぱっと目を開けて、兄のオーレイをぽかんと見つめるうちに、いくつかのことに気づいた。第一に、狩猟小屋の廊下の床に毛皮を敷いただけの硬い寝床で眠りについたのに、目が覚めたのはベッドのなかだ。第二に、それはブキャナンにある自分の寝室のベッドだった。

「いったいどういうことだ!」彼はつぶやき、起きあがってオーレイに鋭い視線を向けた。「ミュアラインは?」

「無事だ」兄はすぐに弟を安心させた。「サイの部屋で眠っている。ローリーが見守っているよ」

ドゥーガルはそれを聞いて少し緊張を解いたが、すぐに当惑して尋ねた。「何があった? おれたちはどうやってここに来たんだ?」

「おまえは眠り薬入りのリンゴ酒を飲んだんだ」オーレイは冷静に言ったが、ドゥーガルがぽかんと見つめるばかりなので、こう付け加えた。「弟たちが食料といっしょに小屋に運んだリンゴ酒、あれを飲んだのを覚えているか?」

「ああ」ドゥーガルはゆっくりと言った。「荷おろしするのを忘れていたんだ。おれたちはおもてに出て、各自荷おろしをした。だが、リンゴ酒の樽は残されたままだった。目にはいってはいたんだが、ミュアラインのためにドレスの箱を二階に運び終えたときは、だれかが運んだのだろうと思った。だが、だれも運ばなかったらしい。最初の日に持ってきた樽が空になると、だれも新しい樽を運び入れていないことに気づいて、ジョーディーが取りにいったんだ」

「どうやらそれに何者かが眠り薬を入れたらしい。弟たちが到着してからジョーディーが樽を取りにいくあいだに」オーレイが告げた。「少なくとも、ローリーはそう考えている。その樽から飲まなかったのは、あいつとミュアラインだけなんだろう？」

「そうだ。兄貴も知っているとおり、ローリーはリンゴ酒があまり好きではないし、ミュアラインは最初の樽のリンゴ酒を一日がかりでちびちび飲んでいた。おれが混ぜた薬液の味が好きじゃないのに、飲もうと決意して」

「そうか、彼女の薬液嫌いのおかげで、おまえたち全員が命拾いしたな」オーレイはまじめに言った。「階下の窓から火種が投げこまれたとき、ミュアラインは起きていた。ローリーを起こしたが、残りの者たちはまったく起きなかったらしい。ローリーはアリックとジョーディーとニルスとコンランを小屋から運び出さなければならなかった。彼女が階段から落としたアキール叔父も、ローリーが運び出した」

「わたしは階段から落とされたのか？」

おもしろがっているような問いかけに、ドゥーガルが扉のほうを見ると、叔父が脚を引きずりながら部屋にはいってくるところだった。

「聞いたところでは、彼女はわたしをジャガイモ袋のように投げ落としたらしいな」アキールは笑って言った。

ドゥーガルは驚いて眉を上げた。「それほど腹を立ててはいないようですね」

「ああ、彼女に命を救われたわけだからね。だろう？」アキールはまじめに言うと、ベッドの縁に腰をおろした。「兄弟たちを運び出したあと、ローリーがまた小屋に駆けこむと、燃えている階段の上に、日曜日の酔っ払いのようなわたしを抱えてミュアラインが立っていたそうだ。床には意識のないおまえがいた。全員を助けるのはもう無理だから、わたしたちを置いて手すりを越えて飛びおりろ、自分が受け止める、とローリーは彼女に言った。だが彼女はわたしたちを見捨てなかった。わたしを階段から落としてローリーに外に運び出させると、おまえの哀れな尻を引きずって、廊下から寝室へ、そして窓へと運んだ」

「そして、ローリーが二階によじのぼって、窓からおれを引っぱり出したのか」ドゥーガルが推測する。

アキールはその推理に鼻を鳴らした。「それがちがうのだ。彼女が自力でおまえを外に出した」彼はそう告げたあと、ドゥーガルの目が見開かれたのを見て、力強くうなずいた。「ベッドシーツでロープを作り、よろい戸を滑車代わりにして、ロープの片方の端をおまえに、もう片方の端を自分に結びつけて、望まぬ結婚をした初夜の花嫁のように、窓から飛びおりたのだ。彼女の体重でおまえの体は持ちあがって窓を越え、よろい戸がもげてふたりとも濠に落ちた。しかもおまえが上に落ちてきたせいで、彼女は死ぬところだった」彼は暗い顔つきで言った。「幸い、わたしの搬出を終えたローリーが、急いで濠にまわって、おまえたちを水から救出するのに間に合ったのだ」

「なんてことだ」ドゥーガルはつぶやいた。

「まったくだ」アキールは重々しくうなずいた。「おまえはすばらしい女性を手に入れたな、ドゥーガル・ブキャナン。彼女はとても聡明だ。勇敢でもある。ダンヴリースが追いつくまえに彼女を神父のまえに連れていかないと、意識を失うまでおまえを殴ってやるところだ」

ドゥーガルはうなずいて掛けていた毛皮を跳ねのけ、ベッドから出て立ちあがったが、すぐに動きを止めて尋ねた。「でも、おれたちはどうやってここまで来たんだ？」

「ミュアラインとローリーが食料を運んでいた荷車におまえたちを積みあげて、ブキャナンに運んできたのだ」オーレイも立ちあがりながら答え、首を振ってつづけた。「それだけのことをやったとなると、傷が開いたのではないかと心配したんだが、ローリーの話では二目ばかり縫い目が開いたものの、案じたよりもずっと元気らしい。今度のことで治りが遅くなったりすることもないだろうということだ」

「それはよかった」ドゥーガルはうなるように言うと、扉に向かいながら言った。「ここにいては危険だ」

「ああ。ダンヴリースが戻ってくるかもしれないからな」オーレイも同意した。「だが、狩猟小屋にもいられないぞ。ローリーの話では〝焼け落ちた〟そうだから」

ドゥーガルはその知らせに顔をしかめながら廊下に足を踏み出した。

オーレイがあとにつづきながら言った。「今朝、ふたりの兵士をマクダネルに送り出した。ダンヴリースが出発したらすぐに戻ってこいと命じてある。ふたりが戻ったら、おまえたちはマクダネルに向かい、むこうの神父に結婚式をあげてもらうのがいいと思う。結婚は早ければ早いほどいい」

ドゥーガルは廊下で立ち止まり、兄のほうを向いた。「やつがリンゴ酒に眠り薬を混ぜて、火をつけたのだと思うか？」

「いや」オーレイはきっぱりと言った。「ミュアラインを金もうけに使おうとしているのだから、殺してしまっては意味がない。だが、昨夜おまえはもう少しで死ぬところだった。いずれにしろ結婚すれば、つぎの襲撃でおまえが死んでも、彼女の身は守られる」

ドゥーガルは無言で向きを変え、サイの部屋に向かった。自分の死を望んでいるのはだれなのか、まだ心当たりがなかった。だがあの矢がミュアラインをねらったものだったとは思えない。オーレイが言っていたように、ダンヴリースが妹の死を願うわけはないのだし、彼女に敵がいるというのも想像できなかった。でも、もしかしたら……。

突然足を止め、オーレイのほうを向いた。「サイとレディ・シンクレアを殺そうとした女は？」

「なんだと？」オーレイも足を止め、眉を寄せてドゥーガルの言わんとしていることを考えた。

「彼女はどうなった？」ドゥーガルは尋ねた。

「実は、知らないんだ」オーレイが打ち明けた。

「処刑されたはずだ」アキール叔父がふたりに追いついて言った。

ドゥーガルはまた叔父が脚を引きずっているのに気づいた。ミュアラインに押されて階段から転げ落ちたときに骨を折ったわけではないようだが、足首をひねるか何かしたのだろう。ドゥーガルがその足取りから顔へと視線を移すと、叔父はつづけた。「あるいは、処刑を免れるほど家族に権力があるなら、女子修道院に送られたか」

ドゥーガルはゆっくりとうなずいた。それはありそうだ、と思い、こう指摘した。「処刑されなかったのだとしたら、彼女の計画を失敗させたミュアラインに復讐する機会をねらっている可能性がある。あるいは、彼女のために家族がそうしているのかもしれない」

「ありうるな」叔父が考えこみながらつぶやいた。「彼女がつかまって、その行為は家名を著しく汚すことになったわけだから」

「その件についてはおれが調べる」オーレイがすばやく言った。

「ありがとう」ドゥーガルはそうつぶやくと、すばやく向きを変えて、通りすぎようとしたアリックの腕をつかんで引き留めた。廊下の先にあるのはサイの部屋の扉だけだったので、若者が向かおうとした先はわかっていたが、それでもどなりつけた。「どこに行くつもりだ?」

「ミュアラインにおれのシャツをわたそうと思って」アリックは兄の手から逃れながら答えた。

「おまえのシャツ?」ドゥーガルは少年が持っているやわらかな麻布を見おろしたあと、また顔を見た。「どうして彼女がおまえのシャツなんかほしがるんだ?」

「おれたちが持っていったサイと母上のドレスは、小屋の火事で全部燃えちゃったから」アリックが顔をしかめて指摘する。「ここに残っているのは、サイがよくドレスの下に穿いていたブレー(中世ヨーロッパの男子が着用した長ズボン)だけなんだ。だからそれを穿くしかないわけだけど、その上に着るドレスはないから——」シャツを持った手を掲げて肩をすくめた。「上半身を隠すものが必要だろ」

「なんてことだ」ドゥーガルはつぶやき、アリックの手からシャツをひったくると、向きを変えてまたサイの部屋の扉に向かった。自分の女をシャツとブレー姿で走りまわらせるなどもってのほかだ。そんなことが許されてたまるか。

何か別のものを見つけなければ……早急に。ミュアラインは明らかに目覚めているだろうし、彼の本能は彼女を何かでくるんでここから連れ出せと告げていたからだ。オーレイが送り出した兵士を待って報告を聞くより、マクダネルの森で野営をして、ダンヴリースが辞去したらすぐに、妹とその夫が暮らす城に向かうほうがいい。できるだけ早く結婚式をすませて、ミュアラインの安全を確保したかった。

13

牝馬にまたがったミュアラインが、わずかに体を浮かせ、彼だけに許されているはずの場所にブレーがはいりこんだのか、臀部の生地を引っぱるのを見て、ドゥーガルは不意に口のなかにあふれた唾液をのみこまなければならなかった。自分が代わりにブレーを引っぱってやれたらもっと楽しかっただろう。そうなったらくいこみを解消させるだけでなく、ブレーをおろして彼女を自分の膝の上に引き寄せ、温かく湿った彼女のなかに——

「ミュアラインにブレーを穿かせるとは驚いたよ」オーレイが彼のみだらな空想をじゃまして言った。

「彼女に何かをさせることなどできない。まだおれの妻というわけではないのだから」ドゥーガルはうなるように言った。それは彼がサイの部屋に着いて、何かほかのものを見つけるからブレーは穿くなと告げたときに、ミュアラインから言われたとおりのことばだった。必要以上にブキャナンにとどまれば、戻ってきたダンヴリースに見つかる危険性があると彼女も納得したので、縫い物をする時間などなかったのだ。

ドゥーガルは一切反論しなかった。とくに、ブキャナンにとどまるべきではないということに関しては。彼自身、できるだけ早く彼女をブキャナンから連れ去りたかった。そこで、彼女に麻のシャツを放り、くるりと背を向けて、馬の用意をさせるために部屋から出ていった。ミュアラインが身支度をして階下におりるころには、彼の馬だけでなく、ほかにも七頭の馬が城の階段の下で待っていた。六頭はそれぞれ六人の兄弟たちの馬で、残りの一頭は、彼が結婚を決意したときにミュアラインに贈った牝馬だ。それで、オーレイが家族全員でマクダネルに行くと決めたことを知った。兄弟たちは全員結婚式に出たがった。姉妹のサイにも会いたがった。

　理解のあるアキール叔父は、オーレイが戻るまでブキャナンに残って留守を守ると申し出ていた。叔父は階段から転げ落ちたときにどこかの骨を折ったわけではなかったし、結婚式に出られないことをとても残念がっていたが、こぶやあざがいくつかできているらしく、乗馬はかなりきついだろうということもあった。

　兄弟が同行してともにミュアラインの安全を守ってくれるのはうれしかったが、ミュアラインが牝馬に乗るのはあまりうれしくなかった。矢を受けるまえぐらいから失神の兆候はなくなっていたとはいえ、それはほとんどの時間を眠っていたからかもしれない。今は、ほかのいろいろなことに加えて、彼女が失神して落馬しないかと心配しなければならなかった。

　二時間まえにブキャナンを出発して以来、彼女のブレーに包まれた尻から目を離さないのは、それだけが理由なのだと自分に言い聞かせ、そのうそに鼻が鳴りそうになった。まったく、彼女のブレー姿はすばらしかった。すばらしすぎた。押し倒してブレーをはぎとり、その尻に歯を立てたくなる……こんな衝動はこれまでだれに対しても覚えたことがなかった。だがこれは、馬に乗りながら頭のなかをめぐっている、彼女にしたいと思っている数々のことのひとつにすぎなかった。

ドゥーガルがそのうちのいくつかを頭に思い描いていると、ジョーディーとニルスとアリックが、前方の曲がり角を猛スピードで曲がってこちらに向かってきた。ドゥーガルはすぐに馬の腹にかかとを当てて速度を上げさせた。オーレイも同様にするのがわかった。ふたりはすぐに、コンランとローリーにはさまれたミュアラインに追いついた。あえてこのように距離をおいて進んでいたのだ。危険は前方から来ると予想し、ジョーディーとニルスとアリックが先に行って、近づいてくる旅人たちを見張った。コンランとローリーはミュアラインのそばにいて守り、オーレイとドゥーガルがたっぷり距離をおいてしんがりを務める。少なくとも、最初はかなり距離をとっていたが、進むにつれてどんどん距離が縮まり、自分が花に引き寄せられる蜂のようにミュアラインに引き寄せられていることに、ドゥーガルは気づいていた。

「どうした？」弟たちが戻ってきて手綱を引くと、彼はどなった。返事を待ちながら前方の道に緊張気味に目を走らせる。悪い知らせなら、ミュアラインを牝馬から引きずり降ろして自分の馬に乗せ、森のなかに逃げこむつもりだった。

「この先にうちの兵士たちがいて、こちらに向かっている」ジョーディーが告げた。

ドゥーガルは鞍の上で少し緊張を解いた。

「ダンヴリースはマクダネルを出たということか」オーレイが言った。

ドゥーガルはうなずいた。ダンヴリースがまだマクダネルにいるかどうか探らせるために、先に兵士を送り出したことは、オーレイから聞いていた。もしまだいたら、ダンヴリースとその兵士たちが立ち去るまで待ち、その知らせとともに戻るように命じてあった。彼らが戻ってきたということは、ダンヴリースはマクダネルを出たにちがいなく、北のシンクレアに向かっていると思われた。彼らが南に向かっていて、ブキャナンの兵士たちがわずかにその先を行き、ダンヴリースが来るまえにブキャナンに危険を知らせようとしているのでないかぎり。

最後の考えに顔をしかめてドゥーガルは尋ねた。「彼らと話したのか?」

「いいや。知らせを届けるためにおれたちが方向転換したときは、まだかなり距離があった」ニルスが言った。「彼らと落ち合うまえに戻るべきだと思ったんだ」

ドゥーガルはうなずいた。「おまえとアリックは先に行って、彼らが持ち帰ったのは、ダンヴリースがこちらに向かっているという知らせではないことをたしかめろ。もしこちらに向かっているなら合図して知らせるんだ。おれたちがミュアラインを連れて道をはずれることができるように」

ニルスとアリックはすぐに馬の向きを変え、来た道を大急ぎで戻っていった。ドゥーガルは馬を進めて、コンランの馬とミュアラインの牝馬のあいだにはいった。彼女の腰に腕をかけ、牝馬から引きずり降ろして自分の膝に乗せる。

「念のためだ」説明代わりにそうつぶやくと、兄弟たちが先に行くのを見守った。

ミュアラインは何も言わず、ただ両腕を彼の腰にまわすと、座り心地のいい姿勢を探りながらもぞもぞした。彼女を見おろしたドゥーガルは、彼女のシャツをまじまじと見ていることに気づいた。兄弟のなかでいちばん小柄なアリックでも、ミュアラインよりはまだだいぶ大きかったとみえ、シャツは襟もとが大きく開いて、見事な乳房が少なくとも三分の二は見えていた。見えないのは乳首くらいだ。

なんて見事な眺めなんだと思い、布を引きおろしてまるい乳房をたっぷりとかまいたい衝動と戦った。

「まだわたしを怒ってる?」

ドゥーガルは目をしばたたき、そうきいたミュアラインの顔をぽかんと眺めた。

「あなたが穿かせたがらなかったのに、ブレーを穿くと言い張ったから」彼女は説明した。

「ああ」彼は肩をすくめて言った。「あのときはね。でも今は眺めを楽しんでいるよ」

ミュアラインは目を見開いたあと、彼のことばに赤くなり、はにかんでいるのか気まずいのか、うつむいた。悲しいことに、その動作のせいで乳房が見えなくなった。

「ジョーディーだ」

ドゥーガルは前方の道にさっと視線を向け、視界にはいってきた弟が手綱を引いて、敵影なしと合図をするのを見た。ダンヴリースは南には向かっていなかったのだ。これでまっすぐマクダネルに行くことができる。

「夕食は婚礼の祝宴になりそうだな」オーレイが言った。にやりとしてつづける。「その様子からすると、早すぎるということはなさそうだが」

ミュアラインが彼の胸に顔をうずめて恥ずかしそうにうめくと、ドゥーガルは限界に挑戦だと兄に告げ、馬に拍車を入れた。早くミュアラインをマクダネルに連れていって、結婚したい一心で。


「ほんとうに？」サイをまじまじと見ながらミュアラインは尋ねた。ここには二時間ほどまえに着いたばかりだった。あいさつが交わされ、手短に説明がなされると、サイは結婚式に向けた〝準備〟をさせるために、急いで階上の自室にミュアラインを連れていった。ミュアラインは風呂に入れられ、粉をはたかれて、今はサイの侍女のジョイスに髪を結われながら、ミュアラインが着られるものはないかと衣装箱のなかをさがすサイを見つめていた。

「ほんとうにって、何が？」ドレスを掲げては検討し、脇に放りながら、うわの空でサイがきいた。

「ほんとうにいやじゃないの？　わたしがドゥーガルと結婚しても」

「ミュアライン」サイは取りあげたドレスを置いて部屋を横切ると、ミュアラインの両腕をつかんで、怒ったように友人の名前を口にした。「あなたがドゥーガルと結婚することになって、わたしはほんとうにうれしいのよ」彼女はまじめに言うと、にやりとして認めた。「ドゥーガルから話を聞くまではまったく思いつきもしなかったけど、あなたたちはすごくお似合いだと思う。最初に会ったとき、引きずってでもあなたをうちに連れていくべきだったわ」

ミュアラインはほっとして小さなため息をつき、忙しく動くジョイスの手から逃れて友人を抱きしめた。「ああよかった」

「わたしがよろこばないなんて、どうして思ったのよ」サイが彼女を抱き返して言った。

「あなたは親友なのよ。ドゥーガルといっしょになってくれてわたしもうれしい」

ミュアラインは目を見開き、友のことばに眉をひそめながら、身を引いて念を押した。

「でも、わたしには持参金がないのよ、サイ。結婚しても、手にはいるのはわたしだけなのよ」

「充分よ」サイはきっぱりと言った。ミュアラインを放し、衣装箱のところに戻るために向きを変える。かがみこんでドレス選びを再開しながらつづけた。「持参金はあっというまになくなって、すぐに忘れられてしまうわ。でも花嫁はそうじゃない。あなたはドゥーガルのいい奥さんになる。あなたを手に入れる兄は幸運よ」

ミュアラインはそれを聞いて安堵のあまりへたりこんだ。ドゥーガルには持参金つきの花嫁がふさわしいとサイは考えるのではないかと心配だったのだ。持参金を賭けに使ってしまうような兄のいる花嫁ではなく。しかもその兄は妹に娼婦のようなまねをさせようと——

「知ってる？」サイが突然ミュアラインの考え事に割りこんできた。ミュアラインが見やると、友人は衣装箱から目を上げて言った。「わたしたち、姉妹になるのよ」

その宣言に、ミュアラインは目をぱちくりさせたあと、ゆっくりと微笑みの花を咲かせた。

「ええ、そうね」

「親友で姉妹」サイはにっこりして言うと、首を振って衣装箱に向き直った。「これほど多くのものを得て、すべてがこれほどいい方向に向かうなんて、シンクレアに着いた日には想像もつかなかったわ」

「わたしもよ」ミュアラインはつぶやき、ほんとうにすべてがいい方向に向かっていることに気づいた。到着するなり、サイがミュアラインからの手紙を一通も受けとっていなかったことを知った。サイが何通か手紙をくれていたことも。だが一通も届いていなかった。どちらからの手紙もモントローズが止めていたにちがいない。おそらくジョーンやエディスとのやりとりも。みんなまだ彼女の友だちということだ。そして今、彼女はドゥーガルと結婚しようとしており、すばらしい夫ばかりか、サイという姉妹と、六人のすばらしい兄弟、数え切れないほどのいとこ、おば、おじを得ることになるのだ。

親戚の数がどれくらい増えるのだろうと考えるとくらくらした。ここに来る道々、コンランとローリーは、ドゥーガルの結婚式に出られなくて、親戚連中がどんなにがっかりするかについて話していた。ローリーは、すべての問題が片づいて、彼女は安全だと確信が持てたら、あらためて親戚全員のために結婚披露宴を開くべきかもしれない、という提案までした。好奇心からミュアラインが親戚について尋ねると、兄弟はブキャナンの親戚の名前をあげはじめた……その数は膨大だった。ブキャナンは子沢山の家系らしい。彼女は大家族の一員になるのだ。両親と兄たちの死の埋め合わせにはならないが、その傷を癒すのに大いに役立つことだろう。

そのとき、未来はたしかに明るいものに見えた。

ふたりが誓いを交わすまえにモントローズが現れなければ。それを思うと少し不安になった。

そして、彼女に矢を放ち、リンゴ酒に薬を入れ、狩猟小屋に火をつけた人物が、もう襲ってこなければ。新しい家族を傷つけたり殺したりしなければ。

もしかしたらすべてはまだ望んでいるほど落ちついてはいないのではないかと思って、ミュアラインは眉をひそめた。

「これがいいわ！」サイが衣装箱から体を起こして、満足げに金色のドレスを掲げた。「これならあなたにぴったりよ。どう？」ミュアラインによく見えるように、ドレスを彼女に向けて尋ねる。

「すてき」彼女はささやき、サイがドレスを近くに持ってくると、手を伸ばして触れた。美しいドレスだった。

「髪の金色が映えること」サイは彼女の頭を見てつぶやくと、微笑んで付け加えた。「さすがだわ、ジョイス。完璧な仕上がりね」

「ありがとうございます、奥さま」ジョイスはつぶやいてあとずさった。「では、ドレスの着付けをいたしましょうか？」

「それはわたしがやるわ」サイは急いで言った。「階下で何か手伝うことがないか見にいったら？　ミュアラインとふたりきりで話す時間が少しほしいの……これから迎える夜のことで」彼女は意味ありげに言い添えた。

「はい、そういうことでしたら」ジョイスはもごもご言うと、ミュアラインの腕をぎゅっとつかんで「美しい花嫁さんになりますよ」と言った。そして、そっと部屋から出ていった。

ミュアラインは侍女を見送ったあと、話をする必要はないと言うべきか迷いながら、しぶしぶサイに向き直った。心を決めかねているうちに、扉をたたく音がして、サイは金色のドレスをベッドの足もとに放ると、急いで呼び出しに応じた。廊下にいる女性から盆を受けとってありがとうと言い、足で扉を閉めて部屋のなかに向き直る。

「お待たせ」サイは明るく言うと、暖炉のそばのテーブルに盆を運んだ。「あなたはドレスを着はじめてちょうだい。わたしはふたりぶんのワインを注いでから、コルセットの準備を手伝うから」

ミュアラインはうなずいて、風呂のあとジョイスが体に巻いてくれた麻布を落とし、サイがベッドの足もとに置いたドレスを手に取った。ドレスを頭からかぶってサイのところに行くころには、飲み物の準備はできており、サイはほかのふたつのものを盆から取りあげて、真顔でじっと見つめているようだった。

「あら、いいじゃない」サイは友に気づいて言った。何やら検討していたパンのかたまりとニンジンを置き、急いでコルセットの装着を手伝うと、うしろにさがって彼女をまじまじと見た。微笑みながら言う。「完璧」

ミュアラインはにっこりして少し緊張を解き、パンのかたまりとニンジンのほうを見てきいた。「これは何?」パンはワインといっしょに食べる軽食のつもりだろうが、どうして召使が、地面から抜いたばかりでまだ泥がついている、こぶだらけの汚いニンジンをよこしたのかはわからなかった。

「座って」サイはワインを取りにテーブルに移動しながら指示した。

ミュアラインはおとなしく座り、サイに差し出されたワインを受けとって、ひと口飲んだ。

サイも自分の飲み物を口に運んだが、驚いたことに少量するのではなく一気に飲み干し、いくぶん顔をしかめながらゴブレットをおろした。

「聞いて」サイはパンのかたまりとニンジンを手にしてミュアラインのほうを向き、もごもごと言った。パンのかたまりを掲げて言い放つ。「これはあなたよ」

ミュアラインは驚いて眉を上げ、けげんそうに「そうなの?」とつぶやいた。

サイはむずかしい顔でパンを見据えたあと、それをテーブルに置いて、腰から短刀を取り出し、パンを半分に切った。そしてその中心に切れ目を入れ、短刀をおろしてミュアラインに向き直った。

「これがあなた」皮の部分を自分の側に、切れ目のはいったやわらかい面を友人に向けて、彼女は言った。ニンジンを掲げてつづける。「そしてこれがドゥーガル」

「ああ」サイが何をしているのか突然理解し、ミュアラインは声をあげた。首を振ってもごもごと言った。「サイ、わたしは――」

「口をはさまないで、ミュリ」仲よしの四人がいっしょにいるときに使うようになっていたあだ名を使って、サイが注意した。「そうでなくてもやっかいな話なんだから」

「ごめんなさい」ミュアラインはつぶやいた。

サイはうなずき、ため息をついて、小道具を確認したあと、ニンジンをドレスの襟もとから乳房のあいだにつっこみ、テーブルに戻って自分のゴブレットにワインのお代わりを注いだ。一杯目と同じくらいすばやくそれを飲んでしまうと、またミュアラインのまえに戻ってきた。

「いい？　これはあなたで、これが――あら、いけない」ニンジンではなく空のゴブレットを持っていることに気づいて、彼女はつぶやいた。ニンジンはまだ彼女の胸元にあった。サイは急いで空のゴブレットをテーブルに置き、ドレスからニンジンを取り出してミュアラインのまえに立ち、もう一度やり直した。「これはあなたで、これがドゥーガルよ」

パンのまんなかの切れ目を入れた面をニンジンに向け、ニンジンの太いほうの先をパンの切れ目に押しこむ。「そしてこれが――」ニンジンをパンに押しこんだり引き抜いたりしながら言った。「今夜起こることよ」

ミュアラインはパンとニンジンを使ったサイの実演を見て、こんな痛ましい光景は見たことがないと思った。もしまだドゥーガルと寝ていなかったら、この実演を見てぞっとし、うろたえていたことだろう。まったくもう、なんてことなの。

「でも、見た目よりずっとすてきなのよ」ニンジンを入れたり出したりしながら、サイは安心させるように言った。切れ目はすっかりなくなり、ニンジンの挿入でパンはつぶれていた。「先にキスやなんかをしてくれるから、すごく興奮して、彼の顔を思い切りこぶしで殴りたくなるの」そう言って、ニンジンがこぶしで、パンが彼の顔であるかのように、ニンジンを押しこんだ。「そのうち、体のなかで爆発が起きたみたいになって、それがすごくいいのよ」

ミュアラインにとってありがたいことに、サイはニンジンでパンを痛めつけるのをやめ、小さなため息をついた。しなければならない説明を終えてほっとしたのか、それとも絶頂感のすばらしさに思いを馳せているのか、ミュアラインにはわからなかった。彼の顔を思い切りこぶしで殴りたくなる、という部分がまだ引っかかっていたからだ。ドゥーガルに対してそんな欲望を覚えたことはなかった。彼の行為は正しくないのだろうか。

「わかった?」期待をこめてミュアラインを見つめながらサイが尋ねた。

「うん……まあね」ミュアラインはあわててうなずいた。

「ああ、よかった」サイはつぶやくと、小道具をテーブルに放り出して、ミュアラインの向かいの椅子に座りこんだ。そして、ほとんど手をつけられていないワインのゴブレットを見てきいた。「それ、飲むの?」

「いいえ」ミュアラインはおもしろがって言うと、それを彼女に差し出した。やっかいな仕事のせいで、サイのほうがずっとまいっているようだった。サイはグリアとのあいだに男の子だけを産んで、娘は産まないほうがいいかもしれない。娘ばかりの家ではきっとうまくやっていけないだろうから。

「サイにも話したんだが、おれはバハン・カーマイケルを知っていた。だから、彼がミュアラインの世話と将来を、モントローズ・ダンヴリースの手に託したとは信じられないんだ。

彼は妻の連れ子をまったく信用していなかった」

それを聞いたミュアラインは、食べていた鶏肉から顔を上げて、話者であるサイの夫を見た。結婚式は滞りなくおこなわれた。マクダネルの神父は快く結婚式をとりおこなってくれたし、突然モントローズが到着してじゃまがはいることもなかった。結婚した今は、兄の陰謀を恐れる必要もないのだ。少なくとも、名実ともに夫婦になってしまえば。

そういうわけで、ミュアラインはよろこんで婚礼の祝宴に出席し、ごちそうを楽しんでいた。花嫁につきものの初夜への恐怖もなかった。何が起こるかはもうわかっていたからだ。サイの奇妙な実演がなくても。

ミュアラインはサイと並んで座り、両側にはそれぞれの夫がいた。ミュアラインの横にはドゥーガル、サイの横にはグリアが。ドゥーガルの兄弟たちは夫たちの両側に座り、会話は明るく、祝福のことばと、幸せを願う気持ちに満ちていた。そこに食べ物が運ばれてきて、ミュアラインは食べながらみんなの会話を聞くともなく聞いていたのだが、グリアの発言を聞いて、顔を上げたのだった。

「おれも同じことを考えていた」ドゥーガルが暗い表情で言った。

「気になったから、そのことについてきいてまわったところ、興味深いことがいくつかわかった」グリアが告げた。

ドゥーガルは期待に身をこわばらせた。「何がわかったんだ?」

「ミュアラインのいとこのコナーは、バークレーの領主と彼女の父の姉妹の次男だ」グリアはそう告げたあと、つづけた。「バークレーの領主は二年まえに亡くなっている。すべてを長男に残して」

ドゥーガルはがっかりしたらしく、肩をすくめた。「めずらしいことではない。称号と領地は長男に引き継がれるのが普通だ。おれたちの父が死んだときも、オーレイがブキャナンを引き継いで領主になった」

「ああ。だが、お父上はほかの息子たちにも何がしか残したはずだ」グリアが重々しく言った。

「たしかに、全員が領地の一部と金を相続したよ」ドゥーガルの向こうからコンランが言った。

「バークレーはコナーに一ファージングも残さなかった。妻の不貞のせいで、コナーは自分の息子ではないと確信していたらしい」

ドゥーガルはそれを聞いて眉を上げ、考えこんでいるようだ。

「父親の死から一年もしないうちに、兄がコナーをバークレーから追放したこともわかった。うわさによると、不審な死や事故がつづき、新しい領主は命を失いかけたらしい。当然彼は弟を疑ったが、証拠がなかった」

「それで追放したのか」ドゥーガルがつぶやいた。

「そうだ」グリアはうなずいたあと、忠告した。「ただのうわさだが、おれは人をやって調べさせている。まだ確証は得ていないが」

ドゥーガルは納得してうなずき、鶏の脚を取った。彼がそれをかじったので、ミュアラインも食べ物に注意を戻した。

「まだあるわ」グリアも自分の食べ物に目を戻すと、サイが口を開いた。「エディスから手紙が来たの。家族といっしょに宮廷から戻ったところで、宮廷に到着したときはあなたのいとこのコナーもいたそうよ。あなたのお父さまのお友だちも。マッキンタイヤのご領主だったかしら」

「ええ、マッキンタイヤのご領主と父は親友同士だったわ」ミュアラインは彼を思い浮かべてにっこりしながら言った。彼女の幼少期の大きな部分を占める人だった。

「それでね、エディスによると、マッキンタイヤのご領主は、宮廷でコナーに詰め寄って、みんなのまえで面と向かって責めたそうなの。あなたがイングランドのお兄さまのところに送られているあいだに、城と称号を奪ったと。『バハンがかわいいミュアラインをそんな目にあわせるはずがない』と言ったそうよ。そんなことは一瞬たりとも信じないし、偽造でないことをたしかめるために、遺言書を見せるよう要求するつもりだとも」

「そんな話は聞いていないぞ！」グリアが突然叫んだ。

サイは彼のほうを向いて謝った。「そうね、ごめんなさい。でも、ちょうど兄弟たちとミュアラインが到着したときに、使いの者が持ってきた手紙なのよ。婚礼衣装の準備がすむまで、読む機会がなかったの」彼女は申し訳なさそうに肩をすくめた。「そのあとは結婚式や何やかやで、あなたに伝える機会がなくて」

「そうか」グリアは彼女の手をにぎり、かがんで額にキスをした。そして、体を起こすと言った。「コナーは遺言書を見せたのか?」

サイは首を振った。「宮廷に持ってくるわけがないだろうとコナーは言ったらしいわ。カーマイケルにあるから、見たければ来ればいいと」サイはそう答えたあと、ミュアラインを見て言った。「あなたは遺言書を見ていないのよね?」

彼女は首を振った。

「遺言検認の場にいなかったのか?」ドゥーガルが眉をひそめてきいた。

「ええ」ミュアラインは静かに言った。「父はわたしがシンクレアにいたときに亡くなったの。そこにモントローズが現れて、父の死を知らせ、そのままわたしをイングランドに連れていった。シンクレアを出てからカーマイケルには一度も行っていないわ。でも——」みんなが黙りこむなか、彼女はつづけた。「遺言書は偽造じゃないと思う。コナーは遺産の受取人で、城と称号を相続したという知らせを聞くまで、カーマイケルに来たことはなかったんだもの」彼女は指摘した。

「だが、ダンヴリースはいた」グリアが静かに言った。「彼は父上が亡くなる直前に到着したと聞いている」

ミュアラインはうなずいた。「母からお金をせびろうとしてカーマイケルに行ったんでしょう。これまでも母は、兄が賭け事で泥沼にはまると、いくらかわたしていたから」

「でも、お母さまはもう亡くなっていたわ」サイが指摘した。

「そうだけど、兄は知らなかったのよ」ミュアラインはそう言ったあと、顔をしかめて説明した。「短期間にいろいろなことがありすぎたわ。カーマイケルの兄たちが殺されて、母が病気になって、父も病に倒れた」そして、ことばを切ったあと、気まずそうに認めた。「実を言うと、モントローズに手紙を書いて知らせることも思いつかなかった。父も同じだったみたい」父親ちがいの兄に手紙を書いて、母が亡くなったと知らせるのを忘れていたことに罪悪感を覚え、彼女は説明しようとした。「モントローズはわたしたちの生活の一部というわけではなかった。イングランドに住んでいて、この十年間でカーマイケルに姿を見せたのは片手で足りるほどだし、それもたいてい母にたのみごとをしたりお金をせびりに来るだけだった」

「そしてお母上は彼にお金を与えていたんだね？」オーレイが知りたがった。

ミュアラインはうなずいた。

「お父上はそれをどう思った？」ドゥーガルが静かに尋ねる。

ミュアラインは苦笑した。「いやがっていたわ。両親がけんかをするのはそのことでだけだった。モントローズは自分の足で立つことを学ぶべきだと言って、父は母をよくしかっていた」

「そういうことなら、お父上がきみの世話を彼に託したというのはますますおかしいな」ドゥーガルが暗い表情で指摘した。

「そうだな」グリアが同意する。「マッキンタイヤの言うとおり、きみはその遺言書を見るべきだと思う。なんとなく不正のにおいがする」

ミュアラインは眉をひそめたが、反論するまえにグリアから質問された。「コナーはカーマイケルに来たことがないけれど、ダンヴリースはお父上の死の直前に現れたと言ったね?」ミュアラインがうなずくと、彼はサイを見てから視線を戻して言った。「お父上の死の知らせは衝撃だったとサイから聞いている。きみがシンクレアに出発したときは、回復しつつあったんだね?」

「ええ」彼女はつぶやくように言った。「父は快方に向かっていた。そうでなかったら出発していなかったわ」

「その話はブキャナンに向かう途中でミュアラインから聞いたよ」アリックが言った。「それってどういうこと?」

グリアは口を開けたが、すぐにまた閉じ、かがみこんでサイの耳もとで何やらささやいた。

彼女は眉を上げたが、すぐに立ちあがってミュアラインを見ると言った。「そろそろ床入りの儀の準備をする時間よ」

ミュアラインは驚いて目をぱちくりさせながら彼女を見あげ、男性陣がそれがいいとはやしたてると、顔がわずかに熱くなるのを感じた。彼らに向かって舌を突き出し、できるだけ早くテーブルから引っぱっていってもらおうと、立ちあがってサイの腕をつかんだ。

正直、床入りについてはまったく心配していなかったが、それは床入りそのものについてだけで、そのまえにおこなわれる床入りの儀については別だった。そして今、それがどんなに恥ずかしい儀式かということに気づきはじめた。ああ、男性の親族がたくさんいるというのは、思ったより楽しいことではないみたいだわ。

ドゥーガルはサイとミュアラインが階上に急ぐのを見守り、ふたりの背後で寝室の扉が閉まるのを待って、グリアを見た。「サイにミュアラインを連れて二階に行かせたのは、異父兄が父親を殺したかもしれないと思っていることを、おれの妻に知らせたくなかったからだな」

「ああ」彼はつらそうに認め、こう指摘した。「きみも変だと思うだろう、ミュアラインの父親は娘がシンクレアに出発したときには回復しつつあったようなのに、ダンヴリースが到着して数日で突然死ぬなんて」

「そして、ミュアラインは基本的に持参金以外何ももらえないとする遺言書が出てきた」オーレイが考えこむように言う。

「だが、ダンヴリースが彼女の父親の死から得るものはない」ドゥーガルが指摘した。「コナーにはある。ダンヴリースが彼を殺して遺言書をすり替えたのだとしたら、もっと自分の得になるような内容のものに替えるんじゃないか?」

「ダンヴリースはミュアラインの持参金を好きにできた」グリアが指摘した。

それに鼻を鳴らしたのはコンランだ。「彼女の持参金はウェイヴァリー屋敷だ。立派な領主の邸宅だよ」彼は認めた。「だが、カーマイケルの城とは比べ物にならない。それに、おれたちの知っているかぎり、モントローズは貪欲なやつだ。彼女の父親を殺して遺言書をすり替えたのなら、偽造遺言書ではすべてが自分に残されるようにするはずだ」

ドゥーガルはうなずいたが、新しい可能性に思い至り、少ししてから言った。「結局はそうしたのかもしれないぞ」ほかの者たちが問いかけるように見たので、彼は指摘した。「もし彼がコナーと共謀しているなら、持参金よりももっと多くのものを得たのかもしれない。遺言書には書いていないだけで」

「その可能性は高いな」グリアが同意し、ゆっくりとうなずいた。「もしそうだとしたら、たしかに賢い計画だ」

「ああ」オーレイも同意した。「ダンヴリースは遺言書をすり替えて、バハンが墓に入る手伝いをしたが、その死で得るものがあるのはコナーだけなので、疑われない。そして、コナーは得るものはあるが、遺言検認までカーマイケルの城やバハンの近くにいなかったので、疑われることはない」

コンランは顔をしかめ、ドゥーガルのほうを見て言った。「ミュアラインを連れて、その遺言書を見にいくべきじゃないかな」

残りの男たち全員が同意してうなずいた。

14

ミュアラインは眠たげに伸びをして、小さなあくびをしながら寝返りを打って横向きになった。

「おはよう、奥さん」

かすれた声にぱっと目を開けると、こちら向きに寝ている男性が見えた。ドゥーガルだ。

わたしの夫。昨日ふたりは結婚し、昨夜正式に夫婦の契りを交わしたのだ……何度も。それを思い出すと笑顔になり、床入りの儀で恥ずかしい思いをしただけの価値があったと思いかけた。あくまでも思いかけただけだが。まったくもう、ブキャナン兄弟ときたらからかうのが好きなんだから。シーツをめくってベッドの彼女の隣にドゥーガルを入れたとき、裸で横たわっている彼女をちらりと見た彼らの、野次と叫びと品のないことばは忘れられない。ベッドがふたつに割れて自分を飲みこんでくれないものかと思ったくらいだ。

「何を考えている?」手を伸ばして彼女の頬を指でそっとたどりながら、ドゥーガルがやさしく尋ねた。

「昨夜のことよ」ミュアラインはにやりとして言った。

「ほう？」彼は興味を引かれたように、ベッドのなかでにじり寄った。指は頬から首へとおりていく。「昨夜のどんなことを？」

「床入りの儀のあいだ、あなたの兄弟のからかいに耐えるだけの価値はあったかもって」

「かも？」ドゥーガルは怒ったふりをしてきいた。「するとおれはやり方をまちがったかな。もう一度挑戦するべきかもしれない」

「それがいいかも」彼女が同意すると、すぐに唇が重ねられた。まだ本格的なキスがはじまらないうちに、扉をたたく音がした。

「シーツを取りに来たぞ！」木の扉越しにオーレイがどなり、またどんどんとたたく。

ドゥーガルはうんざりしたような声をあげると、寝返りを打ってベッドからおり、「待ってくれ。今行くから」と叫んだ。

床からプレードをつかみあげ、彼女に放りながら言う。「これを体に巻くんだ、愛しい人。やつらはいつまでも待ってはくれない」そして、かがんでシャツを拾うと、被って身につけながら扉に向かった。

ミュアラインはしばらくドゥーガルを目で追いながら、愛しい人と呼ばれた余韻にひたっていたが、彼が扉を開けようとしているのに気づくと、すぐにベッドからおりてプレードを体に巻きつけた。

「ああ、よかった、ふたりとも夜を生き延びたようだな」オーレイはからかうように言うと、ずかずかと寝室にはいってきた。その脇からアリック、コンラン、ジョーディー、ニルスがベッドに向かう。アリックの視線はシャツしか着ていないドゥーガルに向けられ、大事なところがほとんど隠れていない状態なのを見ると、片方の眉をひょいと上げて言った。「起きて身支度をしていると思ったよ。もう城じゅうの者たちが起きて朝食をとっているぞ」

「もう少し寝ていたかったのに」ドゥーガルは冷ややかに言った。

ミュアラインはそれを聞いてかすかに微笑み、兄弟たちがベッドからはがしているシーツの上の、小さな乾いた血痕に目をやった。その血はドゥーガルが自分の手を切って出したものので、純潔のあかしのように見えるかどうか心配だった。昨夜、出血はなかった。純潔は狩猟小屋で奪われたのだから。実のところ、あのときはベッドのなかにいたわけではないので、出血があったかどうか定かではないが、ドゥーガルは自分の体の上に純潔のあかしが残っていたと言ってくれていた。彼女はそのことばを信じ、それまで処女だったことを信じてもらえてうれしかった。実は気になっていたのだ。積極的すぎて、実際よりも経験豊富だと思われたらどうしよう？　兄が自分を差し出したのは彼が最初ではないのではと思われたらどうしよう？　ほかのだれかにもう純潔を奪われていたと思われたら？　だが、そんなことはないと彼は言ってくれた。処女だったのはわかっていると。

弟たちが血のついたシーツを運びながら通りすぎるあいだ、オーレイとドゥーガルは黙っていたが、やがてオーレイが静かに言った。「グリアはこれを階段の上の手すりに掲げると言っている。モントローズが着いたら最初に目にはいるように」ドゥーガルが怖い顔でうなずくのを待って、ミュアラインのほうを見た彼はこうつづけた。「サイはきみが目覚めるのを待っているよ。きみに着てもらうドレスをいくつか選んだらしい。試着できるようにここに持ってこさせよう」

「ありがとう」ミュアラインは眉をひそめたままささやき、部屋を出ていく彼を見送った。そして、扉が閉まった瞬間、ドゥーガルを見た。「彼が言っていたのはなんのこと？　モントローズはここに来ないわよね？　兄はわたしたちが着くまえにここを出ているのよ。どうしてそんなにすぐに戻ってくるの？」

ドゥーガルは顔をしかめ、急いで妻のそばに来た。腕を取ってベッドの縁にいっしょに座らせると「招待したからだ」と言った。

「なんですって？」彼女はぎょっとして言った。「でも、どうして？　兄は――」

「オーレイがグリアにたのんだんだ。使いの者におれたちの結婚式の招待状を持たせて、ダンヴリースを追うよう命じてくれと」ドゥーガルは打ち明け、ミュアラインは彼をまじまじと見た。

「どうしてそんなことを？」彼女は驚いて尋ねた。「わたしたちが結婚するまえにモントローズが着いていたら、兄はきっと――」

「使いの者が出発したのは結婚式のあとだ」ドゥーガルは急いで言った。

ミュアラインはぽかんと彼を見つめてから、ただこう言った。「どういうこと?」

ドゥーガルはため息をつき、説明した。「昨夜きみがテーブルを離れてからすべて計画したんだ。すでに結婚式は無事にすんでいた。おれたちが結婚したと知れば、モントローズもきみを追うのをやめるだろうと、招待状を送ることにした。それで、使いの者ふたりに招待状を持たせ、彼ら一行を追うべく送り出したんだ」

「もうすんでしまった結婚式に招待したのね」彼女は冷静に言った。

「そうだ。午前の半ばに招待状を持って出発したが、途中で馬の蹄鉄が取れて遅れたということにして」

「そう」ミュアラインは小さな声で言うと、顔をしかめてきいた。「ほんとうにここに来るかしら? だって、結婚を止めるには遅すぎると知ったら……」彼女は期待するように言った。

「来るさ」ドゥーガルはあっさりと言った。「彼はたしかめたいはずだ。おそらく怒り狂って、婚姻を無効にするべきだと訴えもするだろう。おれがきみをさらったと言って」

「さらわれてなんかいないわ」彼女はむっとして言った。

「そうだが、彼はおれがさらったと訴えるだろう。賭け事で被った損失を埋められるだけの金を払わせるためにね」ドゥーガルは静かに指摘した。

ミュアラインはその考えに顔をしかめた。「お金は絶対にわたさないでね。父は正しかったわ。母は兄に一ファージングだってやるべきじゃなかったのよ。兄は母を愛してなんかいなかった。家族のだれひとり、愛したことなどなかった」馬と交換に売られそうになったことを思い出して、彼女はつらそうに言った。

ドゥーガルはその表情に気づき、彼女を引き寄せて抱きしめると、ぶっきらぼうな声で言った。「ああ、でも今はきみを愛する夫と六人の兄弟と、姉妹までいる。その全員がきみのために命を投げ出してもいいと思っているんだよ。うそじゃない」

ミュアラインはかすかに微笑み、彼をぎゅっと抱きしめてささやいた。「わたしもあなたたちのためならそうしてもいいと思ってるわ」

短い笑いをもらしたあと、ドゥーガルは体を離して心配そうに彼女を見た。「ああ。小屋が火事になったとき、きみはそれを証明してくれた」彼女の顔から髪を払いのけながら、さらにつづける。「兄弟たちは心から感激していたよ。きみが残って弟たちを起こし、安全な外に逃げろというローリーの指示に逆らって、おれとアキール叔父を外に出したことで」

「だって、あなたたちを焼死させるわけにはいかないでしょう」彼女は冷静に指摘した。

「たいていの娘さんならそうしていたよ」

ミュアラインが応えるより先に、また扉をたたく音がした。

「きっとサイだ」ドゥーガルは立ちあがって言った。だが、そこで動きを止め、扉からまだ彼女が巻きつけているプレードへと視線を移動させた。ミュアラインは立ちあがると、プレードをはずして彼にわたし、ベッドの足もとでまるまっていた掛けシーツをつかんで、プレードの代わりにトーガのように体に巻きつけた。

「あなたはプレードのひだを折って。わたしが扉を開けるわ」と申し出た。

「ありがとう、愛しい人」ドゥーガルはもごもごと言うと、彼女の腕をつかんで引き寄せ、唇にすばやくキスをした。

彼が自分を放してひざまずき、プレードを広げるのを見守ったあと、ミュアラインは向きを変え、口もとに笑みを浮かべながら扉に向かった。これまでのところ、結婚はほんとうにすばらしい。そう思って幸福のため息をもらしたが、扉を開けて手すりの上のシーツを目にすると、笑みもため息も消えた。もうすぐモントローズが来ることを思い出したからだ。彼は何をするかわからない。それを言うなら、何ができるかも。突然、ドゥーガルとの結婚で安全が得られるとはかぎらない気がしてきた。モントローズは婚姻を無効にすることができるのでは？　なんといっても彼はミュアラインの後見人なのだ。自分の許可を得ない婚姻は無効にするべきだと訴えることができるかもしれない。

「その顔つきは見覚えがあるわ」

ミュアラインはシーツから目を上げて、戸口で待っているサイを見た。

「また悩んでいるのね」彼女は責めるように言うと、友人の腕をつかんで廊下に引っぱりながら指示した。「行きましょう。悩むことなんて何もないのよ」

「どこに行くの？」ミュアラインは驚いてきいた。サイに引っぱられて廊下を進みながら、体に巻いたシーツを胸のまえでしっかりつかむ。

「わたしの部屋よ」と告げたあと、彼女は説明した。「ドレスを運ぶより、あなたをドレスのところに連れていくほうが楽だと思って」

「そう」ミュアラインはため息をつき、隣の扉にたどり着いて室内にはいれたときはほっとした。

扉を閉めて、ドレスが何着か広げられているベッドのほうに友人を連れていくと、サイは言った。「さあ、悩むのはやめなさい、ミュアライン。あなたとドゥーガルは結婚したのよ。モントローズはもう何もできないわ」

ミュアラインはうなずき、不安な表情を引っこめようとしたが、ほんとうにサイの言うとおり、結婚に関してモントローズには何も手出しができないのか、まだ確信は持てなかった。兄が到着して最悪のことをするまで、悩むのはやめられないだろう。

「彼女は不安のあまり病気になってしまうぞ」

ドゥーガルはグリアのことばにうなり、暖炉のそばに座ってサイといっしょに縫い物をしているミュアラインから、無理やり目をそらした。作業をしながらもふたりは無言で、緊張しているのがありありとわかり、今にも大きく開くのではと思っているように、たびたび扉に視線を向けていた。

コンラン、ジョーディー、アリック、グリアとともに囲んでいるテーブルに向き直ったドゥーガルは、エールを手にしてごくごくと飲んだあと、認めた。「こう待つばかりでは、おれの神経もすり切れてきたよ」

「ああ」コンランが暗い表情で言った。「そろそろ一週間だ。結婚式の翌朝には現れると思ったのに」

「みんなそのつもりだった」グリアが淡々と言った。「もしかしたら、もう何もできないと判断して、ダンヴリースに戻ったのかもしれない」

ドゥーガルは首を振った。「二日目の朝になってもやつが現れないから、オーレイにたのんでダンヴリースの城に偵察隊を送ったんだ。彼らから毎日届く報告によると、ダンヴリースとともにミュアラインをさがしに出かけた兵士たちのほとんどは、二日まえに戻っているが、ダンヴリースと六人の兵士たちはまだ戻っていない」

「それなら、友だちの城に立ち寄ったとか、賭け事をしにロンドンに行ったのかも」アリックが言った。

「そうだな」ドゥーガルはつぶやいたが、すぐに肩をすくめて言った。「事情はどうあれ、ミュアラインを追ってここに来るつもりはないらしい。だから……」彼はグリアを見て言った。「辛抱強くおれたちをもてなしてくれたことに感謝するよ。だが、あさってにはここを出る」

グリアは眉を上げて、暖炉のそばの妻たちのほうを見た。「ミュアラインには話したのか？」

「いいや」ドゥーガルは顔をしかめて認めた。その仕事はあまり楽しみではなかった。

グリアは眉をひそめた。「ダンヴリースがもうここに来ないとわかれば、ミュアラインも少しは安心できると思うが」

「そうだな」ドゥーガルは認めた。

「それならなぜ伝えない？」グリアの疑問はもっともだった。

「つぎにどこに連れていかれるかを知って、彼女がどんな反応をするか不安だからだよ」ドゥーガルが答えるまえに、ジョーディーがうなるように言った。

「カーマイケルか？」グリアがすぐにきいた。

ドゥーガルはうなずいた。「マッキンタイヤが同行したがっている。彼からの手紙が今朝届いたんだ。あさって彼と落ち合って、遺言書を見せろと要求するために、カーマイケルに向かうことになっている」彼はすまなそうに微笑んでつづけた。「そういうわけで、もう一日やっかいになる」

グリアは気にするなと手を振って自分のエールを手にしたが、口をつけずにまた置いて尋ねた。「今朝オーレイがニルスとローリーを連れて出かけたのはそのためか?」

「ああ」アリックがにやりとして言った。「兵士たちを集めているんだ」

「マッキンタイヤは軍隊を連れてくる。おれたちもそのつもりだ」ドゥーガルはそう言うと、さらに説明した。「力を見せつけるためにね。なんとしてでもミュアラインのいとこに遺書を見せてもらいたいんだ」

「なるほど」グリアはゆっくりと笑みを浮かべながら言った。「武力が必要なら、おれもおれの軍隊もよろこんで旅に加わろう」そして、ドゥーガルの返事を待たずにつづけた。「今や彼女はおれの家族でもあるんだぞ、ブキャナン。だが、もっと重要なのは、ミュアラインがシンクレアでサイの命と名誉を守ってくれたことだ。そうでなければ、今おれは愛する妻を手に入れていない。その恩を返すため、彼女のために立ちあがるときだ」

「まあ、きみは来るだろうな」ドゥーガルが顔をゆがめて言った。

「あたりまえだろう」グリアはそう言うと、いきなり立ちあがった。

「どこに行く?」ドゥーガルは驚いてきいた。

「シンクレアに使いの者を送る」グリアは説明した。「彼も手を貸したいはずだ。きみたちもきっと彼を気に入るよ」

「まあいいさ」急いで去っていくグリアをみんなで見送りながら、コンランがつぶやいた。

「シンクレアも自軍を率いて来ることになれば、四つの軍がカーマイケルに向かうことになる。おれたちが来るのを見たら、コナーは小便をちびるだろうな」

「ああ」ドゥーガルはにやりと笑って同意すると、立ちあがった。「そろそろおれたちの計画をミュアラインに話さないと」

「がんばれよ」コンランが静かに言った。

ドゥーガルはうなずくと向きを変え、女性たちのいる暖炉のそばに向かいはじめた。


「きっと来ないわ」

サイのいらだった口ぶりに、ミュアラインは驚いて縫い物から顔を上げた。

「あなたのお兄さまのことよ」サイは説明した。「ここに来るつもりなら、もう着いているはずでしょ?」

ミュアラインはため息をついて縫い物を膝に置いた。自分でも何度もそう思ったが、男性陣がやけに緊張しているので、自分とサイに言わずにいる知らせがあるのではないかと思っていた。兄が協力してくれる兵士を集めて、マクダネルを包囲し、彼女の返還を要求して、婚姻を無効にするもりだとか。

だが、それは明かさずに、彼女は言った。「ほんとうにごめんなさいね、サイ。わたしたちがこんなに長く滞在することになって、迷惑でしょう――」

「ミュアライン・ブキャナン」サイが怒った顔でかみつくように言った。「そんなことを言うのは今すぐやめて口を閉じなさい。あなたたちの長逗留は迷惑なんかじゃないわ。むしろうれしいくらいよ」彼女は顔をしかめてつづけた。「ただ、みんなこんなに緊張したり心配したりしないで、滞在を楽しんでもらいたいだけ。こんなふうに起こるかもしれないことを心配してばかりじゃ疲れちゃうわ」

「そうね」ミュアラインはため息をついて同意した。消耗させられる一週間だった。日中も城にこもりきりで、今にもモントローズがやってきて、彼女の人生を大混乱に陥れるかもしれないという、つねに消えない不安から各自気をそらそうとしていた。だが、夜はそれほど悪くなかった。ドゥーガルはいつもキスや愛撫で夢中にさせてくれたからだ。そのあとは不安で眠れずに横たわったままでいることになったが。ドゥーガルも同じなのはわかっていた。

「ずっと室内にいるのにも飽き飽きよ」サイが不意に言って、座ったまま落ちつきなく体を動かした。「思い切り馬を駆けさせたい気分」

「わたしも」ミュアラインも言った。

「それならおれがお連れしよう」

その申し出にふたりが驚いてあたりを見まわすと、ドゥーガルがミュアラインの椅子のそばに立っていた。

「グリアはどこ?」コンランとジョーディーとアリックが座って話をしているテーブルのほうを見ながら、サイがきいた。

「使いの者を探しに行った。すぐに戻るよ」ドゥーガルは彼女に請け合うと、笑顔でミュアラインを見おろしてきいた。「馬に乗るかい？」

「ええ」彼女はほっとしたようにささやくと、椅子の横にあるテーブルに縫い物を置いて立ちあがった。サイが座ったままなのに気づき、驚いて眉を上げる。「あなたは行かないの？」

サイはためらい、友人のうしろのドゥーガルを見てから首を振った。「グリアを待つわ」

「わたしたちもそうしましょうか」ミュアラインはドゥーガルを見て言った。「そうすればみんなで行けるわ」

サイはその提案がドゥーガルの表情にもたらした変化にくすっと笑って首を振った。「兄はしばらくあなたとふたりきりになりたいみたいよ、ミュリ。行ってちょうだい。グリアはすぐに戻ると思うから、かならずわたしも乗馬に連れていってもらうわ」

自分と同じように室内に閉じこめられているサイを置いていくと思うと悪くて、ミュアラインがためらっていると、ドゥーガルが彼女を抱きあげて向きを変え、大股で扉に歩きはじめた。

「楽しんでね」サイがにやりとして声をかけた。

ミュアラインは首を振っただけで、ドゥーガルの首に両腕をまわした。城の玄関扉が閉まり、ドゥーガルが階段をおりはじめてから、ミュアラインは尋ねた。「モントローズがわたしを取り返しに来るんじゃないかって、心配するのはやめてもいいってこと？」

「きみを連れ去られる可能性はまったくなかった」ドゥーガルはけわしい顔で請け合い、階段をおりきって、中庭を横切りはじめた。「おれが彼に決闘を申し出て、先に殺していただろうから」

「母を救うために決闘をした父みたいだわ」ミュアラインはつぶやいた。

「そのとおりだ」彼は言った。そして、厩にはいってから付け加えた。「だが、そう、きみの兄がきみを追ってくるとはもう思っていないよ」

「異父兄よ」彼女は訂正した。あの男と半分血がつながっていると認めるのさえ腹が立った。

「そうだったな」彼は同意し、自分の馬の馬房の外に彼女をおろした。「ここで待っていてくれ」

ミュアラインはあとずさって馬房の手すりにもたれ、彼は鞍を取りにいった。馬房のなかにはいり、馬に鞍をつける彼に、彼女は尋ねた。「今朝オーレイとニルスとローリーが出かけたのはそれが理由なの？　モントローズは来ないということで意見が一致したから？」

ドゥーガルは作業の途中で一瞬動きを止め、すぐに再開しながら言った。「それも理由の一部だ」

「ほかの理由はなんなの？」

ドゥーガルは黙って馬に鞍をつけ終えると、馬を馬房の外に向かわせ、その途中で彼女の手をにぎった。馬と彼女を馬房から出すと、すばやく騎乗し、彼女を抱きあげて自分のまえに乗せた。

「馬ならひとりで乗れるわ、ドゥーガル」馬を進ませる彼に、彼女は静かに言った。

「知っている。ブキャナンからここまで、ほとんどの道のりを馬に乗ってきたんだからな」

彼は思い出させた。「ただ、いっしょに乗るのが好きなんだ」

「そう」いっしょに乗るのが好きだと言われたのがうれしくて、彼女はかすかに微笑んだ。

「わたしもあなたといっしょに乗るのは好きよ」

「そうなのか？」門をくぐって、跳ね橋をわたりはじめながら、彼女の耳もとに軽くキスをする。

ミュアラインがそれに反応してあっと声をあげると、突然腰をつかまれ、何センチか持ちあげられた。

「片脚をこちらにまわして」彼は指示した。「またがれるように」

すぐに片脚をまわすと、ミュアラインは馬の背におろされた。

「ドレスの下にブレーを穿いているんだな」彼はおもしろがって言った。

下を見ると、またがった姿勢のせいでスカートが持ちあがり、暗い色のブレーが見えていた。ミュアラインは赤くなって肩をすくめた。「結婚式以来、毎日穿いているの。夕食の直前に脱ぐのよ。備えるべきだと思って」

「何に備えるんだ？」彼が尋ねる。

「あらゆることに」彼女はさらりと言った。「お気づきでないかもしれませんが、だんなさま、兄の城から脱走して以来、何着ものドレスをだめにしてきたもので」

「いや、気づいていたよ」彼はくすっと笑って言った。「きみのドレス代を稼ぐために、馬の繁殖事業を拡大しなければと思っていたところだ」

「裸にしておくという手もあるわよ」彼女は彼の胸に寄りかかって提案した。

「ほんとうに？」彼女の首に鼻をこすりつけながら、彼が興味を引かれて尋ねた。「いいのか？」

「ええ」彼女はささやき、耳たぶをかまれて彼のまえでお尻をもぞもぞさせた。「あなたも裸ならね」

「ますます気に入った」彼はうなるように言うと、キスができるように彼女のあごをつかんでななめうしろを向かせた。

たちまち興奮がわきあがり、ミュアラインはため息をついて、彼の口のなかにうめいた。だがすぐにはっとして身を引いた。「あなたが手綱を取ったほうがいいわ。わたしだと落としてしまうかもしれない」

「だめだ。忙しいんでね」ドゥーガルは反論し、両手を上にすべらせて乳房をつかんだ。

ミュアラインは驚いてきゃっと声をあげ、あたりを見まわしたが、マクダネルを取り巻く森まで来ていて、何をしているか城壁の見張りからは見えないようなのでほっとした。彼女が頭をめぐらせたのをいいことに、ドゥーガルはまたキスをして、乳房をもみつづけながら、一瞬舌を差し入れた。

彼女がうめいてキスを返すと、彼は性急にドレスの襟もとを引きおろしはじめた。それほど引っぱる必要はなかった。サイのほうが少しだけ体格がよかったので、もらったドレスはすべてミュアラインには上半身がゆるかったのだ。この数日かけてドレスのお直しをしてきたが、このドレスはまだ襟もとを詰めていなかった。ドゥーガルはすぐに乳房をドレスから解放し、布にじゃまされることなくつかんだりもんだりした。

口づけを中断して、ドゥーガルがつぶやく。「ミュリ?」

「なあに?」彼女はうめいて、彼の愛撫に身をそらせた。

「おれも馬にまたがるきみが好きだ」

ミュアラインは息も絶え絶えな笑い声をあげたが、もう乗馬をしているとは言えないことは黙っていた。少しまえに手綱を放してしまい、馬はたちまち速度を落として立ち止まっていたのだ。

「あなた」彼女は息を切らして言った。「ねえ、だめよ——ああ」とあえぎ、驚いて体を引きつらせる。彼の片手が乳房から離れて、いきなり脚のあいだに当てがわれたからだ。

「どうどう」彼女の動きに動揺して横歩きする馬に、ドゥーガルは静かに命じた。もう片方の乳房も放し、彼女の膝の上から手綱を取って、ふたたび馬と彼女の両方を操る。片方の手は彼女の脚のあいだに置かれたままだ。今は布越しに指を押し当て、上下に動かしながら愛撫していた。

「ドゥーガル」彼女は弱々しくあえぎ、彼の手をつかんでやめさせようとした。

「ブレーを穿いていなかったら、こちらを向かせておれにまたがらせ、スカートをめくって――」

「ああ、だめ」彼にされていることと、頭のなかに浮かんだ光景が組み合わさって、興奮の度合いがさらに数段階上がり、ミュアラインは息をのんで、夫のことばをさえぎった。今は心からブレーを穿いていなければよかったと思った。そして突然、彼を迎え入れたくてたまらなくなった。

「あなた、お願い」彼の肩の上で頭をよじり、脚のあいだにある手に爪を立てながら、彼女はせがんだ。

「何がお願いなんだい、ミュリ？」馬の速度を上げさせながら、指も負けずに速く動かして、彼が耳もとでささやく。

「馬を止めて。あなたがほしいの」彼女はうめきながら言った。

「もうすぐだ」彼はそう言ってなだめたあと、彼女に命じた。「おれの代わりに乳房に触れてくれ。この状態では無理だから」

ミュアラインは自信なさげに唇をなめたが、両手で自分の乳房を包んだ。

「ああ、そうだ、愛しい人。つかんでくれ」彼は指示した。脚のあいだの手を一瞬引っこめてスカートを引っぱり上げると、また戻ってきて、今度は薄いブレーの生地の上から中心部分をこすりはじめた。ミュアラインはうめいて、痛いほど乳房をもんだ。彼の愛撫に合わせて腰が自然に動き、お尻が彼の硬いものにこすれて、はさまれたそれが大きくなっているのがわかる。すると彼が手綱を引いた。目を開けると、湖畔の空き地に到着していた。

ミュアラインがほとんど気づかないうちに馬は完全に止まり、ドゥーガルの膝から抱きあげられて、馬の横の地面におろされようとしていた。彼女はあぶみにつかまって体を支えると、馬から降りる彼のじゃまにならないようにあとずさった。ドゥーガルは地に足をつけるとすぐに彼女の腕をつかんで引き寄せ、キスをした。激しい、飢えたようなキスに彼女も同じ激しさで応えたが、うしろ向きに馬から遠ざかっていることになんとなく気づいていた。

背中が木の幹に押しつけられるのを感じたと思ったら、ドゥーガルがキスをやめて片膝をつき、スカートの裾をつかんでめくった。ぱっと浮きあがったスカートは彼の頭と肩の上に落ちてきて、ブレーのひもがほどかれるのを感じた彼女は、目をまるくして見おろした。

「わたしが――」自分がスカートを持ちあげているべきか尋ねようとしたが、ブレーをおろしてあらわになった肌に彼がキスしはじめると、質問のつづきはたち消えになった。唇はお尻から脚へとおりていき、膝の裏をつかまれて脚を上げさせられた。その瞬間、ブレーが引っぱられて足から抜けた。彼はもう片方の脚も同じようにした。スカートの下からブレーを放ると、彼は身を引いて体を起こし、ドレスの襟もとをつかんで肩から押しさげはじめた。ミュアラインは彼に協力してドレスから腕を抜き、腰のあたりにたれるようにした。最後のひと引きでドレスが足のまわりに落ちると、彼女はブレードを留めているブローチに手を伸ばした。ブローチをはずすとブレードが落ちた。ドゥーガルはすぐにシャツを頭から引き抜き、脇に放って彼女を抱き寄せた。

彼の温かい体が押しつけられるのを感じて、ミュアラインは歓びのため息をついた。キスを求めて上を向くと、彼は頭を下げはじめたが、不意に動きを止めた。

「背中は？」心配そうに尋ねた。「木に押しつけられて、痛くなかったか？」

彼女はすぐに首を振った。「大丈夫よ。ローリーは明日抜糸するって言ってた」

「よかった」ドゥーガルはつぶやき、彼女をさっと持ちあげて足を浮かせると、片膝を立てて、脱ぎ捨てた服の上に寝かせた。だが、彼女が期待したようにに体を重ねてなかにはいってくるのではなく、隣に横向きに寝て、キスしながらすべるように手を動かし、お腹をなぞったあと、今度は乳房を片方ずつもてあそんだ。

ミュアラインは彼の口のなかにうめき、彼の肩をつかんで、自分の上に引き寄せようとした。だがドゥーガルは抵抗し、お腹から骨盤へと手をすべらせて、脚のあいだに入れた。ミュアラインはキスを解いて息をのみ、大声をあげた。腰が動いて背中がそり、爪が彼に食いこむ。貫いてほしくて、彼にかきたてられた欲望を満たしてもらいたくてたまらなかった。

「ドゥーガル」むせび泣くように彼の名を呼ぶ。

「黙って、愛しい人」彼はたしなめ、ぬめる肌に指をすべらせて、興奮の中心のまわりに円を描くように動かした。「心配しないで。力を抜いて楽しむんだ」

こぶしで殴ってやりたい。そう思ってぱっと目を開けた。サイが言っていたことが突然理解できた。これまではいつも、背中の傷が痛まないように、ミュアラインが上になっていた。その体勢だと自分のやり方で快楽を追求できた。今回主導権を持っているのはドゥーガルで、じらすような愛撫で彼女を叫喚の瀬戸際まで追いつめていた。

ドゥーガルを押し倒して上になろうともがいたが、下半身に彼の片脚がかけられており、その脚と胸で押さえつけられて身動きができなかった。

ミュアラインは欲求不満のあまりうめき、地面の上で頭を左右に振った。やがて、この苦悩を終わらせたい一心で手をおろしていったところ、いきり立ったものを見つけた。それをにぎって、はたと困った。どうすればいいとされているのかわからなかったが、にぎられたドゥーガルが一瞬固まったということは、まちがってはいなかったようだ。彼の指がまた動きはじめると、彼女は反射的に彼のものをにぎったまま手を下にすべらせ、挿入時の動きをまねた。

ドゥーガルはすぐに歯のあいだから息を吸いこんでうなった。「手を離してくれ、愛しい人。きみを歓ばせたいんだ」

「なかに来てほしいの」彼女は言い返し、今度はにぎった手を上にすべらせた。

彼は歯を食いしばったものの、頭を下げて彼女の唇を奪った。唇が開くと舌を差しこみ、同時に指を彼女のなかに押し入れた。

ミュアラインは彼の口のなかに叫び声をあげ、背骨が折れてしまうのではないかと自分でも心配になるほど体をそらせた。彼の指が後退しはじめると、動かせるほうの膝を立てて地面に足をつけ、腰を押しあげて、つぎの突きを迎えにいく。今度はもう一本指が加わり、彼と愛を交わしたときと同じくらい完全に彼女を満たした。そしてその指を深く彼女のなかに埋めこんだまま、興奮の中心である突起の周囲で、親指を前後に動かしはじめた。

ミュアラインの体は緊張のあまり震えだしそうだった。やがて、彼の口のなかに叫び声をあげ、腰を前後に動かすうちに、何も考えられなくなって、ついに絶頂の波が訪れた。そこでようやくドゥーガルは指を引き抜き、体を重ねてつながった。彼に満たされたミュアラインは、あえぎとうめきが半々の声をあげ、抜き差しが繰り返されはじめると、両腕と両脚でしがみついた。

最初は、もう自分はすんだのだから、あとはしがみついて、彼が絶頂を迎えるのを待つだけだと思ったが、それはまちがいだった。わずかののちに、ミュアラインはまた声をあげ、爪を立てることになった。だが、今回はひとりでのぼりつめたわけではなかった。自身を深く彼女のなかに埋めたまま、動きを止めると、ドゥーガルもいっしょに声をあげたのだ。そして、両腕でしばらく自分の体を支えてから、横向きに姿勢を変え、つぎに仰向けになると、温かい体の上で憩わせるために彼女を引き寄せた。

身を寄せたミュアラインの目が今にも閉じようとしていたとき、彼は言った。「奥さん?」

彼女はしぶしぶまた目を開けたが、あまりにも疲れていたので頭を持ちあげて彼を見ることができず、眠そうな声で「ん?」とだけつぶやいた。

彼はためらってから言った。「おれたちはあさって出発する」

ドゥーガルがふたりのための家を建てるまでブキャナンに戻るのだろうと、ミュアラインはうなずいただけでまた目を閉じた。ふたりはまえの晩、そのことについて話していた。両親が亡くなって、彼は土地とかなりの現金を相続した。兄弟全員がそうだった。彼にはそのほかに、馬の飼育や、父親が亡くなるまえにしていたらしい傭兵の仕事で得た金があった。この数年オーレイの副官として働きながらためておいた金を合わせると、立派な家を建てる資金は充分にあった。

だが、ミュアラインにこだわりはなかった。これから死ぬまでブキャナンで暮らしても、あるいは小さな小屋で暮らしても、ドゥーガルといっしょなら幸せだっただろう。ふたりでいられるなら、どこに住もうとかまわなかった。

「行き先はカーマイケルだ」ドゥーガルが言い添えた。すると、ミュアラインは固まった。ふたりともしばらくそのまま動かずにいたが、やがて彼女は不意に起きあがって、彼のまじめな顔を見つめた。

ドゥーガルも起きあがって彼女の両手を取った。「マッキンタイヤの領主は遺言書を見たがっている。きみも見る必要があると思う」

「その必要はないわ」彼女は拒否し、彼から手を引き抜いた。「内容は知っているし、それだけで充分よ」

「充分ではない」彼はもう一度彼女の手をつかんで言い募った。「ミュアライン、命をかけてもいいが、遺言書は偽造されたものだ。きみのお父上が会ったこともないきみのいとこにすべてを残すわけがないし――」

「言ったでしょ、気絶ばかりしているから、領民に受け入れられないのではないかと心配したのよ」

「きみがそう思っているのは知っているが、まちがっていると思う」彼はきっぱりと言った。「それに、カーマイケルをきみに残すにしろそうでないにしろ、ダンヴリースを後見人にするのはおかしい」と顔をしかめる。「ミュアライン、きみのお父上はモントローズの父親を決闘で殺している。まったくの他人だったきみの母上を彼のもとに置きたくなくて。そのお父上が、実の娘であり、生き残ったたったひとりの子供であるきみを、その男の息子の手に託すわけがない。その息子がかつての父親と同じくらい、愚かで残酷とあればなおさらだ」

ミュアラインはごくりとつばをのみこんでうつむいた。何よりも傷つくことばだった。城と称号がいとこのコナーのものになったことはそれほど気にしていなかった。スコットランドで女性が称号と領地を相続することはめずらしくないが、イングランドではまったくないことだと知っていた。いやだったのは、父がひどく嫌っていたはずのモントローズの世話になることだった。モントローズから最初に話を聞いたときは、彼女も信じられなかった……父が気絶してばかりの娘の虚弱さを憂い、世話が必要だと思ったらしい、という説明を受けるまでは。

「でも、わたしは気絶してばかりいるから」彼女は悲しげに口を開いた。

「それでも、きみが勇敢で強い女性なのはたしかだ」ドゥーガルはきっぱりと言った。

ミュアラインは手を振って否定した。もちろん今は強く見えるだろう。ブキャナンへの旅以来、気を失っていないのだから、と思って、ドゥーガルにそう言った。「あなたたち兄弟が食べさせ、薬を飲ませるまえのわたしがどんなだったか、忘れたの?」

「どんなだったかな?」彼はまじめに尋ねた。

「気を失ってばかりいたわ」彼女はいらいらしながら言った。「虚弱だった」

「虚弱?」彼はおもしろがってきき返した。「気を失うからって、虚弱ということにはならないよ。それに、おれに言わせれば、欠点というわけでもない。気を失ったことで、妹とレディ・シンクレアを殺人者から救いさえしたんだから。それにきみは兄から、その城から、イングランドからも逃げて、ひとりでスコットランドに行こうとした。自分の貞操を守るために。虚弱な人間にできることではないと思うよ」

「ひとりで旅したわけじゃないわ」彼女は真剣に指摘した。

「そうだな」彼は同意した。「でも、最初はひとりだった。旅の途中で出会う山賊や、そのほかのあらゆる危険をものともせずに出発したんだ」彼女の両手を揺さぶる。「きみは虚弱なんかじゃないよ、ミュアライン。気絶していたころでさえ、そうではなかったんだ。おれにそれがわかるのだから、お父上もわかっていたはずだ」彼はきっぱりと言った。

ミュアラインのあごの下に指を入れ、顔を持ちあげて目を合わせながら、ドゥーガルは言った。「気絶するせいでお父上に虚弱だと思われていたときみは感じているのだろうし、そのせいで傷ついたかもしれない。だがミュリ、お父上は愚かな人間ではなかったから、おれと同じように考えたはずだ。気絶しようとしまいと、きみは美しくて、立派で、強いと」

ミュアラインは唇をかんで、不意にこみあげてきた涙をまばたきでこらえた。

それでもひと粒の涙が頬をたどると、彼はおごそかにそれをぬぐって言った。「あさって、マッキンタイヤと落ち合ってカーマイケルに向かい、遺言書を見せろと要求するつもりだ。きみはお父上に愛され、大切に思われていたことを知る必要がある。気絶するからといってモントローズのようなろくでなしに世話を託すような、恥ずべきことをされるわけがないと」

彼が同意を待っているのに気づき、彼女はため息にして息を吐き出すと、うなずいた。

ドゥーガルはほっとして、ぎこちない笑みを浮かべた。「すべてうまくいくよ」彼は請け合い、彼女を引き寄せて抱きしめた。

「ほんとに?」ミュアラインは彼と頬を重ね合わせながらつぶやき、指摘した。「でも、もし遺言書がすり替えられていたら、父の死に疑問が出てくるわ」

ドゥーガルはぎくりとし、ゆっくりと体を離して彼女と目を合わせた。動揺に気づかれてしまったが、彼はうなずいた。「ああ、そうだな」

ミュアラインが見つめるばかりなので、彼は白状した。「きみが出発するとき回復しつつあったお父上が、数日後には亡くなったことがずっと気になっていた」彼は首を振った。「お父上が充分回復しないかぎり、きみがカーマイケルを離れるわけはないからな」

「父は起きて歩きまわっていたし、ときどき咳をしたり洟をすする程度で、呼吸もだいぶ楽そうだった」彼女は落ちついた様子で言った。「出発の前日の午後は、階下の暖炉のそばでわたしとすごしさえしたわ」

ドゥーガルはその答えを期待していたかのようにうなずいたあと、指摘した。「それに、お父上が回復したら見つかってしまう危険を冒してまで、モントローズが遺言書をすり替えたとも思えない」

15

ミュアラインはサイのため息に顔を上げ、心配そうに両手をにぎりしめながら暖炉のまえを行ったり来たりする友人を見守った。サイ・ブキャナン——今はサイ・マクダネル——が、無力な女性のように両手をにぎり合わせているのを見る日が来るとは、思ってもいなかった。だが、彼女は午前中ずっとこの調子だ。

唇をかんで、椅子に背中を預け、サイを落ちつかせるためにかけることばを考えようとした。だが、午前のあいだずっと考えても、この状況を好転させるために言ってあげられることは何もなかった。事情がはっきりするまでは無理だ。

ミュアラインはため息をついて、手つかずの縫い物にまた目を落とした。カーマイケルに出発する日をドゥーガルに告げられて以来、よく眠れていなかった。あの朝、眠っている時間よりも、来るべき旅のことを思い悩んでいる時間のほうが長い、二度目の長い夜から疲労困憊して目覚めると、グリアの従者が消えたために出発は遅延との知らせを受けることになった。従者はアルピンという名の少年で、二週間の里帰りから昨日戻るはずだったらしい。

里帰りは従者契約で定められていた。少年は夕食までには戻っているはずだった。だが、寝る時間になっても戻らず、グリアは心配しはじめた。夜が明けてもまだ戻る兆しがないので、少年と護衛たちが道中困ったことになっていないかたしかめるために、兵士を送り出した。兵士たちはすぐに戻ってきた。マクダネルからそう遠くない路上で死んでいる護衛たちを見つけた……そして、少年の痕跡はなかったという知らせとともに。

グリアはすぐさま捜索を開始し、ドゥーガルと兄弟たちも手伝った。

「わたしも外に出て捜索を手伝うべきだわ」サイは不意に欲求不満を爆発させた。

「ええ、そうね」ミュアラインはおだやかに同意し、かなり長い時間手にしているが、ひと針も縫っていない縫い物に視線を戻した。

自分でも決めかねているのだろう、サイはミュアラインの隣の椅子にどさりと座りこむと、ため息をついてつぶやいた。「いいえ。やっぱりわたしはここにいなくちゃ」

今度はミュアラインがため息をつく番だった。それも、思い切りいらだちのこもったため息を。縫い物を脇に置いて立ちあがると、彼女は言った。「あなたがわたしを守るためにここに残ってくれているのは知ってるわ、サイ。でも、このお城のなかにいればわたしは安全よ。それに、疲れてるの。今日の旅のことを考えて、このふた晩というものよく眠れなかったんですもの。横になってちょっと休みたいけど、あなたがここにいると、いっしょに座っていなくちゃならない気がするのよ。ねえ、あなたも捜索を手伝いにいったら？　そうすればわたしは横になりにいけるし、あなたが雌鶏みたいに歩きまわるのを見なくてすむわ」

サイはこれ以上は無理だろうという速さで椅子から立ちあがった。すばやくミュアラインを抱きしめると、弾むような足取りで扉に急ぎながら叫んだ。「あの子を見つけたら起こしにいくわね」

ミュアラインは扉を押して出ていく彼女を見送って、首を振ると、大広間を横切って階上に向かった。アルピンのことは先週サイから何度も聞いていた。その少年が友人のお気に入りであることはすぐにわかったが、それ以上の存在だとは思っていなかった。だが今日、サイが少年を八人目の兄弟か、養子のようにさえ思っていることがはっきりとわかった。少年が生きて元気な状態で見つかるよう、心から願った。でなければサイは悲嘆にくれることだろう。

ベッドの上のドゥーガルのかばんの横には、サイにもらったドレスを詰めたかばんがあり、ミュアラインはそれを見て顔をしかめた。この朝からはじめることになっていた旅を象徴しているようだ。彼女の睡眠時間を奪い、今こんなに疲れている理由である旅。結局出発できなくなってしまった旅を。

悩むのは無駄なこと、起こることは起こるのだし、心配していたことが起こらないときもあるのだから、と母はよく言っていた。母は賢い女性だった、と思いながらベッドに向かい、ドゥーガルのかばんをつかんで床に移動させた。それを床に置いて、自分のかばんもどけようと体を起こしたとき、背後で何かを引きずるような音がした。

うしろを向こうとすると、頭を何かで殴られて悲鳴をあげることになった。あっという間に意識を失い、暗闇に取り巻かれて、完全に包囲された。


「護衛のふたりだ」

ドゥーガルは隣で馬に乗る男を見た。グリアは恐ろしいほど顔をしかめ、体じゅうから怒りと恐怖といらだちを発散させながら、そのことばをまたつぶやいた。義理の兄弟が何を言っているのか尋ねる必要はなかった。アルピンの父親は護衛をふたりつけて息子を送り出していたが、そのふたりともが死に、その死体は息子が行方知れずだという知らせとともに、アルピンの父親のもとに送り届けられようとしていた。

「ふたりとも、やっとひげが生えたか生えないかの若者じゃないか」グリアはうなるように言った。「こんな青二才ふたりに護衛をさせて、ひとり息子に旅をさせるなんて、いったい何を考えているんだ？」

ドゥーガルは顔をしかめただけで、何も言わなかった。グリアは怒りを吐き出したいだけで、答えがほしいわけではないだろう。

だが、ふたりのあいだで馬に乗っていた、ときどき口を開くべきときとそうでないときの区別がつかないアリックが言った。

「アルピンの父親はイングランド人なんでしょ? やつらはいつも頭がきれるってわけじゃないから」

「アリック」ドゥーガルが強い声で注意した。

「だって、ほんとうじゃないか」アリックは言い張った。「近親婚のせいだって、じいさんはいつも言ってた」

グリアが片方の眉を上げてドゥーガルのほうを見たので、ドゥーガルはすぐに首を振って言った。「こいつのことは無視してくれ。まだガキなんだ」

「それは関係ないだろ?」アリックはむっとして言った。「じいさんが言ったことを話しただけじゃないか」

「アリック」とドゥーガルが言いかけたとき、黒い髪をなびかせながら、馬でこちらに向かってくる女性に気づいた。「あれはサイか?」

「そのようだ」グリアが不安に顔をくもらせながら、ゆっくりと言った。

「ミュアラインといっしょに城にいることになっていたはずなのに」アリックが眉をひそめて言う。

ドゥーガルは口を引き結んで馬に拍車を当て、彼女を迎えにいった。ふたりが落ち合って手綱を引くと、彼はどなった。「ミュアラインはどこだ?」

「疲れていて横になりたいというから、わたしは捜索を手伝いに来たの」サイはあわてて答えた。

ドゥーガルはうなずいた。体じゅうに安堵が広がる。一瞬、彼女もどこかで馬に乗っているのかと心配になったのだ。

「どうしてみんな城に戻ろうとしているの？」グリアやほかの者たちが追いついてきたので、サイはきいた。「アルピンを見つけたの？」

「いいや」グリアは暗い顔で答えた。

「それならなぜ城に向かってるの？」彼女はもどかしげに尋ねた。「あの子はどこかにいるのよ、ひとりで、怖い思いをして——」グリアが馬に乗った彼女を引き寄せて、膝の上に抱きあげたので、ことばが消えた。「深呼吸するんだ、愛しい人。できることはすべてやっているよ。もっと遠くまで兵士たちを送ってさがさせているし、アルピンがいなくなったことを知らせ、あの子と引き換えに金を要求されているかどうかきくために、父親のもとに使いの者も送った。返事を待つあいだ、城に戻って周辺の地図を見ながら、最善の道をさがすことにしたんだ」

サイはそれを聞いて彼に力なくもたれた。「あの子のことが心配だわ、グリア」

「ああ、わかっている」彼はそう言ってため息をつき、彼女の頭を胸に押しつけて、また馬を前進させようとした。

ドゥーガルは横に身を寄せて、サイの牝馬の手綱をつかみ、ふたりにつづいた。弟たちもついてくるのがわかった。

マクダネルの兵士たちのほとんどがアルピンの捜索に出払っているはずなのに、中庭に馬を乗り入れると、大勢の兵士たちがいたので、ちょっと驚いた。ドゥーガルはグリアの横に追いつくと、速度を落としながら問いかけるように彼を見たが、義弟は軽く一度首を振った。どこの兵士たちなのか知らないということらしい。

「オーレイが戻ってきている」とアリックが突然言い、オーレイとコンランがグリアの副官のボウイといっしょに階段のそばに立っているのを見て、ドゥーガルはほっとした。三人のほかに見覚えのない年配男性もいた。

オーレイの計画は、ブキャナンから集めてきた兵士たちとともに、回り道をしてマクダネルに行くのではなく、マッキンタイヤとの集合場所に向かうというものだった。残りの者たちは両軍に合流するため、マクダネルからそこに向かう。もちろん、グリアの従者の問題が発覚した時点で、ドゥーガルはコンランを集合場所に送って、遅れることを説明させていた。彼らは知らせを受けとったようだ、とドゥーガルが思ったとき、グリアが言った。「おれの見まちがいでなければ、いっしょにいるのはマッキンタイヤの領主だ」

「捜索を手伝うために来てくださったのかもしれないわ」サイが期待をこめて言った。

「すぐにわかるさ」グリアは静かに言った。

その声に現れた不安に気づき、ドゥーガルは彼をちらっと見たあと、階段のそばの男たちのほうをもっとよく見た。今度は全員が暗い表情をしているのに気づき、不安が広がりはじめるのを感じた。まるで、少年を見つけたが、生きてはいなかった、というような顔だ。

心のなかでため息をつきながら、グリアとならんで手綱を引き、すばやく馬から降りた。サイに手を貸そうとしたときには、すでに妹は地面に飛び降りて、オーレイとほかの男たちのほうに向かいはじめていた。

グリアは悪態をついて、ほとんど飛び降りるようにして馬から降りると、男たちから話を聞くまえに、走って妻に追いついた。どんな知らせにせよ、聞くのは夫婦ふたりだけにさせようと、ドゥーガルはジョーディーとアリックとともにあとに残った。だが、驚いたことに、ドゥーガルがその場に残っていることに気づいた四人の男たちは、夫婦を素通りして彼に近づいてきた。

「ドゥーガル」オーレイがまじめな顔で言った。「ミュアラインがいなくなった」

「なんだって?」彼は動揺して言った。そして、急いで戻ってくるサイに目を向けた。

「うそよ」彼女は眉をひそめて言った。「わたしが出かけるとき、ミュアラインは横になりにいったわ。たぶんまだ部屋にいるはずよ」

「いや、いない」ドゥーガルから目を離さずに、オーレイが重々しく言った。「到着してすぐ、マッキンタイヤの領主がミュアラインに会いたいと言った。広間の召使が言うには、彼女はおまえと使っている部屋にあがったきり、おりてきていなかった。だが、ボウイがノックしても返事がなかった。扉を開けると、部屋にはだれもいなかった」そこまで言うと、彼は支えるようにドゥーガルの両肩をつかんで、つらそうに言った。「寝室の床には血痕があった」

一瞬、世界がまわりはじめたような気がして、ミュアラインのように気を失って倒れるのではないかと思った。すぐに、群がる人びとをかき分けて進み、飛ぶように階段をのぼって城のなかにはいった。背後で足音を聞きながら、広間を抜けて階段を駆けあがり、ミュアラインといっしょに使っている寝室に飛びこむまで立ち止まらなかった。

扉が壁を打つ音もほとんど聞こえないほど、耳の奥でどくどく音をさせながら、だれもいない部屋にすばやく視線をめぐらせた。床の上にある自分のかばんに気づいた。今朝出たときは、ミュアラインのかばんといっしょにベッドの上にあったはずだ、と思い出し、つぎに、かばんのそばの床に血痕があるのに気づいた。血痕は暖炉のそばの壁までつづいており、ドゥーガルはわけがわからずそこで立ち止まった。

「秘密の通路だわ」

はっとしたようなサイのことばに、ドゥーガルは勢いよく振り返った。「なんだと?」

彼女はためらい、グリアのほうを見た。彼女の夫は暗い顔でついてきた人びとを見まわした。オーレイ、マッキンタイヤ、ボウイ、コンラン、ジョーディー、アリックの全員がいる。彼はため息をついて扉に歩み寄り、扉を閉めて向き直ると、サイにうなずいた。彼女はすぐにドゥーガルが立っているところに行って、壁のレンガを押した。

壁が動き、暗くせまい通路が現れると、ドゥーガルは身をこわばらせた。そして、吸いこまれるように通路に向かったが、一歩はいったところで立ち止まった。通路は左右二方向に分かれており、どちらに行くべきかわからなかったのだ。どちらの道も真っ暗で、だれかがいることを示す音も聞こえなかった。すばやく振り返ってきいた。「どこにつづいているんだ？」

グリアの表情は暗かった。「この通路を使えば、ほかの部屋に行けるし、厨房の裏の庭におりられるし、湖畔の洞穴に出られる」

ドゥーガルは性急にうなずいた。「たいまつがいる」

アリックが急いで廊下に出ると、オーレイはグリアを見て尋ねた。「通路のことを知っているのはだれとだれだ？」

「おれの知るかぎり、おれとサイとボウイとアルピンだけだ」グリアは眉をひそめて言ったあと、こうつづけた。「そして今はきみたち全員も」

「アルピン？　行方不明の少年か？」ドゥーガルが鋭く尋ねる。

グリアは考えこむような顔つきでゆっくりとうなずいた。

「アルピンがやったんじゃないわ」サイがあわてて抗議した。「あの子はまだ子供なのよ。ミュアラインを無理やり部屋から連れ出せるわけがない」

「そうだな」グリアは同意した。「だが、通路のことをだれかに話して、そいつがミュアラインをさらったのかもしれない」

「あの子はそんなことしない」サイはきっぱりと言った。

「無理やりしゃべらされたのかもしれない」グリアは申し訳なさそうに言った。「あいつがさらわれたのはそのためかもしれない」

どうやって無理強いされたのかを思うとサイは青くなったが、気丈にこう尋ねた。「でも、あの子が知っていることを、そもそも通路があることを、どうして知っているの？」

「マクダネル城内の配置を知るために少年をさらったのかもしれないぞ」オーレイが静かに指摘した。「グリアの従者なら、ここに人が何人いるかとか、ミュアラインはどこにいそうか、話してくれるだろうと期待して」

「ちょっとなんなの？　アルピンが通路のことをぺらぺら話すとでも思ってるの？」サイはかみつくように言うと、頑固につづけた。「そんなことするわけないでしょ」

「それなら、通路があるかもしれないと予想していたとか。通路のある城は多いからな。それで無理やり吐かせたのかもしれない」とグリアは言ったが、サイが青くなったので、急いで言い添えた。「あるいは、だまして言わせたか」

そのとき、アリックが六本のたいまつを両手で束ねて部屋に駆けこんできた。ドゥーガルがそのうちの一本をつかんで引き抜いたので、束ごと落としそうになったが、コンランとジョーディーとグリアが進み出て手を貸した。

「ドゥーガル、待て」オーレイは通路に向かおうとする弟の腕をつかんだ。「彼女がどこに連れていかれたかはわかっていない。それを考えないと――」

「グリアが言っていた洞穴に連れていかれたんだろう。裏庭やほかの部屋では意味がない」

ドゥーガルは腕を引き離してうなるように言った。グリアのほうを見て尋ねる。「洞穴につづいているのはどっちだ？」

「洞穴のなかにはいないよ」オーレイが指摘した。「あそこなら最初にさがした」

ドゥーガルはそれを聞いて顔をしかめた。まともに考えればわかることだった。

マッキンタイヤが初めて発言した。「その洞穴からそう遠くなくて、隠れられるような場所はあるか？」

「いくつかある」グリアが暗い顔で言った。

「それなら、今ここに大勢の兵士たちがいるのは好都合なんじゃないか？」マッキンタイヤはおだやかに言うと、向きを変えて扉に向かいはじめた。「そのいくつかの場所のリストを作成しよう、グリア。だがまず、副官を送ってわが軍を呼び寄せなければ」

「おれもだ」オーレイがつぶやいたあと、説明した。「ここに来たのは捜索に助けが必要か確認するためで、兵士たちはマクダネルの領地のはずれに置いてきたんだ」

一瞬沈黙が流れ、みんなが自分を見ているようだったが、ドゥーガルはたいまつを痛いほどにぎりしめていた。ミュアラインがいなくなった。行動を起こさなければ。彼女をさらったならず者をつかまえ、八つ裂きにし、彼女を安全に連れ帰る必要がある。だが、みんなはリストを作成して、使いの者を送りたがっている。

その方法が有効なことはわかっていたが、せめて洞穴を調べて彼女がそこにいないことを確認するべきだという気がした。

「グリア、リスト作りをはじめてもらえるとありがたい」ドゥーガルはようやく言った。「そのあいだ、洞穴まで案内してもらうためにボウイを借してほしい。せめて調べておきたいんだ。もうそこにはいないとしても、彼女の居場所を推理する手がかりが見つかるかもしれない」

「いい計画だ」マッキンタイヤがつぶやいた。グリアはうなずいて、副官を見た。ボウイはすぐにアリックがまだ持っていたふたつのたいまつのうちひとつを取ると、先導するためにドゥーガルのまえに出た。

ミュアラインは暗闇のなかで目を開けたが、頭がずきずきすることに気づいてうめき声をあげ、すぐにまた目を閉じた。

「静かにしろ。声を聞かれる」

黙りこみ、無理にまた目を開けて、あたりを見まわした。横向きに寝かされており、不運なことに手首をうしろで縛られている。まちがいなく異父兄の声だった。最初、彼女の位置から見えるのは暗闇だけだったが、そのうちある方向に影や輪郭が見えてきて、うしろから光を浴びながら開口部に立っている人影が確認できた。

「モントローズ?」彼女はけげんそうに言った。人影は移動して、一瞬光を完全に遮断したあと、こちらに近づいてきたので、さらに大量の光が射しこむことになった。自分が洞穴の湿った地面の上に横たわっているとわかるほどに。

「静かにしろと言っただろう」彼はうなり、威嚇するようにミュアラインのまえで立ち止まった。「さるぐつわをかまされたいのか?」

ミュアラインは影になった異父兄の顔をにらみつけた。彼の背後から洞穴のなかにもれてくる光は薄暗く、見えるのは黒い全体像だけだった。

「さるぐつわに使うものがあるなら、それで顔の血を拭いてよ」彼女は冷静に言った。「目に流れこんでひりひりするわ」

「それはたぶん水だ」彼はつぶやいたが、ミュアラインのまえに膝をつくと、体を起こして座らせ、体のどこかから布切れを取り出して、彼女の顔を拭きはじめた。「天井から水滴が落ちる音がするから」

「そうかも」彼女は認めた。「でも、血みたいな味がするわ。頭を殴られて意識を失ったときに、口のなかに流れこんだのよ」と重々しく付け加えた。

兄は顔をしかめているだろうと思ったが、この明るさでは、というかこの明るさ不足では判断できなかった。だが、不承不承声にすまなさをにじませながら、彼はつぶやくように言った。「あれは悪かった。計画にないことだったのだ。秘密の通路のなかで待っていると、おまえが部屋にはいってきた。背後からこっそりしのび寄って袋をかぶせ、通路に押しこむつもりだった。だが、おまえが振り向きかけたから、動揺してしまって……」

「わたしを殴った」彼女は非難するようにあとをつづけたが、ことばにそれほど熱はこもっていなかった。彼が言った秘密の通路のことで頭がいっぱいだったのだ。兄にさらわれたことに、だれか気づいただろうか？　大広間を掃除していた召使たちは、彼女が階上の部屋に行ったきりなのに気づいたはずだ。尋ねられた彼らがそのことを話し、ミュアラインがどうやって連れ去られたか、グリアかサイが気づいてくれるといいのだが。

「謝ったからな」モントローズはいきなりそう言って、顔を拭くのをやめた。体を起こし、強い声で言う。「静かにしないと、さるぐつわをするぞ」

彼は開口部に戻ろうと背を向けた。開口部からは木の枝や葉の隙間からもれた日光が射しこむのが見えていたが、彼がそこに立って穴の外をうかがうと、光のほとんどが遮断された。ミュアラインはしばらく黙っていたが、がまんできずに言った。「ドゥーガルが助けに来てくれるわ」

「いずれはな」彼は振り返ることなく言った。そして肩をすくめた。「だが、やつとマクダネルの兵士たちは総出であの小僧をさがしている。おまえがいないことはしばらく気づかれないさ」

「小僧って?」彼女は驚いてきいた。「もしかしてアルピンのこと? あの子がどこにいるか知ってるの?」

「小僧は無事だ」モントローズは振り返らずにいらいらしながら言った。「コナーといっしょに、わたしたちが戻るのを待っている」

ミュアラインは静止した。「いとこのコナーが?」

「そうだ」モントローズは葉の向こうに向かって眉をひそめながら、うわの空で言った。

「じゃあ、あの人たちの話は正しかったんだわ」頭が働きはじめ、兄の黒いシルエットを見つめながら、ミュアラインは悲しげに言った。モントローズとコナーは共謀していたのだ。モントローズは遺言書を、ミュアラインの世話を彼にゆだねると書かれたものにすり替え、父も殺したのだろうか?

「だれが正しかったって?」モントローズが振り返ってきいた。けげんに思い、不安そうなのが声でわかる。「なんの話だ?」

ミュアラインはためらったが、肩をすくめて言った。「ドゥーガルやグリアやそのほかの人たちよ。みんなあなたが父の遺言書を偽物とすり替えたと考えているの」モントローズがはっと息を吸いこんだのを聞いてから、彼女はつづけた。「そして、父を殺したと」

「なんだと?」彼はうろたえて抗議の声をあげた。「わたしは殺していない」

「遺言書のすり替えについては否定しないのね」ミュアラインは冷静に言った。

「だからどうだと言うんだ?」彼はかみつくように言った。「それでだれかが傷つくわけじゃなし。おまえは何不自由なく暮らしているじゃないか。ブキャナンと結婚したんだし、やつらは恐ろしく金持ちだ。領主が死んで、休耕地と養わなければならない者だらけの城が残されたわたしとちがって」

「それであなたは、賭け事でなんとかしようとして、手持ちのお金をすってしまったってわけ?」彼女は冷ややかに尋ね、さらにつづけた。「そして、失敗すると、わたしの相続財産にも手をつけた。十年かそこら早く父を死に追いこんだからって、なんの意味があったのかしら」彼女は苦々しく言った。

「だから言っただろう、わたしは殺していない」モントローズはどなり、大股で歩いてくると、彼女のまえに立ちはだかった。「彼は病気だったんだ。死因は病死だ」

「治りかけてたわ」彼女は猛烈な勢いで言い返した。「残っていた症状は鼻づまりと、疲れやすいことぐらいだった。出発まえの午後には、大広間でいっしょにチェスをしたのよ。そうでなければ、わたしが父を残して出発するわけないでしょう?」彼女は語気荒くそう言って首を振った。「父が病気で死んだなんて、わたしは信じないわ、モンティ。そんなはずないもの。それに、遺言書をすり替えたあなたが、発見される恐れがあるのに父を生かしておくとも思えない」

最後のことばがいちばん衝撃的だったらしく、モントローズはげんこつで殴られたかのように、頭をのけぞらせた。ミュアラインは目をすがめてそれを見ていた。だが、彼はすぐに背を向け、つかえながら言った。「わ、わたしは彼を殺していない」そして、力を取り戻しつつある声でつづけた。「わたしはだれも殺さない。たとえ、母を奪った憎っくき相手であっても」

それを聞いてミュアラインはぎゅっと口をつぐんだ。彼女の父はモントローズの父親を殺して母を手に入れたのだ。モントローズは祖父と暮らすことを余儀なくされ、陰気な老人のおかげで彼と兄のウィリアムの人生は地獄となった。

母は必死で祖父から彼とウィリアムを取り返そうとしたのだと話しても、モントローズは聞く耳を持たないだろう。それに正直、彼が父方の祖父に育てられているあいだ、自分は両親と暮らしていたことを申し訳なく思う必要はもうないはずだ。たしかに楽しい子供時代だったが、この数年は喪失と悲しみのせいで地獄だったし、そのあとの一年は目のまえにいる男のせいで精神的苦痛と屈辱を味わわされたのだから。彼自身が虐待されたことを気の毒に思うのはむずかしかった。モントローズは自分が受けた虐待の仕返しとして、侮辱行為やけちで無慈悲な行為という形で、この一年彼女を苦しめ、しまいには娼婦のようなまねまでさせようとしたのだ。

「父を殺して、遺言書のすり替えがばれないようにしたと認めたら」彼女はつっけんどんに言った。「ほかのだれにできるっていうの？　父の死で利益を得るのはコナーとあなただけで、コナーはその場にいなかったのよ」

「いや、彼はいた」モントローズはすかさず言った。

ミュアラインは信じられないとばかりに彼を見つめた。「遺言書が検認されるまで、コナーはカーマイケルに足を踏み入れたこともなかったのよ」

「それが、あるんだ」モントローズは言い張った。「わたしの兵士のひとりに化けて、おまえの父親が死ぬ前夜に馬でカーマイケル入りしている」

彼女が信じていない様子なので、彼はむっとして言った。「そうでなかったら、この件で彼がおれを仲間に入れると思うか？　あっちからわたしのところに来たんだよ。おまえの父親が病気と聞いて、遺言書をすり替えたいが、気づかれずにカーマイケルにはいる方法はないかとね。彼は口ひげとあごひげを生やし、ブレーとチュニックを身につけて、髪を帽子のなかにたくしこみ、カーマイケル入りするわたしの兵士たちにまぎれこんだんだ。いたって巧みにね。だれの目を引くこともなかった。そのあと、プレードをつけて顔をきれいに剃り、長い髪をおろした姿で戻ってきたときは、だれもが初めて見る顔だと思った」

ミュアラインはそれを聞いて目をまるくした。ほとんど信じかけた。だが――。「あなたが遺言書をすり替えることになっていたなら、そもそもどうしてコナーはカーマイケルにはいる方法を必要としていたの？」

「初めは彼が自分ですり替えることになっていたんだ」モントローズはぎこちなく言った。「でも、わたしがやったほうがうまくいくと彼を説得した。わたしなら部屋にいるのを見つかっても、おまえの父親と話をしたかったと言うことができる。彼が見つかったら、それらしい理由がない」

「親切心からしたわけじゃないわよね」得るものがなければ兄がそんな危険なことをするわけがないと知っているミュアラインは、冷たく言った。

「ああ」彼はいくぶん鼻を上向けて、ぎこちなく認めた。「本物の遺言書を持っていれば、報酬をもらいそこねることはないと思ってね」

「彼が思っていたよりもたっぷりと、頻繁にね」ミュアラインは静かに推測した。「コナーをゆすっていたのね」

「ひじょうに権力のある領主たちにかなりの借金をしているんだ」モントローズは否定もせずに言った。「それに、コナーはわたしに借りがある。彼はすべてを相続した……何もかもわたしのおかげだ」

「ウェイヴァリー以外のすべてをね」ミュアラインは冷ややかに指摘した。

「そうだ」彼は不快そうに言った。「その部分はわたしが決めたんだ。もともとの計画では、コナーがおまえの後見をすることになっていたんだが、わたしは国王がウェイヴァリーに興味を持っているのを知っていた。あれを国王に売りわたせば負債はなかったことになるはずだ。そこで、遺言書をすり替える見返りに、おまえの後見と持参金はわたしが管理するということで、コナーに納得させた」

「その計画はうまくいったの？　国王は負債をなかったことにしてくれた？」

モントローズは顔をしかめた。「一部だけはな」

ミュアラインはしばらく無言で、これまでわかったことについて考えてから、つぶやいた。

「つまりあなたは遺言書をすり替えただけで、お父さまを殺したのはコナーだというのね」

モントローズは顔をしかめ、一瞬悩んでいるようだったが、やがて首を振った。「ちがう。コナーは人殺しではない。わたしは人殺しと手を組んだりしない。絶対に。そんなことをしたら破滅だ。おまえの父親は病気が再発して死んだのだ」彼は決めつけた。「病気がぶり返し、二度目は症状が重かったにちがいない。でなければ、負担のかかった心臓がもたなかったのか」

「コナーが人殺しじゃない？」ミュアラインは信じられずにきき返した。「それなら彼がアルピンの護衛たちにしたことはなんなのよ？」

「彼は小僧の護衛に何もしていない」モントローズは眉をひそめて言った。「彼らが目を離した隙に小僧をさらったと言っていた」

「それならなぜ道端で彼らの死体が見つかったの？」彼女はきいた。

モントローズはこぶしをにぎりしめ、開口部から外をちらりとまた見たあと、急いで近づいてきて妹の腕をつかみ、引っぱって立ちあがらせた。「もう安全だ。行くぞ」

立ちあがると、ミュアラインは彼に抗(あらが)い、気をそらさせておいて、思いついた唯一のことをした。借り物のドレスの袖の縁からすばやくレースを引きちぎったのだ。それを洞穴の床に落とすと、モントローズに引きずられながら彼が立っていた開口部に向かった。秘密の通路を使って連れ出されたことに気づいてもらえることを、そしてドゥーガルがレースを見つけて、彼女がそこにいたと知ってもらえることを願っていた。そうする必要があれば、またそうできるなら、たどってもらえるよう、ドレス一着ぶんを細切れにして、国じゅうに残していくこともやぶさかではなかった。

16

「ぐずぐずするな。もうすぐ着くぞ」

ミュアラインはそれを聞いて顔をしかめ、なんとか袖からちぎりとることができた、布の切れ端を落とした。「そんなにわたしが死ぬのを見たいの、お兄さま?」

「言っただろう、コナーは人殺しではない」モントローズはどなり、彼女を一メートルほどまえに引っぱった。

「へえ、それを信じてるなら、自分にうそをついてるってことね」そう言いながら、あたりを見まわす。何時間も歩いてきたような気がしたが、それはぐずぐずしていたせいかもしれなかった。馬に乗っていたら、もっとずっと早くここまで来ていただろう。だが、徒歩だったので、ミュアラインは思いつくかぎりのことをして、進行を遅らせた。コナーに引きわたされることは、死を意味すると思ったからだ。彼女はモントローズの手から腕を引き抜いて言った。「何を言おうと自由だけど、心のなかでは、彼がお父さまとアルピンの護衛を殺したことも、わたしが殺されにいこうとしていることも知っているくせに」

「彼はおまえを殺したがっているわけじゃない。話をしたがっているんだ」モントローズはいらいらと言った。そして、今度は甘ったるい口調でつづけた。「おまえはただ、遺言書を見たと、父親が死のまえにすべてをコナーに残そうとしていたのを知っていたと言ってくればいいんだ。あとは何も問題ない」

「ああそう」腕をつかまれ、またまえに引っぱられながら、彼女はそっけなく言った。「アルピンはどうなるの？」

「小僧がどうした？」モントローズはそっけなくきいた。

「彼があの子を生かしておくはずないわ」彼女は指摘した。「あの子をさらって、護衛を殺したんだから――」

「黙れ！」モントローズが突然どなり、つかんでいた彼女の腕を揺さぶった。「いいから黙れ」

「どうして？」彼女は静かに尋ねた。「殺人者とは知らずに仲間になったというほうが、ましだと思えるから？」

モントローズは暗い顔で彼女を見つめた。すると、前方の木で枝が折れる音がして、さっとそちらを向いた。やがて、ひとりの男性が姿を表した。汚れたブロンドの髪をした長身の男は、にこやかな笑みを浮かべて、ミュアラインからモントローズに目を向けて言った。

「つかまったんじゃないかと思いはじめていたよ。そうしたら、あんたのどなり声が聞こえてね、モンティ」彼は首をかしげた。「すべて問題ないか?」

モントローズは彼を見たあと、ため息をつき、ミュアラインを引っぱりながら前進しはじめた。「ああ。いつものように妹にいらいらさせられていただけだ」

「そうか」コナー・バークレーと思われる男は納得してうなずいた。「きょうだいというのはときにやっかいだからな」

「それで自分の兄弟も殺そうとしたの?」グリアが収集したこの男についてのうわさを思い出し、ミュアラインは甘い声で尋ねた。「想像してみて。もし成功していたら、あなたは今ごろバークレーにいたのよ。でも失敗して追放された。お母さまはさぞご満足でしょうね」

返事を期待していたなら、ミュアラインはたしかに得ることができた。男はつかつかとふたりに歩み寄ると、彼女の側頭部をこぶしで殴ったのだ。あまりの速さによけることもできなかった。

「コナー!」モントローズがどなり、もう一発殴ろうとふりかぶったコナーの腕をつかんだ。「こいつがうるさいのはわかるが、そんなことをしたらわたしたちの作戦に使えなくなる」

ミュアラインが慎重に頭を上げて見ると、まるでそんなものなどなかったかのようにコナーの顔から怒りが消えていき、ゆがんだ笑みに代わった。「ああ、たしかにそうだな。ばかなことをした」彼は軽く言った。「ついかっとなってしまうものでね」来たほうを振り返って付け加える。「彼女を連れてこい。話しておくことがある」

モントローズは男が木立のなかに消えるのを見送ると、肩を落として小さなため息をついた。少しして、怖い顔でミュアラインを見た。「彼のいるところでは口をつつしめ。愛想よくして、言われたことにはなんでも従うんだ」

「彼が怖いのね」彼女は納得してささやき、兄の目もとが急にピクリと動いたのに気づいた。

「彼を見ただろう。あいつを怒らせるのは愚か者だけだ」彼は暗い顔で言うと、彼女をまた引っぱって立たせた。

「そんな人をゆする勇気があなたにあるなんて驚きだわ」彼女は静かに言った。

「しかたがなかったんだ」彼は妹をまえに引っぱりながら陰気に言った。「それに、ゆすったのは書面でだ。面と向かってゆすろうとは思わなかった。殺されていただろうから」

「コナーに？」彼女は驚いたふりをして言った。「それはないんじゃない。彼は人殺しじゃないんでしょ」と言って、不意にモントローズが立ち止まっても歩きつづけた。彼はすぐに追いついてまた彼女の腕を取り、ふたりは黙ったまま木立を抜けて、草の生い茂った野原を横切り、人けのない古い納屋らしきものに向かった。

「扉を閉めて、彼女を小僧のところに連れていけ」ほどなくして、モントローズがミュアラインを連れて納屋にはいると、コナーが命じた。

ふたりが到着したとき扉は開いていたが、モントローズは足を止めてコナーに言われたとおり扉を閉めた。すばやくとはいかなかった。扉にはちょうつがいがひとつしかなく、持ちあげて敷居にはめなければならなかったからだ。その作業はしばらくかかり、そのあいだにミュアラインはあたりを見まわすことができた。

建物の下半分は石造り、上半分は木材でできており、天井は草葺きだった。扉の横の壁にあるホルダーにはたいまつが差しこまれ、建物の奥には火にかけられた鍋があった。家具は二個の樽で作られていた。ひとつを半分に切り、腰掛けとして使えるように、切り口を下にして置かれている。もうひとつの樽も同じように切断され、間に合わせのテーブルになっていた。テーブル代わりの樽には、エールかワインと思われるものがはいった革袋が置かれていたが、あるのはそれだけだった。右手奥の隅にぼろの山があるのをのぞけば、部屋のほかの場所には何もないようだ。

扉を閉め終えたモントローズは、ミュアラインの腕をつかんで、部屋の奥に向かわせた。たいまつと火が赤々と燃える部屋の手前より暗かったが、ぼろの山だと思ったものが、ほっそりした小柄な少年がまるくなった姿だとわかるだけの光はあった。

少年のそばに連れてこられたミュアラインが恐る恐る見おろすと、切り傷やすり傷を負っているようだ。彼女は向きを変えて兄をにらみつけた。

モントローズは顔をしかめ、むっとしながら言った。「わたしがここを出たときはこんなにひどくなかった」

「なんの話だ？」コナーが敏感に察知してきいた。

モントローズは無理に笑みを浮かべた顔を向けて言った。「おとなしくして、言われたとおりにしていれば、何も心配ないとミュアラインに言っていただけだ」

「ふむ」コナーはつぶやいた。

モントローズはごくりとつばをのみこみ、ミュアラインに向き直ってひそひそ声で言った。「座って、彼の注意を引いたり怒らせたりしないようにしてろ」

「手かせをほどいてよ」ひそひそ声で言い返す。

モントローズはためらったが、結局首を振った。妹の肩を押して座らせ、心から申し訳なさそうに言った。「すまない。それはできない」

ミュアラインはため息をついて、兄がコナーのところに戻るのを見守った。この期に及んで彼がコナーに歯向かうことを期待するのは無理のようだ。どう見てもあの男を恐れている。兄はこの件に関わったことを後悔しているのではないかと思ったが、とにかく罰を逃れたい一心で、もし必要なら妹とアルピンを犠牲にするのはわかっていた。モントローズはその程度の男だ。

横で少年がうめき声をあげ、ミュアラインは心配になって彼を見た。最初に傷を目にしたときは、気を失っているのだろうと思ったが、そうだったとしても今は意識を取り戻しつつあった。

「アルピン?」やさしく声をかけた。

うめき声がそれに答え、少年は目を開けて、恐る恐るあたりを見まわした。

「大丈夫よ」彼女は安心させるように言った。「いま男の人たちは部屋の反対側にいるから」

「あなたはレディ・ミュアライン？」腫れて傷ついた目をすがめながら、彼は尋ねた。

「そうよ」彼女がうなずくと、少年はがっかりしたように目を閉じた。

「あいつらがあなたをつかまえなければいいと思ってたのに」彼は悲しげに言い、不意に顔を伝いはじめた涙をぬぐった。「ごめんなさい」

「いいのよ」このかわいそうな生き物を抱きしめてやれたらと思いながら、彼女はすぐに言った。「あなたが悪いんじゃないわ」

「ううん、ぼくが悪いんだ」彼はつぶやいた。「グリアみたいに勇敢で強くならなくちゃと思って、言うまいとしたんだけど……痛めつけられて」

ミュアラインは唇をかんで、見える範囲の傷に目を走らせた。あざやすり傷だけではなく、肌にはやけどと思われる傷もあった。アルピンは秘密の通路のことをすぐには、そして簡単には明かさなかったのだろう。

「そもそもコナーは秘密の通路があることをどうして知ったの？」部屋の反対側にいる男たちのほうをうかがいながら、ミュアラインは小声で尋ねた。モントローズとコナーは静かに話をしており、彼女は話の内容を知りたかったが、聞こえなかった。

「秘密の通路のことをきかれたとき、ぼくの知るかぎりそんなものはないと答えたら、通路はあるはずだし、おまえがその開け方も知っているのは、ミリーから聞いている、と言われたんだ」アルピンはしぶしぶ言った。

「ミリーって?」ミュアラインが尋ねる。

「マクダネルの侍女だったんだけど、領主さまのまえで一度ならず何度も領主夫人に無礼をはたらいたんだ。それで三度目の警告のあと、隣人のマッケンナに移ることになった」

「なるほど」ミュアラインはつぶやいた。コナーはその女性と出会ったのだろう。おそらく宮廷からの帰途、マッケンナに立ち寄った夜に。グリアとサイの隣人であるマッケンナと彼が親しいことはミュアラインも知っていた。

彼女はまたモントローズとコナーに目をやって首を振った。「あなたをさらうことができたのは単に幸運だったから? あなたが旅をしていたことも、マクダネルを離れていたことさえ、コナーは知らなかったんでしょ?」

「いや、彼は知ってたよ」アルピンは言った。「里帰りのときに領主さまがぼくにつけてくれた護衛には、ミリーをマッケンナに送る役目もあったんだ。ミリーはぼくが実家に帰ることも、父上の兵士がぼくをマクダネルに送っていくことも知っていた。きっと彼女が話したんだ」アルピンは顔をしかめた。「ぼくのことが嫌いだったから」

ミュアラインは口を引き結んだ。なんと言えばいいのかわからなかった。

「心配しないで」アルピンが不意に言ったので、ミュアラインがどういうことかと眉を上げると、彼は「領主さまがぼくらを助けてくれるよ」と請け合った。

「きっとそうね」彼女は真剣に言った。しばらくふたりとも黙りこんだあと、ミュアラインはもう一度男たちのほうを見てから、ささやきに近い声で言った。「あなたの手はうしろじゃなくてまえで縛られているのね」

「うん」彼は認めると、男たちのほうを不安そうにうかがってから言った。「あなたが少しだけ向きを変えて、ぼくも少しだけ変えれば、あなたの手の縄を解けるかもしれない」

「それはすばらしいわ」彼女は少年ににっこりと微笑みかけると、男たちに気づかれていないか確認しながら、少しずつ慎重に移動しはじめた。

「あいつら何を話してるんだと思う?」アルピンが小声できいた。手首を縛っている縄に彼の指が挑みはじめたのがわかる。

ミュアラインは首を振ったが、縄を見ている彼にはわからないと気づいて、言った。「わからないわ」

「ほんとにわからないの? それとも、ぼくを心配させたくないからそう言ってるだけ?」

アルピンにまじめにきかれ、ミュアラインは苦笑いをした。賢い子だ。

「コナーはモントローズに口を割らせて、父の遺言書のありかをつきとめようとしているんだと思う」

「ぼくらが最初に洞穴であのイングランド人に会ったとき――」

「あの洞穴にいたの？」彼女は驚いて話をさえぎった。

「うん。領主さまの兵士たちは森や離れ家を捜索していた。洞穴は比較的安全だったんだ。でも、コナーはそこにいたがらなくて、兵士たちが遠くに行きはじめると、イングランド人に言ったんだ……ダンヴリースだっけ？」彼はあいまいに言った。

「そう、モントローズ・ダンヴリースよ」と教えた。

「コナーはダンヴリースに、妹を連れてこい、納屋で落ち合おうと言ったんだ」

「なるほど」ミュアラインはため息をついて言った。

「とにかく、あそこで兵士たちがいなくなるのを待っているあいだ、コナーのやつはずっとダンヴリースに、その遺言書とやらのありかを教えろ、それをよこせとしつこく言ってた。そのことですごく怒ってるみたいだった。どうして彼はその古い遺言書のことをそんなに気にするの？」

ミュアラインは口もとをゆがめて言った。「何よりコナーはゆすられるのにうんざりして、今日ここですべての問題を片づけたいんだと思う。遺言書を取り返せば、ダンヴリースはもう彼をゆすれなくなるから」

「あなたとぼくも、彼が片づけようとしている問題の一部なんだよね？」アルピンが真剣に尋ねた。

「そのようね」彼女は認めた。

「イングランド人は彼をゆすってるんでしょ？　それも問題なの？」彼がきく。

「ええ」彼女はひそひそ声で言った。

アルピンは一分ほど無言で手を動かしたあと、尋ねた。「イングランド人が遺言書をわたしたらどうなるの？」

「コナーはあなたとわたしを殺そうとすると思う。わたしの兄がやったように見せかけてね。そして、おそらく兄のことも殺し、死体をどこか見つからないところに持ち去るでしょう」

彼女は正直に言った。うそをついてもしかたがない。隠しても見透かされてしまうほど、少年が聡明なことはもうわかっているのだ。

「うん。ぼくもそう思う」アルピンは静かに言った。また沈黙がつづいたあと、彼はきいた。

「あなたの兄さんは遺言書を彼にわたすと思う？」

「いいえ」彼女は自信を持って言った。「モントローズは自衛本能が発達しているの」

「臆病ってことだね」アルピンが言う。

「そうとも言うわね」ミュアラインは冷ややかに言った。

「よかった」アルピンはたのもしげに言った。「彼がコナーにしばらくしゃべらせておいてくれれば、ぼくらが逃げる機会はあるよ」

勇敢なもの言いにミュアラインはかすかに微笑み、サイがあれほどこの少年に愛着を持っている理由が不意に理解できたと思った。

「それはなんですか？」

「よくわからん」ドゥーガルは体を起こして、地面で見つけたレースの切れ端をひっくり返した。通路の先にあるこの洞穴にたどり着くまでは、永遠とも思える時間がかかった。着いてみると、いま手にしているレースの切れ端が見つかっただけで、ほかには何もなかった。当惑しながら掲げてみると、レースは輪の形になっていた。彼は眉をひそめながらつぶやいた。「妻のドレスの袖口についていたものだ」

「ほんとうですか？」ボウイが近づいてきて、興奮しながらレースを見つめた。「ちぎりとって、われわれに見つけてもらおうと残していったのでしょう。道をたどれるように」

「ああ」ドゥーガルは布切れをにぎりしめ、たいまつをさらに上げてあたりを見まわしたが、たいまつの火が投げかける光の輪の外は、何もかも真っ暗だった。「出口はどこだ？」

「ここです」ボウイは石のアーチへと彼を案内した。穴の向こうは草の生い茂ったやぶだった。

そこにあることを知っていて、さがしているのでなければ、外から洞穴の出入口を見つけることはだれにもできないだろう、と思いながら、ドゥーガルはやぶをかき分けはじめた。

「待ってください！」ボウイが彼の腕をつかんだ。「ほかのみなさんに知らせるべきではないですか？　奥方を連れ戻すのに、助っ人が必要になるかもしれません。だれにさらわれたのかも、仲間が何人いるのかも、どうやってここを出たのかもわからないんですよ。やつらは馬に乗っているかもしれないのに、おれたちは徒歩です」

ドゥーガルは眉をひそめたが、やがてうなずいた。「わかった。戻って、何を見つけたかみんなに話して、騎馬兵をよこしてくれ。おれの馬もだ。そのあいだおれは見てまわって、彼女が残した手がかりをさがす。もし見つけたらたどるが、おまえが戻ってきてたどれるように、手がかりは残しておくよ」

ボウイはためらい、ドゥーガルをひとりで行かせたくない様子だったが、うなずいて通路の入口に戻りながら言った。「手がかりを見つけても、われわれ助っ人が来るまで待っていてください。できるだけ早く戻ります」

ドゥーガルはうなり、ボウイがそれを返事と受けとってくれることを願いながら、洞穴から出た。ミュアラインを見つけたとして、彼女に危険が迫っていたら、待つつもりはなかった。差し迫った危険がないとしても、待てるかどうかわからない。もし自分にできることがあるなら、ただそばに立って、愛する女性が痛みや苦しみや、恐怖に襲われるのを見ていることなど、彼にはできなかった。

歩調をゆるめて立ち止まり、自分が立っている空き地の周囲を見わたした。そばに湖があり、うららかで美しい場所だ。妻の姿を思い描いた。心のなかにある、愛する女性の姿を。たいまつをおろした。まだ日はあるが、太陽は地平線に沈もうとしていた。だが、まだたいまつが必要なほどではない。

「おれは妻を愛している」彼はつぶやいた。くそっ、こんなのはまちがっている、どうしてこんなに彼女に災難が降りかかるのだ。これまでミュアラインがやったことといえば、気を失い、矢で射られ、自分の安全も顧みず、火事の家のなかを駆けまわることだけだ。そして今度は、兄かもうひとりの悪党のどちらかに誘拐されて姿を消した。この調子でいくと、彼女は三十歳にもならないうちに墓に入ることになってしまう。あるいは彼が。彼女に降りかかったすべての苦難のせいで、心臓が止まりそうだった……それでも彼女を愛していた。

申し分ないじゃないか。たいまつを水で消そうと湖の岸辺に向かいながら、彼は皮肉っぽく思った。置かれた場所から動かず、言われたことをするお上品な娘とは恋に落ちることなどできない。とんでもない。ドゥーガル・ブキャナンはちがう。彼が恋に落ちたのは、大人の男を燃える階段から落とし、シーツとよろい戸で滑車を作って別の男を寝室の窓から引きずり出す、小さな暴れん坊だ。

そのときの光景を想像して笑みを浮かべながら、たいまつを脇に放り、妻が残したかもしれない布切れはないかと、空き地の捜索を開始した。ミュアラインは問題ばかり起こしているかもしれないが、退屈させられることがないし、聡明なのはまちがいない。そんなことを考えていると、空き地の向こう側の緑の草の上に、ぽつんと白いものが見えた。調べてみると、今度は縁飾りの一部だとわかった。あとから来るほかの者たちが見つけられるようにあった場所に戻し、森のなかに向かった。ゆっくりと進みながら、つぎのレースの切れ端をさがして地面にくまなく目を走らせ、彼女が連れていかれた場所が遠くないことを一心に願った。そうでなければ、そこに着くころ、彼女は裸になっていただろうから。

「できた」アルピンが安堵のため息をつき、ミュアラインは手首から縄が落ちるのを感じた。「よかった」彼女は両手をもとの位置から動かさずにつぶやいた。「今度はあなたが手を出して。解けるかどうかやってみるから」

彼の手首が手に当たるのがわかり、すばやく指で探って、どこがどうなっているのか理解しようとした。見えない状態で縄や結び目を解くのは、思っていたよりずっとむずかしいとすぐにわかった。眉根を寄せて集中し、縄の一部を引っぱっていると、突然コナーが間に合わせの樽のテーブルをたたいてどなった。「あの遺言書がほしいんだよ、モンティ。おれは年じゅうおまえから乳を絞りとられる牛じゃないんだ」

ミュアラインは用心深くふたりを見つめながら、指をさらに速く動かして、アルピンの手首に巻かれた縄に取り組んだ。コナーはすり替えられた遺言書が本物だと口裏を合わせてもらうために、彼女の信頼を得るふりをしようとも思っていないようだ。いずれ遺言書のありかを探り当て、モントローズもミュアラインも殺すつもりなのだろう。彼女にもそのほうが賢い計画に思えた。彼女が死んでしまえば、マッキンタイヤもこの件について深追いはしないだろうから。

ブキャナンへの道中、そして到着してからの襲撃は、ドゥーガルをねらったものではなかったのかもしれないとふと気がつき、アルピンの縄を解く手を止めた。あのときはみんなそう思っていたし、ミュアラインも自分の死を願う者がいるとは思っていなかったので同じ意見だったが、今は……。

わたしを矢で射ったのは彼なのかもしれないと思いながら、静かにコナーを見つめた。狩猟小屋に火をつけたのも。そう気づいて、窓枠で見つけた布の切れ端を思い出した。あれはたしか黄、緑、赤の糸で織られていた。コナーが身につけているプレードを見ると、黄、緑、赤の糸で織られている。

「どうしたの？」アルピンが不安そうに言った。

作業中だったことを思い出し、もごもごと謝って、縄を解く作業を再開したが、頭のなかはめまぐるしく働いていた。コナーは狩猟小屋にいたのだ。リンゴ酒に眠り薬を入れ、小屋に火をつけたのは彼にちがいない。おそらく宮廷から帰る途中で、彼女を殺すことを思いついたのだろう。マッキンタイヤが遺言書を見せろと迫ったことで、悪事が発覚するかもしれないと思ったコナーは焦った。この問題から逃れる方法はないものかと考えた結果、彼女を殺せばいいのだという結論になったのだろう。

だが、どうして彼女の居場所を知っていたのだろう？　ミュアラインは眉をひそめて考えた。コナーは彼女がダンヴリースから逃げたことを知らなかったはずだ。もちろん、ブキャナン兄弟と旅をしていたことも。まずダンヴリースに立ち寄って、モントローズと話をしないかぎりは。

異父兄に目を向けた。モントローズはコナーをおだてて取引しようとしていた。あの卑屈な表情と、計算高い目の輝きの組み合わせには見覚えがある。コナーのよろこぶようなことを言いつつ、まんまと逃れようと計算しているのだ。今回は生きて逃れることができたら幸運というものだろう。相手は、ひとりの女を殺すために罪のない七人の男たちまで焼き殺そうとするような男だ。太刀打ちできるはずがない。

「やったよ」アルピンがひそひそ声で言い、忙しく動いていた指から、突然縄と手首を引き離した。「縄をゆるめてくれたから、手を引き抜けた」

「だめよ」ミュアラインはすぐに指示した。「縛られているふりをして。縄はまえに置いておくの。まだ縛られていると思わせるのに必要になるかもしれないから」

「わかった」アルピンは小声で言った。

ミュアラインはためらったすえ、また体をずらしはじめた。今度は背中を壁に近づけて寄りかかれるように移動する。

「何をしてるの?」アルピンがひそひそ声できいた。

「壁の下のほうは石がはめこまれていて、古くなっているわ。ゆるめることができるかもしれない」石の壁にたどり着いた彼女はささやいた。

「それならぼくが――」とアルピンは言いかけたが、彼女がすぐに首を振ったので口をつぐんだ。

「だめよ。あなたにも見つけてあげるけど、ふたりで動きまわると気づかれるかもしれないから」

アルピンはうなずき、ミュアラインは背後の石に手を走らせることに集中した。驚いたことに、早くも触れると動く石をひとつ見つけた。その石を重点的に前後に動かすと、簡単にはずれた……そして、さらにいくつかの石もいっしょにはずれた。たいへん、もしかしたらこの壁、ここから崩れちゃうかも、とミュアラインは思い、石同士がぶつかって音をたてたのでひやっとした。やたらと大きな音に聞こえたが、納屋の向こう側にいる男たちは気づかなかったようだ。少なくとも、振り返ることはなかった。

「ほら」彼女はささやき、二、三個の石をアルピンのほうにすべらせた。

「穴を作ったんだね」アルピンが興奮しながらひそひそ声で言った。

「どれくらい大きい?」彼女は心配になってきき、手で触れて自分でも判断しようとした。

「あなたが通り抜けられるくらい?」

「だめだよ」アルピンはそう言うと、横たわっている場所から眉をひそめて見あげた。

「どっちみち、ここにあなたひとりを残していくわけにはいかないもの」

「助けを呼んでこられるでしょ」彼女は指摘したが、ほんとうは、逃げようとしてつかまるよりも、ここを出てどこかに隠れたほうが、少年にとってはいいと思っていた。

「そうだ！」突然コナーがどなって、ふたたび彼女の注意はふたりの男に引き寄せられた。「でなきゃ、絶対にだれにも見つからないように隠してあると信じて、あんたを殺すかだ」

なんと答えればいいのか途方に暮れているらしく、モントローズは目を見開いて彼を見つめるばかりなので、コナーはいきなり立ちあがって納屋の奥に向かい、腰の剣を抜いてどなった。「もううんざりなんだよ。やつらももう捜索をあきらめたはずだ。このふたりはおれたちでやってしまおう」

「だめだ！」モントローズは急いで彼のあとを追った。「遺言書が本物だと証言させるために妹が必要だと言ったじゃないか。わたしは殺人の片棒をかつぐつもりはない」

コナーは立ち止まって激しく笑うと、モントローズのほうを向いた。「おまえが片棒をかつぐ殺人はひとつじゃないぜ」彼は言った。「複数の殺人だ」

モントローズは悲しげに肩を落とした。「バハンを殺したんだな」

「おじ貴か？」彼は笑ってきいた。「もちろんおれが殺した。見つかる危険を冒して、あんたに遺言書をすり替えさせると思ってたのか？」そして、それが理解されるのを待って、つづけた。「息子ふたりもおれが片づけた」

「あなたがコリンとピーターを殺したの？」ミュアラインは驚いて、石のひとつを背後でつかんだまま叫んだ。

コナーは彼女を見てせせら笑った。「ああ。厳密に言うとちがうがね。実際に殺したのは傭兵と山賊で、おれはやつらを雇っただけだから」顔をしかめてつづける。「バハンおじの相続人ということで、おまえも殺されるはずだったんだが、やつらはしくじった。だからおれがやつらを殺した。口封じのためにな」モントローズのほうを見てさらに言った。「計画どおり、おれが先に行って自分でおまえを殺すべきだったのに、モンティがおれのところにろくでもない計画を持ってきたんだ。遺言書をすり替えるとモンティは言った。妹とその持参金の地所を自分のものにさせてくれれば、あとはすべておれが取っていいと」

ミュアラインはそれを聞いてきつい視線を兄に向けた。目をそらしたところを見ると、コナーの話のほうが真実のようだ。

「それでおれは、まあいいかと思った。それも悪くないと。だが、遺言書をすり替えにいくと、本物は消えていた。もちろんこいつが取ったのさ、これからこの世の終わりまでおれをゆするためにな」

モントローズは肩をすくめた。「わたしはただ念のために――」

「ブキャナンの狩猟小屋に火をつけたのは?」兄の望みなど知りたくもないミュアラインは、けわしい顔で話をさえぎった。

「ああ。おれさ」コナーは恥ずかしげもなく認めた。「遺言書を見たがるマッキンタイヤを黙らせるには、おまえを殺すのがいちばんだからな」

ミュアラインは口を引き結んだ。「では、あの矢も——」

「おれだ」彼は最後まで言わせなかった。「ブキャナンに向かう途中、野営地から離れたおまえの頭を殴ったのもな。胸を刺せばよかったんだが、ブキャナン兄弟が急いでやってきたんで、逃げなければならなかった」彼は憎々しげにミュアラインをにらみつけた。「おまえはなかなか死なないやつだな、ミュリ」

「その名前で呼ぶのはやめて」ミュアラインはとっさに言った。友だちや家族が使うあだ名を彼に使われたくはなかった。

「なぜだ？」彼はかみついてきた。「カーマイケルではみんなそう呼ぶじゃないか。いつだって、ミュリがどうした、ミュリがこうした、って」彼はさも嫌そうに言った。「あれを聞くと死ぬほどむかつくんだよ」コナーはすばやく向きを変え、モントローズに剣を突き刺した。モンティが自分の胸のなかに消えた刃をぽかんと見おろすあいだ、コナーはつづけた。「おまえが遺言書を利用しておれから金を搾りとろうとするのもな」

最後のことばが口から出た瞬間、コナーは剣を引き抜いて、モントローズがわずかによろめいたあと膝をつき、顔から土間に倒れるのを冷静に見守った。

驚きのあまり、ミュアラインは口を開けて異父兄を見おろすしかなかったので、アルピンが横たわっていた場所からいきなり飛び起きて押しのけなかったら、つぎにコナーの剣に刺し貫かれていたのは彼女だったかもしれない。衝撃に打ちのめされ、倒れた場所から必死であたりを見まわすと、ミュアラインを救ったアルピン自身もなんとか剣から逃れていたので、ほっとした。コナーがふたりをめがけて剣を振りあげているのも見えた。

地面に倒れたとき、石を手にしていることを思い出したミュアラインは、すぐに仰向けになって、コナーに石を投げつけた。メロン大の石は彼の額に当たり、コナーは痛みと逆上で大声をあげて、よろめきながら一歩あとずさった。だがすぐに持ち直し、剣を振りあげながら近づいてきた。すると、いきなり胸から刃の先が突き出し、コナーは凍りついた。

ミュアラインが目をしばたたきながら脇に寄ってコナーの背後を見ると、そこに立っていたのはドゥーガルだった。彼の剣がコナーを背中から刺し貫いたのだ。

「領主さまじゃないのか」アルピンががっかりして言った。ミュアラインが振り向くと、彼もコナーの背後をのぞきこんで、だれが救ってくれたのかたしかめようと、彼女の横ににじり寄っていた。

「そうね」彼女はほっとしながら笑って言った。「この人はわたしの夫のドゥーガルよ」

「ああ、それならいいや」少年はもごもご言い、ミュアラインに肩を抱かれて胸に引き寄せられると赤くなった。

ミュアラインは微笑み、目のまえでコナーが床にくずおれると、驚いてあたりを見まわした。ドゥーガルが剣を引き抜いたのだ。彼は武器を脇に置いて足早に近づいてくると、彼女のまえで片膝をついた。

「大丈夫かい、愛しい人？」けがをさがして両手で彼女をなでまわしながら尋ねる。

「ええ」彼女はささやき、そばにいる少年を見て付け加えた。「でも、アルピンはひどいけがをしているの。ローリーが必要よ」

ドゥーガルはうなずき、すぐに少年に目を向けた。見まわすうちに眉間にしわが寄り、少年を抱いて立ちあがった。

「馬で来たの？」彼のあとから納屋のなかを歩きながら、ミュアラインは心配そうにきいた。

「馬が一頭しかないなら、わたしは歩けるわ。アルピンには――」

「大丈夫だ。おれは歩いてきたが、ここに駆けこんだときには、ほかの者たちが到着しはじめていたから」ドゥーガルはなだめるように言った。

「ほかの者たち？」そうききながら、彼のあとから外に出たミュアラインは、あんぐりと口を開けて立ち尽くした。太陽は地平線に沈もうとしており、半分丘に隠れていたが、野原にひしめく騎馬兵たちを目に収めるだけの明るさはあった。夕暮れの風にはためく四本の旗も見ることができた。

「少し遅かったようだな」グリアは皮肉っぽく言うと、馬から降りて、足早に近づいてきた。

「安心して、領主さま。レディ・ミュアラインの夫君がぼくらを救ってくれたんだ」アルピンがドゥーガルからグリアに抱きとられながら言った。

「そうなのか？」傷だらけの少年を見たグリアは心配になったらしく、かすれた声できいた。「そのまえに妻を救ってくれたのはアルピンだ」ドゥーガルはまじめに言った。「きみに感謝するよ」

アルピンは首を振って、しょげながら言った。「そもそも彼女がここに連れてこられたのは、ぼくのせいなんだ」真剣な顔をグリアに向けてつづけた。「秘密の通路への行き方は、絶対に言うまいと思ってたんだよ、領主さま。ほんとうにがんばったんだ、でも――」

「もういい」グリアは低い声で言うと、彼を抱いたまま自分の馬のところに戻った。「おまえはよくやった。やりすぎたぐらいだ。早くおまえをサイのもとに連れて帰らないとな。ひどく心配しているぞ」

ドゥーガルはミュアラインに腕をまわし、ふたりはグリアが副官のボウイに少年をわたして馬に乗るのを見守った。グリアは騎乗すると、すぐにまた少年を受けとって、慎重に膝の上に座らせ、集団の先頭を切って城に帰っていった。数人の兵士たちがあとにつづいた。

「ダンヴリースとコナーの遺体はなかだ」馬から降りようとしているオーレイとマッキンタイヤとシンクレアのもとにミュアラインを連れていきながら、ドゥーガルが告げた。

「うちの兵士たちに回収させよう」オーレイが申し出た。

「結局、ふたりは結託していたということか」マッキンタイヤが冷ややかに言って、首を振った。そして、ミュアラインのほうを見て尋ねた。「それで、遺言書は？」

「偽物でした」彼女はため息をついて認めた。「でも、本物はモントローズが持っていました。ダンヴリースのどこかにあるはずです」

年配の男性はうなずいた。「明日いちばんに、わたしの兵士たちを現地に送って、取ってこさせよう。だが、内容はわかっているよ。バハンはすべてをあなたに残したはずだからね、娘さん」

ミュアラインは悲しげに肩をすくめたあと、思わず言った。「コナーは父を殺し、人を雇ってピーターとコリンも殺させていました」

マッキンタイヤは目を閉じてものうげにため息をつき、首を振ってから目を開けた。おごそかな顔つきで、彼は言った。「そんなことにカーマイケルを汚させてはいけないよ、娘さん。あそこですごした幸せなときのことを思い出してごらん。そして、あなたを必要としている人たちのことを考えるんだ。コナーは冷酷な卑劣漢だった。彼がクランに配慮を示したとは思えない」

ミュアラインはごくりとつばをのみこんでうなずき、肩をたたかれてドゥーガルを見た。アリックが連れてきた彼の馬に、ドゥーガルはすでに乗っていた。そして、かがみこんで彼女を抱きあげると、自分のまえに乗せた。

彼の膝の上に横向きに座り、ミュアラインはマッキンタイヤに目を戻した。「城までいらっしゃいます?」

「ああ。少し寄らせてもらってから、野営地に戻るよ」彼は微笑んで言った。

ミュアラインはうなずき、今度はキャンベル・シンクレアのほうを見て微笑むと、期待をこめて尋ねた。「ジョーンもこっちへ？」

「当然だろう？　おれは彼女から離れられないんだから」彼はにっこりして言った。「今ごろはマクダネルの城で、赤ん坊のバーナードを見せびらかしているよ。きみの無事な姿を見たらよろこぶだろう」

ミュアラインはうなずき、ため息をついてドゥーガルに寄りかかった。彼はさきほどグリアたちがたどった城へと戻る道に馬を向けた。

ふたりはすばやく空き地を離れたが、野原を抜けて一行から離れると、ドゥーガルは不意に速度を落として馬を止めた。ミュアラインは驚いて体を起こし、不思議そうに彼のほうを見たが、見おろしてはくれない。彼女の頭越しに前方の道を見据えながら、ドゥーガルはきいた。「婚姻を無効にしたいか？」

「なんですって？」彼女は驚いてきき返した。

ドゥーガルはため息をつくと、ようやく彼女を見て言った。「きみは兄から守ってもらうためにおれと結婚した。だが、今はもう安全だし、持参金のない娘でもない。それどころか裕福だ。カーマイケルはきみのものだし、おそらくダンヴリースもそうなるだろう。だれでも好きな相手と結婚できる。もし婚姻無効を望むなら――」

「望まないわ」彼女は強い口調でさえぎった。頭が混乱して眉間にしわが寄る。「あなたは無効にしたいの？ だからわたしに尋ねたの？ あなたはわたしを助けるために結婚しただけだものね。あなたが望むなら――」

「望まない」彼はまじめに言ったあと、片手をあげて彼女の頬に触れた。「愛しているよ、ミュアライン」

「ほんとうに？」彼女は笑みを浮かべてきき返した。

「ああ」彼は真剣に言った。「きみは向こう見ずで、勇敢にもほどがあるし、いつもドレスを着せておくためには、城の建設のために使うはずだった金をすべて使い果たすことになりそうだが、愛している」

彼女はそのことばに笑い、彼をぎゅっと抱きしめてささやいた。「わたしも愛しているわ、あなた」

ドゥーガルはしばらくじっとしていたが、やがて体を離して眉をあげた。「それだけ？『わたしも愛しているわ、あなた』しか言うことがないのかい？」

ミュアラインはろうばいし、何かまちがったことをしただろうかと不安になった。おそらく、愛している理由や、いつそれに気づいたかを告げるべきだったのだ。だが、彼の目のからかうようなきらめきに気づくと、不安は消えた。

彼に負けじと、いたずらっぽい表情で、彼女は言った。「わたしも愛しているわ、あなた。

ところで、今日はドレスの下にブレーを穿いていないんだけど?」彼が驚いて目を見開くと、彼女は首をかしげて尋ねた。「これならいい?」

「もちろんだよ、愛する人」彼はうなるように言って、また馬を急がせながら、かがみこんで彼女にキスをした。

訳者あとがき

スコットランドを舞台にしたヒストリカル・ロマンス、〈新ハイランド〉シリーズの第四弾、『恋は宵闇にまぎれて』をお届けします。

シリーズといっても、それぞれ独立したお話で、もちろん本作だけを読んでもお楽しみいただけますのでご安心ください。

今回のヒロインはミュアライン・カーマイケル。スコットランド領主の令嬢ですが、父の死後、イングランドの異父兄の城で暮らしています。たび重なる不幸で健康を害し、カーマイケルの相続がかなわなかったうえ、ギャンブル好きの兄に持参金を奪われて結婚の夢も消え、意気消沈していたミュアラインは、友人に窮状を訴える手紙を書いて、スコットランドから馬を売りにきた旅人に託そうとします。

その旅人とは、ドゥーガルを筆頭とした、コンラン、ジョーディー、アリックのブキャナン兄弟でした。第三作『口づけは情事のあとで』のヒロインであるサイ・ブキャナンの兄弟たちです（サイはミュアラインの親友でもあります）。ミュアラインの異父兄モントローズは、馬の代金として妹を差し出そうとし、あきれたドゥーガルは弟たちと馬を連れてモントローズの城をあとにします。

娼婦のように売られてはたまらないと、ミュアラインは牛（！）に乗って兄から逃亡。命からがら逃げる途中でブキャナン兄弟と出会い、スコットランドまで同行することになります。ことあるごとに気を失う、ひ弱なミュアラインに困惑しながらも、サイの命の恩人であると知って（第二作『愛のささやきで眠らせて』参照）彼女に礼を尽くすブキャナン兄弟。彼女のはかなげな見た目とは裏腹な心の強さと、言いなりにならないがんこさに、ドゥーガルはいつしか惹かれていきます。

ブキャナン兄弟の年齢設定については、はっきりとは書かれていなくて、訳すにあたって多少苦労しました。一番上がオーレイ、一番下がアリックというのはまちがいないのですが、あとはひとまとまり、という感じ。あまり順番や年齢差は気にしなくていいのかもしれません。ただ、今回、アリックとジョーディーが一歳ちがいということが判明。ということは、このふたりの上がサイ（前作では二十歳）ということになるのでしょうか。いずれにせよかなり若いのはたしかなので、このふたりだけ二十一歳のミュアラインに対して「あなた」呼びにしています。ざっくり分けると、オーレイ、ドゥーガル、ニルス、コンランが年長グループ、ローリー、（サイ）、ジョーディー、アリックが年少グループ、と認識していただければいいかと。V6で言えばトニセンとカミセンですね（前世紀の呼び方なので若い人にはわからないかな……）。

そんな若きハイランダーたちが、ひとりのレディを守りながら旅をする様子、そのなかのひとりがほかの兄弟たちの目を盗んで愛を育む様子は微笑ましく、どこかコミカル。ミュアラインはなぜカーマイケルを相続できなかったのか、なぜたびたび悲劇に襲われるのかなど、謎解きの楽しみもあります。

さて、〈新ハイランド〉シリーズは今後どうなっていくのでしょうか？　リンゼイ・サンズのホームページを見ると、シリーズ第五弾のヒロインは、ジョーン、サイ、ミュアラインの友人で、四人娘の最後のひとりであるエディス。まあこれは予想どおりですが、お相手はなんとブキャナン兄弟のニルスのようです。そして、第六弾ではブキャナン兄弟の長男オーレイの恋愛が描かれるとか。責任感の強い長兄であり、顔の傷痕のせいで過去につらい思いをしてきたオーレイには、ぜひ幸せになってもらいたいなあと思っていたのでうれしい！

どんどん家族が増えていくブキャナン家。これからも全員がわらわら、ドヤドヤと登場してくれそうで、それも楽しみでなりません。

二〇一七年四月

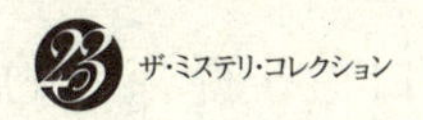

恋(こい)は宵闇(よいやみ)にまぎれて

著者　リンゼイ・サンズ

訳者　上條(かみじょう)ひろみ

発行所　株式会社 二見書房
東京都千代田区三崎町2-18-11
電話　03(3515)2311［営業］
　　　03(3515)2313［編集］
振替　00170-4-2639

印刷　株式会社 堀内印刷所
製本　株式会社 関川製本所

ISBN978-4-576-17053-4
http://www.futami.co.jp/

夢見るキスのむこうに
リンゼイ・サンズ
西尾まゆ子［訳］
〔約束の花嫁シリーズ〕

夫と一度も結ばれぬまま未亡人となった若き公爵夫人エマ。城を守るためある騎士と再婚するが、寝室での作法を何も知らない彼女は…？ 中世を舞台にした新シリーズ

めくるめくキスに溺れて
リンゼイ・サンズ
西尾まゆ子［訳］
〔約束の花嫁シリーズ〕

母を救うため、スコットランドに嫁いだイリアナ。〝こぎれい〟とは言いがたい夫に驚愕するが、機転を利かせた彼女がとった方法とは…？ ホットでキュートな第二弾

微笑みはいつもそばに
リンゼイ・サンズ
武藤崇恵［訳］
〔マディソン姉妹シリーズ〕

不幸な結婚生活を送っていたクリスティアナ。そんな折、夫の伯爵が書斎で謎の死を遂げる。とある事情で彼の死を隠すが、その晩の舞踏会に死んだはずの伯爵が現れて…!?

いたずらなキスのあとで
リンゼイ・サンズ
武藤崇恵［訳］
〔マディソン姉妹シリーズ〕

父の借金返済のため婿探しをするシュゼット。ダニエルという理想の男性に出会うも彼には秘密が…『微笑みはいつもそばに』に続くマディソン姉妹シリーズ第二弾！

心ときめくたびに
リンゼイ・サンズ
武藤崇恵［訳］
〔マディソン姉妹シリーズ〕

マディソン家の三女リサは幼なじみのロバートにひそかな恋心を抱いていたが、彼には妹扱いされるばかり。そんな彼女がある事件に巻き込まれ、監禁されてしまい…!?

甘やかな夢のなかで
リンゼイ・サンズ
田辺千幸［訳］

名付け親であるイングランド国王から結婚を命じられたミューリーは、窮屈な宮廷から抜け出すために夫探しに乗りだすが…!? ホットでキュートなヒストリカル・ラブ

いつもふたりきりで
リンゼイ・サンズ
上條ひろみ［訳］

美人なのにド近眼のメガネっ嬢と戦争で顔に深い傷痕を残した伯爵。トラウマを抱えたふたりの、熱い恋の行方は――？　とびきりキュートな抱腹絶倒ラブロマンス！

待ちきれなくて
リンゼイ・サンズ
上條ひろみ［訳］

唯一の肉親の兄を亡くした令嬢マギーは、残された屋敷を維持するべく秘密の仕事――刺激的な記事が売りの覆面作家――をはじめるが、取材中何者かに攫われて!?

銀の瞳に恋をして
リンゼイ・サンズ
田辺千幸［訳］〔アルジェノ＆ローグハンターシリーズ〕

誰も素顔を知らない人気作家ルークと編集者ケイト。出会いは最悪＆意のままにならない相手なのになぜだか惹かれあってしまうふたり。ユーモア溢れるシリーズ第一弾

永遠の夜をあなたに
リンゼイ・サンズ
藤井喜美枝［訳］〔アルジェノ＆ローグハンターシリーズ〕

検視官レイチェルは遺体安置所に押し入ってきた暴漢から〝遺体〟の男をかばって致命傷を負ってしまう。意識を取り戻した彼女は衝撃の事実を知り…!?　シリーズ第二弾

秘密のキスをかさねて
リンゼイ・サンズ
田辺千幸［訳］〔アルジェノ＆ローグハンターシリーズ〕

いとこの結婚式のため、ニューヨークへやって来たテリー。ひょんなことからいとこの結婚相手の実家に滞在することになるが、不思議な魅力を持つ青年バスチャンと恋におち…

運命は花嫁をさらう
テレサ・マデイラス
布施由紀子［訳］

愛する家族のため老伯爵に嫁ぐ決心をしたエマ。だがその婚礼のさなか、美貌の黒髪の男が乱入し、エマを連れ去ってしまい……雄大なハイランド地方を巡る愛の物語

二見文庫　ロマンス・コレクション

純白のドレスを脱ぐとき
トレイシー・アン・ウォレン
久野郁子［訳］
〔プリンセス・シリーズ〕
意にそまぬ結婚を控えた若き王女と、そうとは知らずに恋におちた伯爵。求めあいながらすれ違うふたりの恋の結末は!? RITA賞作家が贈るときめき三部作開幕！

薔薇のティアラをはずして
トレイシー・アン・ウォレン
久野郁子［訳］
〔プリンセス・シリーズ〕
小国の王女マーセデスは、馬車でロンドンに向かう道中何者かに襲撃される。命からがら村はずれの宿屋に辿り着くが、彼女が本物の王女だとは誰も信じてくれず…!?

真紅のシルクに口づけを
トレイシー・アン・ウォレン
久野郁子［訳］
〔プリンセス・シリーズ〕
結婚を諦め、恋愛を楽しもうと決めた王女アリアドネ。恋の手ほどきを申し出たのは幼なじみのプリンスで……王女たちの恋を描く〈プリンセス・シリーズ〉最終話！

月夜にささやきを
シャーナ・ガレン
水川玲［訳］
誰もが振り向く美貌の令嬢ジェーンに公爵の息子ドミニクとの婚約話が持ち上がった。出逢った瞬間なぜか惹かれあう二人だったが、彼女にはもうひとつの裏の顔が？

サファイアの瞳に恋して
ジュリア・ロンドン
高橋佳奈子［訳］
母と妹を守るため、オナーは義兄の婚約者モニカを誘惑してその結婚を阻止するよう札つきの放蕩者ジョージに依頼する。だが彼はオナーを誘惑するほうに熱心で…？

夢見ることを知った夜
ジェニファー・マクイストン
小林浩子［訳］
未亡人のジョーゼットがある朝目覚めると、隣にハンサムな見知らぬ男性が眠り、指には結婚指輪がはまっていた！ スコットランドを舞台にした新シリーズ第一弾！

ウエディングの夜は永遠に
キャンディス・キャンプ
山田香里［訳］
〔永遠の花嫁・シリーズ〕

恋の魔法は永遠に
キャンディス・キャンプ
山田香里［訳］
〔永遠の花嫁・シリーズ〕

唇はスキャンダル
キャンディス・キャンプ
大野晶子［訳］
〔聖ドゥワインウエン・シリーズ〕

瞳はセンチメンタル
キャンディス・キャンプ
大野晶子［訳］
〔聖ドゥワインウエン・シリーズ〕

視線はエモーショナル
キャンディス・キャンプ
大野晶子［訳］
〔聖ドゥワインウエン・シリーズ〕

永遠のキスへの招待状
カレン・ホーキンス
高橋佳奈子［訳］

女主人として広大な土地と屋敷を守ってきたイソベルは、弟の放蕩が原因で全財産を失った。小作人を守るため、ある紳士と契約結婚をするが…。新シリーズ第一弾！

習わしに従って結婚せず、自立した生活を送っていた治療師のメグが恋したのは〝悪魔〟と呼ばれる美貌の伯爵。身分も価値観も違う彼らの恋はすれ違うばかりで……

教会区牧師の妹シーアは、ある晩、置き去りにされた赤ちゃんを発見する。おしめのブローチに心当たりがあった彼女は放蕩貴族モアクーム卿のもとへ急ぐが……!?

とあるきっかけで知り合ったミステリアスな未亡人と〝冷血卿〟と噂される伯爵。第一印象こそよくはなかったもののいつしかお互いに気になる存在に……シリーズ第二弾！

伯爵家に劣らない名家に、婚約を破棄されたジェネヴィーヴ。そこに救いの手を差し伸べ、結婚を申し込んだ男性は!?　大好評〈聖ドゥワインウエン〉シリーズ最終話

舞踏会でのとある〝事件〟が原因で距離を置いていたシンとローズ。そんなふたりが六年ぶりに再会し…!?　軽やかなユーモアとウィットに富んだヒストリカル・ラブ

二見文庫　ロマンス・コレクション

恋の訪れは魔法のように
キャサリン・コールター
栗木さつき［訳］
放蕩伯爵と美貌を隠すワケアリのおてんば娘。父親同士の約束で結婚させられたふたりが恋の魔法にかけられて……待望のヒストリカル三部作、マジック・シリーズ第一弾！

星降る夜のくちづけ
キャサリン・コールター
西尾まゆ子［訳］
婚約者の裏切りにあい、伊達男ながらすっかり女性不信になった伯爵と、天真爛漫なカリブ美人。衝突する彼らが恋の魔法にかかる…⁉ マジック・シリーズ第二弾！

月あかりに浮かぶ愛
キャサリン・コールター
栗木さつき［訳］
ヴィクトリアは彼女の体を狙う後見人のもとから逃げ出そうと決心する。その道中、ごろつきに襲われたところを助けてくれた男性は……マジック・シリーズ第三弾！

密会はお望みのとおりに
クリスティーナ・ブルック
村山美雪［訳］
夫が急死し、若き未亡人となったジェイン。今後は再婚せず、ひっそりと過ごすつもりだったが、ある事情から悪名高き貴族に契約結婚を申し出ることになって…⁉

約束のワルツをあなたと
クリスティーナ・ブルック
小林さゆり［訳］
愛と結婚をめぐり、紳士淑女の思惑が行き交うロンドン社交界。比類なき美女と顔と心に傷を持つ若き伯爵の恋のゆくえは？ 新鋭作家が描くリージェンシー・ラブ！

はじめてのダンスは公爵と
アメリア・グレイ
高科優子［訳］
早くに両親を亡くしたヘンリエッタ。今までの後見人もみな不慮の死を遂げ、彼女は自分が呪われた身だと信じていた。そんな彼女が新たな後見人の公爵を訪ねることに…